SUSSURROS
DO PASSADO

Livros de Charlie Donlea

A Garota do Lago
Deixada para trás
Não confie em ninguém
Uma mulher na escuridão
Nunca saia sozinho
Procure nas cinzas
Antes de partir
Olhos vazios
Sussurros do passado

CHARLIE DONLEA

SUSSURROS DO PASSADO

Tradução: Carlos Szlak

COPYRIGHT © LONG TIME GONE 2024 BY CHARLIE DONLEA
FIRST PUBLISHED BY KENSINGTON PUBLISHING CORP.
TRANSLATION RIGHTS ARRANGED BY SANDRA BRUNA AGENCIA LITERARIA, SL
ALL RIGHTS RESERVED

Todos os direitos reservados.
Nenhuma parte deste livro pode ser reproduzida sob quaisquer meios existentes sem autorização por escrito do editor.

Diretor editorial **PEDRO ALMEIDA**

Coordenação editorial **CARLA SACRATO**

Preparação **ARIADNE MARTINS**

Revisão **GABRIELA DE AVILA E BÁRBARA PARENTE**

Capa e diagramação **OSMANE GARCIA FILHO**

Imagens de capa **ILDIKO NEER | TREVILLION IMAGES, ALEXCORV | SHUTTERSTOCK**

Dados Internacionais de Catalogação na Publicação (CIP)
Jéssica de Oliveira Molinari CRB-8/9852

Donlea, Charlie
    Sussurros do passado / Charlie Donlea ; tradução de Carlos Szlak. — São Paulo : Faro Editorial, 2024.
320 p.

    ISBN 978-65-5957-659-3
    Título original: Long time gone

    1. Ficção norte-americana I. Título II. Szlak, Carlos

24-3425   CDD-813

Índice para catálogo sistemático:
1. Ficção norte-americana

1ª edição brasileira: 2024
Direitos de edição em língua portuguesa, para o Brasil, adquiridos por **FARO EDITORIAL**

Avenida Andrômeda, 885 — Sala 310
Alphaville — Barueri — SP — Brasil
CEP: 06473-000
www.faroeditorial.com.br

*As fotografias não só abrem portas para o passado,
mas também permitem vislumbrar o futuro.*
— Sally Mann

PARTE I
INTRODUÇÃO À GENEALOGIA 11

PARTE II
INFILTRADA 85

PARTE III
REENCONTRO 139

PARTE IV
NAS SOMBRAS 183

PARTE V
ENTRANDO EM FOCO 227

PARTE VI
PLANANDO 289

AGRADECIMENTOS 319

CEDAR CREEK, NEVADA
13 DE JULHO DE 1995

NOVE DIAS DEPOIS...

Um gavião-galinha de cauda preta testemunhou a morte do xerife Sanford Stamos.

A majestosa ave desceu planando do céu e pousou na frente da viatura policial, empoleirando-se como um adorno do capô. Ela emitiu um único guincho durante a batalha que ocorreu no interior do veículo, abrindo as asas em leque enquanto o carro balançava. No término da briga, o gavião recolheu as asas junto ao corpo, enquanto o xerife Sanford Stamos, sentado no banco do motorista, encarava o seu assassino nos olhos. O olhar glacial do xerife não resultou de uma determinação inabalável de olhar fixamente para o homem que estava prestes a matá-lo, mas sim do efeito da droga paralisante que se espalhou por seu corpo e impediu até mesmo o movimento de seus olhos.

Ele queria fazer mil coisas além de olhar estupidamente para o homem ao lado dele. De acordo com o seu treinamento, deveria enfrentar o seu agressor ou manter distância entre eles. Ele queria escapar do carro, sacar a arma, pedir reforços. Porém, a agulha enfiada no pescoço havia retirado a sua capacidade de se mover e provocou uma fraqueza profunda que afetou todo o seu corpo. Finalmente, a droga privou a função das suas pálpebras, que se fecharam. Sentado ao volante da viatura, Sandy sentiu o queixo tombar em direção ao peito. O ângulo estranho fez com que ele desse um ronco gutural ao respirar. Sandy tinha certeza de que a sua morte era iminente. O que ele descobrira ao longo dos últimos dias de sua investigação acerca do desaparecimento da família Margolis garantia isso.

Sandy ouviu a porta do lado do passageiro se abrir e fechar quando o seu assassino saiu do carro. Em seguida, a porta do lado do motorista se abriu, e Sandy sentiu a manga da camisa sendo puxada para cima em seu braço esquerdo. Um garrote cingiu o seu bíceps e então uma picada rápida na parte interna do cotovelo fez os seus olhos se abrirem de repente. Não havia muito a ser visto além de um brilho. A sua visão estava embaçada, como se alguém tivesse untado seus olhos com vaselina.

Uma ardência localizada acometeu o seu braço enquanto a seringa era esvaziada na veia. Um momento depois, Sandy sentiu algo completamente diferente. Algo estranho, exótico e mais sensacional do que já havia sentido antes. Ele foi envolvido por uma onda de euforia, ou talvez ele tenha se elevado em sua direção. De qualquer maneira, o xerife Stamos se esqueceu de que estava preso dentro da sua viatura. Ele se esqueceu de sua incapacidade de se mover ou falar. Não se preocupou com o seu assassino, mas em vez disso relaxou no êxtase que se apossava do seu corpo e da sua mente. Da alma, também? Será que a sua alma estava sendo tocada?

— Agora você é apenas mais um viciado do Condado de Harrison.

Sandy não conseguia distinguir se a voz era dele mesmo ou de outra pessoa. Se tinha se originado no interior da sua mente ou se foi dirigida a ele. Mas o xerife não estava realmente preocupado. Uma segunda seringa foi esvaziada em seu braço e, em seguida, a porta da viatura foi fechada com força. Então, outro nível de êxtase assumiu o controle das suas faculdades. O efeito da droga percorrendo o seu organismo foi tão poderoso que desligou Sandy do seu corpo. Ele flutuou acima da cena de uma maneira que lhe permitia ver onde estava e o que estava acontecendo. Sentado na viatura com o cinto de segurança apertado contra o peito, ele assistia de sua posição elevada o carro deslizar barranco abaixo em direção ao riacho Cedar. Pouco antes de a viatura cair na água, o gavião-galinha que se equilibrava no capô alçou voo. Com duas batidas das suas poderosas asas, a ave ganhou altitude até a brisa permitir que ela pairasse no ar, com as asas estendidas. O carro mergulhou e ficou com o capô coberto pela água, afundando lentamente. Em pouco tempo, o riacho engoliu a viatura, escondendo-a quase por completo, deixando apenas as lanternas traseiras à vista.

Com uma compreensão nebulosa, Sandy percebeu que estava sob a superfície da água, mas a sensação de euforia e excitação que circulava quente por suas veias trouxe consigo uma apatia opressiva impossível de superar. Ele pouco se importava com a água subindo pelo peito e tocando o queixo, ameaçando alcançar o rosto e cobrir a cabeça. Em vez disso, estava ansioso para se perder no torpor que o esperava em algum lugar no futuro incerto. Ele estava hipnotizado pelo brilho que via ao longe. Ignorou a cena do seu corpo preso nas águas do riacho Cedar e, em vez disso, seguiu o voo do gavião-galinha de cauda preta batendo as asas em direção à luz. Em seu voo contínuo, a ave se distanciou e, então, o brilho a absorveu e a levou para longe.

PARTE I

INTRODUÇÃO À GENEALOGIA

1

Raleigh, Carolina do Norte
Segunda-feira, 1º de julho de 2024

SLOAN HASTINGS ENTROU NO PRÉDIO DO INSTITUTO MÉDICO Legal às oito e quarenta e cinco da manhã, quinze minutos antes do início do seu curso de especialização em patologia forense. Ela e outros três colegas estavam prestes a iniciar um curso desafiador, com dois anos de duração, que terminaria com cada um deles sendo diplomado como médico-legista. Isso, é claro, se conseguissem lidar com as provações e as dificuldades que os aguardavam. Sloan tinha certeza de que conseguiria. Tornar-se patologista forense era tudo o que ela sempre havia sonhado.

Formada em criminologia e ciência forense pela Universidade Duke, Sloan tinha cursado a faculdade de medicina sem enfrentar maiores dificuldades e, em seguida, havia concluído uma residência de quatro anos em anatomia patológica e patologia clínica. Agora, aos vinte e nove anos, tudo o que a separava de realizar o seu sonho eram dois anos intensos de um curso de especialização. O primeiro ano, financiado por uma bolsa de pesquisa, exigia que Sloan investigasse uma área da patologia forense, aprofundasse o assunto de forma significativa, e escrevesse uma monografia sobre o tema. Depois do ano dedicado à pesquisa, ela iniciaria um programa clínico de doze meses no Instituto Médico Legal, estudando sob a orientação da renomada dra. Lívia Cutty. Lá, ela realizaria centenas de autópsias a caminho de se tornar médica-legista. Sloan estava apreensiva. Estava animada. E estava com fome.

Usando uma regata preta que exibia o seu físico malhado pela prática de crossfit, calça branca e sapatos de salto alto, Sloan apresentou o seu novo crachá — que a identificava como uma dos quatro alunos do primeiro ano que começariam suas aulas a partir das nove da manhã naquele dia — para a recepcionista. A porta ao lado da mesa zuniu. Ela passou por ela e seguiu para a "gaiola".

Dentro do Instituto Médico Legal, e para os novos alunos em particular, a gaiola era famosa. Cercada por uma grade de arame e repleta de várias fileiras de cadeiras voltadas para a frente, a gaiola era onde os estudantes apresentavam os seus casos todas as tardes. Ficar expostos aos médicos-assistentes e envolts pela luminosidade da lousa digital era como ficar diante de um pelotão de fuzilamento. Rumores e lendas corriam soltas a respeito de estudantes sendo crucificados enquanto se mostravam embaraçados na frente da gaiola, titubeando acerca dos seus casos e respondendo às perguntas dos especialistas que os supervisionavam, e que pegavam cada erro, destacavam cada omissão e corrigiam cada pensamento equivocado. Era um lugar temido por Sloan, mas que ela não via a hora de conquistar.

Sloan sabia que o necrotério ficava no porão, que os consultórios dos médicos-assistentes se localizavam no segundo andar, e que a gaiola ficava em algum lugar no primeiro andar. Ela perambulou somente por um momento até encontrá-la, passando pela entrada no fundo da sala e se acomodando num assento no corredor. Cerca de trinta cadeiras dobráveis ocupavam a sala, cada uma voltada para a tela que capturava a luz de um projetor fixado no teto e recepcionava Sloan e os seus colegas:

BEM-VINDOS, ESTUDANTES DO PRIMEIRO ANO!

Os outros alunos logo chegaram, as apresentações foram feitas e teve início uma conversa sobre onde cada um tinha concluído a residência e o que achavam que enfrentariam nos próximos dois anos. Às nove da manhã em ponto, uma mulher usando vestimenta cirúrgica verde e um longo jaleco branco entrou na gaiola.

— Bom dia, novatos — a dra. Lívia Cutty disse, percorrendo o corredor central e ocupando um lugar em frente à lousa digital. — Fico feliz em revê-los.

A dra. Cutty havia entrevistado todos os candidatos que se inscreveram em seu prestigioso curso de especialização de patologia forense, e tinha escolhido a dedo os quatro que estavam sentados diante dela.

— Parece que foi há séculos que eu estava sentada onde vocês estão hoje, como uma caloura nervosa e animada com o que estava por vir. Na realidade, faz apenas sete anos.

A dra. Lívia Cutty foi a médica mais jovem a dirigir o curso de especialização no Instituto Médico Legal em Raleigh, na Carolina do Norte. O ex-diretor e mentor de Lívia, o dr. Gerald Colt, a recrutou agressivamente quando se aposentou no ano anterior. Em menos de uma década desde que concluiu a sua formação, Lívia Cutty havia forjado uma carreira renomada como legista. Nos últimos anos, ela tinha trabalhado como médica-legista chefe em Manhattan e tido sucesso em Nova York. Ao longo dos anos, Lívia havia se envolvido em casos de grande repercussão e atuado como consultora médica para diversas redes de televisão, incluindo FOX, CNN e NBC. O seu trabalho paralelo atual envolvia comentar sobre perícias forenses para a HAP News em suas frequentes aparições na popular revista eletrônica *American Events*.

— Como não estou muito longe de onde vocês estão agora, saibam que não só vou entender o que vocês passarão durante esses próximos dois anos, mas também vou compartilhar desses sentimentos com vocês — Lívia começou a falar. — Serei exigente com vocês, exatamente como os meus mentores foram comigo. Mas serei justa. Todos nós temos o mesmo objetivo, que é moldar cada um de vocês para se tornarem os melhores e mais brilhantes legistas que este país tem a oferecer. O meu compromisso com vocês é fornecer os instrumentos e as oportunidades para alcançarem isso. O que peço a cada um de vocês é que deem o melhor de si. Combinado?

— Combinado — Sloan respondeu em uníssono com os seus colegas.

Sloan admitiu que ficou impressionada enquanto observava Lívia Cutty. Ela a havia visto tantas vezes na televisão, fosse comentando casos forenses ou oferecendo testemunhos e análises especializados no programa *American Events*, que parecia surreal estar sentada diante dela agora. Ainda mais difícil de compreender era saber que ela seria orientada por ela.

Na maior parte da sua vida, Sloan havia se destacado como a melhor e mais brilhante nos desafios que assumia, fosse liderando a sua equipe de debates no ensino médio, dominando o labirinto de nervos cranianos no laboratório de anatomia, ou fazendo séries de exercícios físicos com os seus colegas de crossfit. Ela sempre encarava os desafios e estava determinada a fazer o mesmo durante o seu curso sob a orientação de Lívia Cutty.

2

Raleigh, Carolina do Norte
Segunda-feira, 1º de julho de 2024

A DRA. CUTTY FALOU DURANTE TRINTA MINUTOS, DANDO A
Sloan e aos outros alunos do primeiro ano um panorama geral e detalhando o que seria esperado durante o ano de pesquisa deles. Os doze meses não seriam totalmente desprovidos de algum tempo no necrotério. Além da pesquisa individual, cada um se juntaria a um aluno do segundo ano e seria obrigatório observar cinco exames *post mortem* por mês durante o verão e dez durante o inverno. Os últimos três meses exigiriam que eles não só auxiliassem nos exames *post mortem*, mas também apresentassem os casos aos médicos-assistentes e aos patologistas especializados em áreas específicas que compunham o quadro de pessoal do Instituto Médico Legal. O segundo ano do curso seria passado inteiramente no necrotério, prometendo a cada aluno de duzentas e cinquenta a trezentas autópsias até o final da especialização.

— Alguma pergunta? — Lívia perguntou.

Não houve nenhuma. Lívia consultou o seu relógio.

— Tudo bem, pelo resto da manhã, tenho uma reunião de trinta minutos marcada com cada um de vocês para discutir o tema das pesquisas. Sloan, você é a primeira.

Sloan sorriu e se levantou.

— Nós vamos conversar em minha sala — Lívia disse. — Fiquem à vontade para pegar um café — ela sugeriu aos outros alunos. — E, durante a espera, caminhem por aí e conheçam o lugar. Vai ser a casa de vocês pelos próximos dois anos.

Com um aceno, Sloan se despediu dos novos colegas e seguiu a dra. Cutty para fora da gaiola. Elas percorreram o corredor e entraram na sala de Lívia.

— Sente-se.

Sloan sentou-se diante da escrivaninha. Enquanto isso, Lívia, depois de se acomodar na cadeira, começou a digitar no computador.

— Aqui no IML, a equipe escolheu quatro temas em patologia forense, e os designamos aleatoriamente para cada um de vocês. Pronta para ouvir qual será o foco do próximo ano da sua vida?

— Pronta — Sloan respondeu.

Era uma oportunidade única fazer um curso de especialização de dois anos sob a orientação da dra. Lívia Cutty em comparação com outros cursos de patologia forense do país, constituídos por apenas um único ano de formação. O ano adicional com a dra. Cutty prometia um currículo mais sólido para aqueles que buscavam cargos tocantes à criminologia e segurança pública. O sonho de Sloan era trabalhar em conjunto com uma importante unidade de homicídios, e ela tinha mirado o curso de Lívia Cutty desde o primeiro dia de sua residência, quatro anos antes.

— A sua área de estudo será genealogia forense e investigativa — Lívia informou.

Surpresa, Sloan assentiu.

— Certo — ela disse pausadamente.

— Você está familiarizada com essa área da medicina legal?

— Acho que isso foi tratado em um dos meus cursos na faculdade, mas parece que foi há muito tempo.

— Muita coisa mudou desde então. É uma especialidade em constante evolução. A genealogia forense é a ciência por trás das descobertas em diversos casos importantes não resolvidos que estiveram no noticiário nos últimos anos. Provavelmente, o mais conhecido é o caso do Assassino do Estado Dourado. Você conhece o caso?

— Sim, conheço — Sloan respondeu.

— Na década de setenta, um rapaz iniciou uma longa série de estupros e assassinatos no norte da Califórnia. Cada incidente envolvia uma invasão de domicílio no meio da noite. Em algumas das cenas de crime, a polícia conseguiu obter o DNA do suspeito. Naquela época, não havia um banco de dados nacional de DNA. Então, o DNA ficou sem identificação, mas foi preservado como prova. O rapaz continuou o seu reinado de terror até o início da década de oitenta, e então de repente parou. O DNA dele permaneceu sem identificação por décadas até que investigadores realmente inteligentes decidiram acessar bancos de dados de genealogia na internet numa tentativa de identificar a origem do DNA das antigas cenas de crime.

— Tipo Ancestry? Os sites em que as pessoas enviam o seu DNA para criar árvores genealógicas e ficar sabendo da sua origem?

— Exato — Lívia respondeu. — Ancestry, 23andMe. Há dezenas deles, e eles contêm uma coleção valiosa de informações genéticas. Maior do que qualquer banco de dados que a polícia poderia criar.

— Mas nenhum *serial killer* é burro de enviar o seu próprio DNA para um desses sites.

Lívia fez um gesto negativo com a cabeça.

— Os assassinos, não, mas os seus parentes incautos, sim. Os detetives de casos não resolvidos que trabalharam no caso do Assassino do Estado Dourado arriscaram e enviaram o DNA do assassino, que fora coletado de uma das cenas de crime e preservado por décadas, ao GEDmatch — um serviço on-line gratuito que permite aos usuários fazer o upload e analisar as suas sequências de DNA — e esperaram por uma correspondência genética. E não é que o DNA do assassino revelou uma ligação genética — uma correspondência, como chamam — com um homem que tinha enviado a sua sequência de DNA e foi identificado como primo de segundo grau de quem quer que fosse o Assassino do Estado Dourado? Então, o trabalho investigativo começou. Um genealogista que colaborou com os detetives localizou o primo e fez o sentido reverso para criar uma árvore genealógica. Os primos de segundo grau levaram aos primos de primeiro grau. Os primos de primeiro grau levaram aos tios e às tias. E assim por diante ao longo da linhagem genética. Os detetives investigaram cada parente para ver se algum deles morava nas áreas em que os crimes foram cometidos. Após um trabalho de campo, eles reduziram a lista para apenas alguns poucos nomes. Em seguida, realizaram monitoramentos discretos e ficaram à espera semanalmente até que esses suspeitos em potencial levassem seu lixo para fora. Uma amostra de DNA retirada de um lenço de papel usado de uma das lixeiras dos suspeitos revelou uma correspondência exata com o DNA coletado nas cenas de crime. A prisão foi realizada e o caso de décadas do Assassino do Estado Dourado foi resolvido.

— Fascinante.

— Que bom que você pensa assim, porque você está prestes a passar um ano da sua vida investigando esse tema e descobrindo uma maneira de aprimorá-lo.

Lívia empurrou um fichário de três argolas através da escrivaninha.

— Isto contém tudo o que será necessário para desenvolver o projeto. Naturalmente, a sua pesquisa culminará numa monografia que você apresentará no final do ano letivo. As informações sobre o "Dia da

Apresentação", como é chamado, também estão no fichário. A apresentação deve durar quatro horas, dividida em duas partes de duas horas cada. Existem metas que você deverá cumprir ao longo do ano, com o objetivo de mantê-la dentro do cronograma. Nós vamos nos encontrar trimestralmente para avaliar o seu progresso. E, é claro, você não deverá ficar atrás em relação ao aluno de segundo ano que vai supervisioná-la e deverá alcançar os marcos estabelecidos que a prepararão para o seu segundo ano de especialização.

— Entendi — Sloan afirmou.

— Eu dei muitas informações para você esta manhã. Dedique um dia ou dois para recapitular e assimilar tudo. Em caso de dúvidas, me procure. Estou sempre à disposição. E vou dividir com você um conselho que o meu mentor me deu: procrastinação é a maneira do diabo de roubar o seu tempo. Evite a todo custo. Fique ocupada e mantenha-se ocupada.

— Sim, senhora.

3

Raleigh, Carolina do Norte
Terça-feira, 2 de julho de 2024

SLOAN PEGOU AS SUAS CARTAS DE UMA FILEIRA DE CAIXAS E subiu para o apartamento de um quarto em Trinity Circle. Ali, ela abriu uma lata de Dr. Pepper Diet, o seu refrigerante preferido e a arma secreta, junto com a sua obsessão pelo crossfit, que a tinha ajudado a sobreviver tanto à faculdade de medicina quanto à residência. Na mesa da cozinha, ela abriu o notebook. Sloan havia passado o dia anterior lendo as informações contidas no gigantesco fichário de três argolas que a dra. Cutty tinha lhe dado, fazendo anotações e esquematizando a abordagem que ela adotaria para pesquisar, esmiuçar e de alguma forma aprimorar o campo da genealogia forense e investigativa.

A primeira coisa que Sloan teria que fazer era encontrar um caso que tivesse sido solucionado por meio de perfis de DNA armazenados em bancos de dados de sites de ancestralidade on-line. Ela sabia que era melhor não considerar o caso do Assassino do Estado Dourado. Era um caso muito conhecido, muito difundido e completamente não original. Sloan fez uma lista de pessoas com quem precisava entrar em contato, incluindo detetives de homicídios, genealogistas e talvez um ou dois jornalistas que tivessem tratado de crimes reais e pudessem dar uma dica acerca de um caso menos conhecido envolvendo genealogia forense.

Ela tomou um gole do refrigerante e se concentrou em seu notebook, decidindo que contatar um genealogista seria a mais fácil das três opções. Uma rápida busca levou a um site da Associação dos Genealogistas Profissionais. Sloan navegou por um grande número de perfis e, finalmente, encontrou um genealogista chamado James Clayton que residia na Carolina do Norte. O perfil incluía um endereço de e-mail e, então, ela enviou rapidamente uma mensagem breve para ele.

> Prezado James,
> Sou uma aluna de patologia forense no Instituto Médico Legal da Carolina do Norte. Estou fazendo uma pesquisa sobre genealogia forense e procurando um genealogista para me dar uma "aula introdutória" à genealogia. Encontrei o seu nome no site da Associação de Genealogistas Profissionais. Estou em Raleigh, assim como você. Por favor, me avise se você estaria disposto a responder a algumas das minhas perguntas.
> Atenciosamente,
> Sloan Hastings

Ela incluiu o seu número de telefone e saiu da conta do e-mail. No restante da manhã, Sloan ficou pesquisando homicídios recentemente resolvidos usando bancos de dados de genealogia on-line. Ela elaborou uma lista de dez casos aparentemente promissores e passou três horas depois do almoço lendo e imprimindo artigos sobre cada um deles. No meio da tarde, o seu celular vibrou com uma mensagem de texto. Ela não identificou o número, mas, ao abrir a mensagem, viu que era de James, o genealogista.

> Oi, Sloan, obrigado por entrar em contato. Adoraria conversar. Sim, também estou em Raleigh e posso encontrá-la quando você quiser.

Sloan digitou a sua resposta.

> SLOAN: Quando eu quiser? Hoje à noite é muito cedo?
> JAMES: De jeito nenhum. Vamos nos encontrar no The Daily Drip às nove?
> SLOAN: Até lá!

Procrastinação é a maneira do diabo de roubar o seu tempo. Sloan não pretendia desperdiçar nem um segundo. Apenas dois dias depois de iniciar o seu curso e Sloan já estava a todo vapor. O lugar para onde ela estava indo seria o maior choque de sua vida.

4

Raleigh, Carolina do Norte
Terça-feira, 2 de julho de 2024

O THE DAILY DRIP ESTAVA COM SUA AGITAÇÃO HABITUAL, mesmo às nove da noite. Parecia que a cidade vivia movida a cafeína, e os seus moradores consumiam grandes quantidades a qualquer hora do dia e da noite. Sloan se sentou junto a uma mesinha alta no meio da cafeteria, mas próxima o suficiente da entrada. No site em que ela encontrou James não havia imagem do genealogista. Sloan esperava um homem de meia-idade com óculos e uma caneta no bolso da camisa, mas, em vez disso, pouco depois das nove, um rapaz em seus vinte e poucos anos entrou e olhou ao redor, levantando a mão em um aceno sutil e balbuciando o seu nome.

— Sloan?

Ela sorriu e assentiu.

— James — Sloan balbuciou de volta.

O rapaz assentiu e se aproximou.

— James Clayton.

Ele estendeu a mão e Sloan a apertou.

— Sloan Hastings — ela disse com um olhar de surpresa. — Você não parece um genealogista.

— Sério? Qual deveria ser a aparência de um genealogista?

— Não sei. Mais velho, eu acho. Mais estudioso.

— Quer dizer, nerd?

James ostentava uma barba por fazer e um corte de cabelo típico de república estudantil. Ele parecia muito mais um universitário do que alguém que estudava árvores genealógicas para ganhar a vida.

— Tudo bem — James disse. — Eu ouço muito isso. Todo mundo espera um cara de setenta anos com cabelos brancos e óculos. Mas não se preocupe, eu sei o que estou fazendo.

— Eu confio em você. Obrigada mais uma vez por me encontrar tão depressa.

— Imagina. Grande parte do meu trabalho é feita on-line ou por telefone. É raro que eu encontre um cliente pessoalmente. Quando você disse que morava em Raleigh, aproveitei a oportunidade para sair de casa e conversar pessoalmente com uma cliente.

Poucos minutos depois, cada um tinha uma xícara de café diante de si.

— Então, como posso ajudar? — James perguntou.

Sloan abriu o seu notebook.

— Acabei de começar o curso de especialização em patologia forense.

— O que isso significa? Você é uma médica-legista?

— Ainda não. Mas serei daqui a dois anos. O meu primeiro ano de formação é dedicado à pesquisa. A minha área de estudo é genealogia forense e investigativa, e eu preciso de alguém que conheça o assunto para me orientar sobre todos os detalhes.

— Eu posso fazer isso — James afirmou, sorrindo.

— Eu preciso aprender como os bancos de dados de genealogia on-line e as informações genéticas que eles contêm estão sendo usados para solucionar casos antigos pendentes. O caso do Assassino do Estado Dourado foi dado como exemplo.

— O Assassino do Estado Dourado foi o primeiro. Pelo menos, foi o primeiro caso que ganhou notoriedade. E isso estabeleceu um precedente — James disse, movendo as sobrancelhas em sinal de entendimento.

— Certo — Sloan afirmou, passando a digitar. — Comecemos por aí. Conte-me como funciona. Explique como um cara foi pego quarenta anos depois de cometer os crimes, simplesmente porque um familiar enviou o seu DNA para um site.

— Claro — James disse. — O que você sabe sobre o caso?

— Ontem, a diretora do meu curso fez um pequeno resumo, mas estou procurando uma explicação mais detalhada sobre o funcionamento da genealogia forense.

— Entendi. Interrompa-me se eu começar a me perder nos detalhes.

Sloan assentiu e ficou digitando enquanto James falava.

— O Assassino do Estado Dourado foi um estuprador e assassino em série, que aterrorizou o norte da Califórnia por vários anos nas décadas de 1970 e 80. Na década de 1970, a tecnologia associada ao DNA não era o que é hoje. Ainda assim, os investigadores sabiam o suficiente para preservar a prova com traços de DNA para uso futuro. No caso do Assassino do Estado Dourado, essa prova de DNA estava sob a forma de kits de estupro.

— Então, foram feitos kits de estupro das vítimas, e esses kits foram armazenados como provas durante décadas?

— Sim. Só em 2017 os detetives de casos não resolvidos aceleraram as investigações. Isso significa que os kits de estupro foram preservados por quase quarenta anos e, então, o DNA foi extraído das células de esperma isoladas neles.

— Incrível — Sloan exclamou, digitando freneticamente. — Me explique o processo. Como o DNA do assassino, que as autoridades guardaram por décadas, de repente levou à identificação do criminoso quarenta anos depois de ele cometer os crimes?

— Em 2017, com o caso do Assassino do Estado Dourado sem solução, um investigador sagaz decidiu enviar o DNA do assassino — retirado de um dos kits de estupro — para um site de genealogia e criar um perfil genético "falso". Falso no sentido de que o DNA não pertencia ao detetive que estava criando o perfil. A partir daí, o investigador tentou fazer a correspondência desse perfil de DNA com o de outros usuários on-line, que estavam procurando sem más intenções construir árvores genealógicas e investigar a sua origem. Qualquer correspondência que aparecesse seria sem dúvida de um parente do assassino.

— Ah, agora ficou claro — Sloan disse e continuou a digitar.

— O investigador precisou superar diversas barreiras legais e, após tudo isso, teve que convencer os executivos do site de genealogia a permitirem acesso a ele; embora ainda haja muita discussão sobre se o que esse investigador específico fez foi ético, quanto mais legal. Enfim, o genealogista acabou por encontrar uma correspondência entre o DNA do assassino e um parente distante — um primo de segundo grau — que havia enviado o seu DNA e criado o seu próprio perfil genético, com o único propósito de investigar a sua origem. Depois que as autoridades identificaram o assassino como descendente de uma família específica, investigaram todos os homens que poderiam estar relacionados a esse primo de segundo grau. No final das contas, se fixaram em um suspeito.

— Como eles limitaram a busca?

— No início, geograficamente. Entre todos os parentes, apenas um vivia no norte da Califórnia na época dos crimes. Mas, também, os detetives sabiam pelo perfil de DNA que o assassino tinha olhos azuis. Eles examinaram os registros do Departamento de Trânsito e as informações da carteira de habilitação para confirmar que o homem que tinham como alvo também tinha olhos azuis. Foi o suficiente para conseguir um mandado. Então, eles trabalharam discretamente com a empresa que coletava os resíduos no bairro do suspeito e vasculharam o lixo dele até encontrarem uma boa fonte de DNA. Ao testarem a amostra, obtiveram uma correspondência exata com o DNA do kit de estupro. Caso encerrado.

Sloan digitou mais algumas palavras.

— Você mencionou questões éticas ou legais que as autoridades tiveram que enfrentar para lidar com o caso.

— Isso mesmo. Um argumento é que se trata de uma invasão de privacidade por parte das autoridades, que acessam esses bancos de dados on-line de DNA público, visto que as pessoas que enviam o seu DNA não estão expressamente concedendo permissão para os órgãos de segurança usarem os seus perfis. O caso do Assassino do Estado Dourado fez com que muitos sites de genealogia alterassem as suas políticas de privacidade, e alguns até restringiram o acesso das autoridades aos seus bancos de dados. Está virando uma briga feia, e tenho certeza de que em breve haverá legislação sobre isso.

— Muito bem — Sloan afirmou, revendo as suas anotações. — Eu preciso entender como esses sites de genealogia on-line funcionam. Se eu quisesse criar um perfil genético meu ou construir uma árvore genealógica minha, como eu faria isso?

— A primeira coisa que você tem que fazer é se registrar on-line em um dos sites de genealogia e pagar uma taxa. Depois de alguns dias, você recebe um kit pelo correio, que requer que você colete uma amostra da sua saliva e a envie para a empresa; basicamente, a empresa manda um tubo de ensaio, no qual você cospe diversas vezes e o manda de volta. Então, a empresa extrai o seu DNA da amostra da saliva. Depois que você obtém o perfil de DNA, acessa a sua conta no site e vê com quais outros parentes, próximos ou distantes, você possui correspondência. A partir daí, você começa a construir a sua árvore genealógica. Há muito mais do que isso e, na verdade, a melhor maneira de demonstrar isso tudo seria você enviar uma amostra e me deixar orientá-la através do processo de construção da sua árvore genealógica.

Sloan hesitou.

— Bem, eu não tenho certeza se quero ir tão longe.

— Não é nada demais. Você só tem que cuspir em um tubo de ensaio. Eu faço o resto.

— Não é isso. É que...

Como um caminhão que se materializa do nada e passa na calada da noite, com os faróis apagados e acelerando na direção oposta, a tomada de consciência de Sloan foi chocante e abrupta.

— Algum problema? — James perguntou.

— Eu sou adotada — ela finalmente respondeu. — Acho que não levei em conta todos os aspectos disso, mas não pretendo procurar os meus pais biológicos.

— Entendi — James afirmou e, interessado, inclinou a cabeça para o lado. — Tenho muitos clientes que foram adotados. Pode ser divertido. Eu ajudaria em todo o processo e explicaria os resultados em detalhes.

Sloan avaliou a oferta e se havia maneiras de tomar conhecimento dos pormenores da genealogia on-line além da criação do seu próprio perfil de DNA.

— Supondo que eu siga em frente com isso, qual é o tempo de resposta após eu enviar o meu DNA?

— O primeiro passo seria criar o perfil on-line. Isso seria feito num instante. Você pode fazer isso hoje mesmo. Então, normalmente levaria uma semana para receber o kit, e talvez de seis a oito semanas para ter um perfil genético funcionando plenamente.

— Dois meses? — Sloan perguntou com os olhos arregalados.

— Isso se você seguir pelas vias normais.

Surpresa, Sloan ergueu as sobrancelhas.

— Você tem um jeito de contornar as vias normais?

— Claro. É o meu trabalho. Eu sou um dos principais genealogistas do site Your Lineage.

— Como isso me ajuda?

— Posso acelerar as coisas pra você. Poderíamos ter o seu perfil de DNA em pleno funcionamento em, digamos, uma semana. E então posso orientá-la em todo o processo de criar uma árvore genealógica, usar o seu perfil genético para entrar em contato com parentes distantes, e rastrear as suas origens até os dias de outrora.

Receosa, Sloan fez bico com o lábio inferior, pensando nos pais e no que eles diriam sobre ela investigar a sua ancestralidade e localizar os pais biológicos. Então, ela pensou na dra. Cutty, e em sua advertência sobre adiamentos. Finalmente, ela assentiu.

— Está certo, vamos em frente.

5

Raleigh, Carolina do Norte
Quarta-feira, 3 de julho de 2024

NA MANHÃ SEGUINTE, SLOAN PASSOU NA CASA DOS PAIS ANTES de ir ao necrotério para se encontrar com o aluno do segundo ano ao qual ficaria sob supervisão. Ela estacionou na entrada da garagem e entrou pela porta da frente.

— Alguém em casa?

Com um pai ortodontista e uma mãe dentista, ambos atendendo no mesmo consultório, as manhãs de sua infância sempre foram um caos controlado. Os cafés da manhã que Sloan via na televisão enquanto crescia, com bacon e ovos servidos na copa, enquanto o pai tomava café e lia o jornal, inexistiam na casa dos Hastings. Em vez disso, aquelas manhãs perfeitas da televisão eram substituídas pelo rápido consumo de uma tigela de cereais ou de uma barrinha de granola, enquanto Sloan pegava a sua mochila e se acomodava no banco de trás da suv dos pais para a carona até a escola, antes que eles corressem para o trabalho.

— Alguém em casa? — ela voltou a gritar do hall de entrada.

— Na cozinha, querida — ela ouviu a mãe dizer.

— Oi — Sloan disse, entrando na cozinha.

— O que você está fazendo aqui?

Dolly Hastings estava junto ao balcão da cozinha e passava manteiga numa torrada. Ela estava usando uma vestimenta cirúrgica verde. Nunca houve laços, camisas sociais ou cenas de sua mãe calçando rapidamente sapatos de salto alto a caminho da porta. Na casa dos Hastings, tudo o que Sloan se lembrava dos seus pais vestindo para o trabalho eram uniformes cirúrgicos e tênis. De um dia para o outro, a cor mudava, mas as mudanças eram só essas.

— Só pensei em dar uma passadinha pra dizer oi.

— O meu detector de mentiras está disparando — o pai disse descendo pela escada dos fundos. Todd Hastings também estava usando uniforme cirúrgico, mas o dele era azul-claro e com estampas de aparelhos ortodônticos e dentes.

A dra. Dolly e o dr. Todd Hastings, do Centro de Odontologia e Ortodontia da Família Hastings, não faziam segredo de sua decepção por Sloan não ter seguido também na odontologia.

— A sua primeira semana do curso de especialização, e você passa aqui pra dizer oi?

Sloan sorriu.

— Sim. *Oi*, pai.

— Você não "dá uma passadinha" desde a época da faculdade de medicina. Você só aparece quando quer alguma coisa. Dinheiro? Achei que o seu curso de especialização pagasse decentemente.

— Não paga. Mas eu não preciso de dinheiro.

— Não dê ouvidos ao seu pai — a mãe disse. — Ele ficou superpessimista desde que nos tornamos um ninho vazio.

— Isso foi, tipo, há uns dez anos.

— E não melhorou em nada.

— Eu dei uma pesquisada — o pai disse. — Alunos de cursos de especialização ganham cerca de setenta mil por ano. Você estaria ganhando o triplo agora se tivesse começado no consultório logo após terminar a faculdade de odontologia.

Sloan sorriu.

— Ah, pai, você continua se esquecendo. Eu não fiz faculdade de odontologia.

— Não me lembre disso. Mas você poderia pelo menos ter feito cirurgia bucal. Seria ótimo contarmos com uma boa cirurgiã na equipe. Você faz ideia de quantos casos nós encaminhamos para o cirurgião bucal local?

Dolly deu um tapinha no ombro do marido.

— Deixe a minha filha em paz. Aceita uma xícara de café, querida?

— Café não mancha os dentes? — Sloan perguntou.

— Refrigerante é pior — o pai respondeu. — Você teria aprendido isso na faculdade de odontologia, e provavelmente não seria tão viciada em Doutor Pepper.

— Diet — Sloan completou. — Dr. Pepper *Diet*.

— A carbonatação arruína o esmalte.

— Vocês dois poderiam parar, por favor — Dolly disse.

Sloan tinha certeza de que as provocações continuariam por toda a sua vida. A mãe havia superado, mas Sloan tinha a convicção de que o pai nunca aceitaria plenamente a ideia de que a sua próspera clínica odontológica seria vendida algum dia para alguém de fora da família.

Sloan se sentou próxima da ilha da cozinha e a mãe lhe entregou uma xícara de café fumegante.

— Sério, querida — ela disse, consultando o relógio. — Tem algo errado? Tenho um paciente às nove.

— Mais ou menos — Sloan respondeu.

Os pais esperaram que ela continuasse.

— Bem, é o seguinte. Eu recebi o meu tema de pesquisa e...

— E o que mais? — a mãe perguntou.

— É que... Tem a ver com a genealogia forense, e vai exigir que eu me aprofunde nesses sites de ancestralidade.

— E qual é o problema? — a mãe perguntou em um tom equilibrado.

— Eu simplesmente... Pra mim, a melhor maneira de começar a pesquisa e ver por experiência própria como os sites funcionam é enviar o meu DNA. Na verdade, eu já enviei o meu DNA, e o genealogista com quem estou trabalhando vai criar um perfil genético pra mim. Acho que eu não queria que vocês pensassem que eu estava fazendo isso sozinha ou pelas suas costas.

— Querida — o pai disse. — Você me deixou preocupado achando que havia algo errado.

— Então, tudo bem pra você se eu investigar a minha árvore genealógica?

— Claro. Nós sabemos muito pouco a respeito dos seus pais biológicos — ele respondeu. — Encontramos a sua mãe biológica em duas ocasiões, mas o seu pai biológico não participou do processo. Assim, qualquer coisa que você descobrir seria tão estranha pra nós quanto pra você. Não nos incomoda que você procure os seus pais biológicos. Independentemente do que você descobrir, você é nossa filha, simples assim.

A infância de Sloan — a experiência perfeita e imaculada da infância — passou por sua mente em momentos aleatórios marcantes. As férias familiares na Flórida, as festas de quarteirão no bairro que marcaram as raras vezes em que o pai bebia, os seus anos no time de vôlei do ensino médio com os pais torcendo nas arquibancadas. Ela se lembrou de uma pescaria com o pai, do medo de tocar no peixe que pescou, e do seu sorriso largo quando o pai segurou o peixe para a câmera. Sloan teve a experiência única de passar pela fase constrangedora de usar um aparelho nos dentes no ensino médio tendo o pai como ortodontista. Ela se lembrou do verão de viagens de carro que ela e a mãe fizeram enquanto visitavam faculdades ao longo da costa leste. Foi uma criação tão normal quanto ela poderia imaginar. Sloan ficou sabendo da sua adoção desde muito cedo, mas nunca havia pensado em Dolly e Todd Hastings como nada além da sua mãe e do seu pai.

— Não estou planejando procurar os meus pais biológicos. Só quero entender como a coisa toda funciona. Como esses enormes bancos de dados de DNA estão sendo utilizados pelas autoridades para localizar assassinos em casos que ficaram sem solução.

— Nós entendemos, Sloan — a mãe disse. — Talvez, eu não sei, você compartilhe o que descobrir conosco. Se você os encontrar, nós... — Dolly parou de falar e olhou para Todd. — Nós também gostaríamos de saber. Nós temos nos perguntado sobre isso ao longo desses anos.

Sloan concordou com um gesto tímido de cabeça.

— Acho que depende do que eu descobrir. Não há garantia de que enviar o meu DNA levará aos meus pais biológicos. O meu perfil pode não corresponder ao de nenhum outro no site. Só queria que vocês soubessem que estou iniciando o processo.

O pai assentiu.

— Então você *não* precisa mesmo de dinheiro?

— Pai, você é tão...

— Ele sabe, querida. Ele sabe.

6

Raleigh, Carolina do Norte
Quarta-feira, 10 de julho de 2024

SLOAN ESTAVA AO LADO DO DR. HAYDEN COX E OBSERVAVA
enquanto ele fechava a incisão em forma de Y, que se estendia de cada ombro
do cadáver até se encontrar no osso do peito e depois descia além do umbigo.
O dr. Cox era o aluno do segundo ano ao qual ela ficou sob supervisão. Ele
utilizava grampos grossos e feios para unir a incisão; uma visão que faria o
estômago de um cirurgião plástico revirar. Porém, como a próxima parada era
um caixão, onde o corpo ficaria totalmente vestido e a incisão irregular nunca
mais seria vista, a estética não era considerada nessa fase do processo.

— Pronto, terminamos — o dr. Cox disse, tirando as luvas cirúrgicas.
— Leve-o para a câmara fria e, em seguida, faremos o relatório.

Sloan tinha acabado de observar a primeira autópsia do seu curso de
especialização. Com a ajuda de dois auxiliares de necropsia, transferiu o
corpo para uma maca e a levou até a fileira de congeladores nos fundos do
necrotério. Ela se certificou de que o corpo estava devidamente identificado
e então deslizou a maca para dentro do congelador. No corredor, olhou para
trás, pela janela de observação, em direção ao necrotério. Além da mesa em
que ela e o dr. Cox tinham acabado de trabalhar, que estava vazia e isolada,
o restante das estações estavam ocupadas. Alunos, residentes e superviso-
res estavam reunidos ao redor de cada mesa de autópsia e observavam os
corpos deitados nelas. As luzes do teto iluminavam as áreas de trabalho, e
Sloan se imaginou ali no ano seguinte, realizando as suas próprias autópsias
e descobrindo as pistas que cada corpo deixava para trás, que explicavam a
causa da morte.

No vestiário, Sloan deixou a vestimenta cirúrgica no cesto de roupa suja
e vestiu as suas roupas comuns. O seu celular vibrou na prateleira superior do
armário. Ela verificou o identificador de chamadas, era James, o genealogista.
Já havia passado pouco mais de uma semana desde que Sloan enviara o seu
DNA. Ela sentiu uma súbita onda de ansiedade, seguida por uma pontada de
remorso. A sua adoção fora algo que os pais discutiram abertamente desde

quando Sloan era menina, o que dissipou qualquer desejo de procurar por seus pais biológicos. Porém, lentamente, ao longo dos últimos dias, uma expectativa estranha se manifestou em seu interior com a ideia de descobrir quem tinha dado à luz a ela e por que tinham decidido abrir mão dela.

Sloan levou o celular ao ouvido.

— Oi, James. Deu tudo certo?

— Sim, bem… É por isso que estou ligando. Encontrei algo… estranho em seu perfil genético. Vamos nos encontrar para conversar. Estou livre mais tarde esta noite. Que tal a cafeteria de novo?

Nervosa, Sloan sentiu as mãos ficarem úmidas e um calor intenso tomar conta do rosto e do pescoço.

— Por que você não vai na minha casa? Ou eu posso ir até a sua, o que for mais fácil.

— Eu vou até a sua — James afirmou. — Me mande uma mensagem com o seu endereço. Vou estar livre às oito.

— James, é algo grave? — Sloan perguntou antes de a ligação terminar.

Houve uma longa pausa.

— Ainda não tenho certeza. Vejo você mais tarde, Sloan.

7

Raleigh, Carolina do Norte
Quarta-feira, 10 de julho de 2024

SLOAN ESPEROU ANSIOSAMENTE A PASSAGEM DO TEMPO. ELA tentou terminar o relatório sobre a autópsia de que havia participado naquela manhã, mas a mente se recusava a se concentrar nos detalhes acerca do paciente vítima de overdose, nos resultados toxicológicos, no peso do baço, ou em qualquer outra coisa além do que James tinha descoberto acerca do seu perfil de DNA. Às oito e meia da noite, a campainha tocou misericordiosamente.

— Oi — ela disse ao abrir a porta. — Achei que você tivesse se perdido.

— Desculpe, me atrasei.

— Entra. Quer uma cerveja ou alguma outra bebida? Você já tem idade para beber, não tem?

James sorriu.

— Quer ver a minha identidade?

— Confio em você.

Sloan fechou a porta do seu aconchegante apartamento, que consistia em uma pequena cozinha, copa conjugada, sala de estar e um quarto.

— Podemos trabalhar na mesa da cozinha.

Sloan vasculhou a geladeira e, simultaneamente, James tirou o notebook e alguns papéis da mochila.

— Cerveja ou hard seltzer?

— Cerveja.

Sloan entregou uma lata de cerveja para James e abriu uma de chá gelado para ela. Em seguida, sentou-se em frente a ele.

— O seu telefonema me deixou muito ansiosa, não vou mentir — Sloan disse. — O que você descobriu?

James abriu o notebook, digitou rapidamente a senha e encarou Sloan.

— Normalmente, começo as consultas fazendo perguntas sobre a família de um cliente. Como você foi adotada, não temos acesso a essas informações de antecedentes. Isso não é um problema. Trabalho com muitos clientes que foram adotados em busca do seus pais biológicos. Mas no seu caso...

— Sim?

— O seu perfil de DNA conta uma história interessante — James prosseguiu, tocando no notebook.

— Interessante como?

— Vamos começar com o que sabemos com certeza. Você é adotada. Parte dos meus serviços inclui a confirmação desse fato fazendo uma rápida comparação do seu DNA com o dos seus pais adotivos e quaisquer membros da família Hastings. Não tenho acesso ao DNA dos seus pais adotivos, mas você me deu informações suficientes a respeito deles para eu fazer uma boa pesquisa sobre a família Hastings em geral. Criei uma árvore genealógica parcial, e posso afirmar com certeza de que você não possui ligações ancestrais com a família Hastings.

Sloan assentiu.

— A gente já sabia disso. Então, o que está te deixando tão preocupado?

James respirou fundo.

— Depois que criei o seu perfil genético e comecei a compará-lo com os usuários do banco de dados, encontrei algo... Estranho.

James virou o computador para que Sloan pudesse ver a tela.

— A minha pesquisa mostra que você descende da família Margolis. A análise e a busca que fiz por seus parentes biológicos, em combinação com as correspondências que apareceram com o seu perfil genético, sugerem que o seu nome de nascimento era Charlotte Margolis.

Perplexa, Sloan semicerrou os olhos.

— O meu nome de *nascimento*? — ela perguntou e fez um gesto negativo com a cabeça. — Como assim? Os meus pais biológicos me deram um nome antes de me entregarem pra adoção?

— Eu gostaria que fosse tão simples assim — James disse e apontou para a tela. — Olhe, é assim que funciona. Eu envio o seu perfil de DNA para o banco de dados para ver se corresponde a algum membro da família que é usuário do site de genealogia. Às vezes, conseguimos uma correspondência com um parente distante, tipo um primo de terceiro ou quarto grau; outras vezes, acertamos em cheio e encontramos uma correspondência direta com os seus pais biológicos. Em seu caso, o seu perfil correspondeu a Ellis e Nora Margolis. Ellis Margolis é o seu tio biológico. A esposa dele, Nora Davies Margolis, é a sua tia por afinidade. Isso significa que Ellis é irmão do seu pai biológico.

Margolis. Margolis. Margolis.

O nome ecoava na mente de Sloan como se alguém tivesse tocado um sino perto do seu ouvido.

— Nora Margolis — James continuou — é muita ativa no site de genealogia. Ela tornou o seu perfil público e criou uma árvore genealógica extensa tanto da família biológica dela como da família Margolis, com a qual se casou.

— Tudo bem — Sloan disse, balançando a cabeça. — Então, o meu perfil genético correspondeu a Nora e Ellis Margolis. A partir daí, você encontrou os meus pais biológicos?

— Exato. Os seus pais biológicos se chamam Preston e Annabelle Margolis.

Nervosa, Sloan engoliu em seco. *Preston e Annabelle.* Ela estava entrando em um portal para o passado que nunca tinha pretendido explorar e não conseguia compreender plenamente as emoções que vinham à tona ao descobrir os nomes dos seus pais biológicos.

Sloan piscou várias vezes para conter as lágrimas que tinham brotado em seus olhos.

— Mas... Então, como você chegou à conclusão de que o meu nome de *nascimento* era Charlotte Margolis?

— Fiz algumas investigações sobre Preston e Annabelle Margolis, assim como sobre a filha deles. Charlotte nasceu em 11 de maio de 1995, em Cedar Creek, Nevada. Os registros do Condado de Harrison possuem uma cópia da certidão de nascimento de Charlotte Margolis, constando Preston e Annabelle como pais. Um número da previdência social também estava registrado.

— Eu não entendo. Se os meus pais biológicos me entregaram pra adoção, por que eles teriam me dado um nome primeiro? E por que eles me registrariam no condado, ou qualquer que seja o nome, para legitimar que eu era filha deles? Isso não faz sentido se eles estavam me entregando pra adoção.

— Aí é que está. Os seus pais não entregaram você pra adoção, Sloan.

Tomada por uma vertigem repentina, ela sentiu a cabeça girar.

— Então, como eu acabei sendo adotada pelos meus pais?

James olhou para ela.

— Não sei. Mas segundo a árvore genealógica de Nora Margolis — ele voltou a apontar para a tela do computador —, Preston, Annabelle e a filha deles de dois meses, Charlotte, desapareceram em 4 de julho de 1995.

Sloan puxou o notebook dele para mais perto.

— Desapareceram?

— Isso mesmo.

James deslizou o dedo pela tela, onde a árvore genealógica de Nora Margolis estava sendo exibida. Sloan seguiu o dedo dele até ver os nomes dos seus pais biológicos.

Preston Margolis – Annabelle Akers

|

Charlotte

(Família desaparecida, dada como morta, 1995)

— Dada como morta? — Sloan exclamou, olhando para James.

James assentiu.

— Preston e Annabelle Margolis, junto com a filha recém-nascida, desapareceram há quase trinta anos. De acordo com todas as informações que consegui, eles continuam desaparecidos até hoje. E você é a filha deles.

8

Raleigh, Carolina do Norte
Quarta-feira, 10 de julho de 2024

À MEDIDA QUE SE APROXIMAVA DA MEIA-NOITE, SLOAN TROCOU o chá por Dr. Pepper Diet. Ela e James se aprofundavam na investigação das origens dela. A pequena mesa da cozinha estava cheia de páginas que eles tinham imprimido da internet depois de vasculharem sites em busca de informações da família Margolis desaparecida em 1995. O sumiço da família tinha sido manchete em todo o país e assunto digno de capa para todos os tabloides de supermercado.

— *Bebê Charlotte* — James disse, olhando para o notebook. — Os tabloides chamavam você de bebê Charlotte. Veja isso.

Na tela, havia uma imagem antiga da capa da *Events Magazine*, uma das publicações mais populares do país. Nela havia uma foto de Preston e Annabelle Margolis segurando a sua filhinha, Charlotte. Chocada, Sloan sentiu um frio na barriga ao olhar para Annabelle Margolis. A semelhança consigo mesma era surpreendente.

A manchete dizia:

DESAPARECIDOS
ONDE ESTÃO A BEBÊ CHARLOTTE E OS SEUS PAIS?

Sloan voltou para o computador dela. Ela também tinha buscado fotos e artigos de 1995.

— Não foi matéria de capa apenas da *Events Magazine* — ela disse. — A família Margolis apareceu nas capas da *People,* da *National Enquirer* e da *The Globe*, para citar apenas algumas que achei aqui.

— Os seus pais adotivos nunca mencionaram algo assim pra você?

— Não, claro que não — Sloan respondeu. — Quando contei pra eles que estava fazendo uma pesquisa genealógica, eles foram totalmente a favor. Até me pediram pra compartilhar qualquer informação que eu encontrasse sobre os meus pais biológicos — ela continuou e tirou os olhos do computador. — Aliás, qual é a precisão do tipo de pesquisa de DNA que você fez?

— Alta. Há uma chance de noventa e nove vírgula nove por cento de que você seja descendente da família Margolis.

Os dois voltaram para os seus notebooks.

— Não foram apenas os tabloides — James afirmou. — A história também chegou às capas de jornais sérios como o *The New York Times*, o *Chicago Tribune*, o LA *Times* e o *The Washington Post*.

James virou o seu computador para que Sloan pudesse ver as primeiras páginas dos jornais que ele tinha encontrado. Ela puxou o notebook dele para mais perto e clicou em um link para o artigo do *The New York Times*.

O DESAPARECIMENTO MISTERIOSO DA FAMÍLIA MARGOLIS

7 de julho de 1995

CEDAR CREEK, NEVADA — O mistério em torno do desaparecimento de Preston e Annabelle Margolis, juntamente com a sua filha de dois meses, Charlotte, continua conforme a investigação entra em seu terceiro dia. Os investigadores do estado de Nevada, assim como os do FBI, foram chamados para auxiliar o gabinete do xerife do Condado de Harrison na busca pela família desaparecida.

"Estamos seguindo diversas pistas no momento", Sandy Stamos, xerife do Condado de Harrison, disse. "E estamos usando todas as ferramentas possíveis que estão disponíveis para procurar esse jovem casal e a sua filha."

A última vez que a família Margolis foi vista foi no Quatro de Julho, durante o evento de gala Split the Creek em comemoração ao Dia da Independência em Cedar Creek. Três dias se passaram, e ainda não há pistas sobre o que aconteceu com a família ou onde ela possa estar.

"Nós vimos Preston e Annabelle no evento de gala", Nora Margolis, cunhada de Preston e fotógrafa bem conhecida de Cedar Creek, declarou. "Eles tinham comprado sorvete com Charlotte e passaram em meu estúdio. Eu faço uma grande exposição ao ar livre todo Quatro de Julho. Conversamos um pouco e então eles partiram para aproveitar as festividades."

Preston Margolis é membro da proeminente família Margolis do Condado de Harrison, em Nevada, e advogado no Margolis & Margolis, escritório de advocacia da família. Segundo uma certidão de casamento arquivada no tribunal do Condado de Harris, Preston e Annabelle se casaram recentemente, em 30 de maio. A bebê Charlotte tem apenas dois meses de idade.

O departamento do xerife do Condado de Harrison, a Polícia Estadual de Nevada e membros da divisão de pessoas desaparecidas do FBI forneceram poucos detalhes acerca da investigação. Para aumentar o mistério da história, o *The New York Times* descobriu que Annabelle Margolis é suspeita na morte por atropelamento de um homem de Cedar Creek no início do verão. O carro de Annabelle Margolis foi encontrado abandonado próximo ao local do acidente, alimentando especulações de que a família está fugindo para evitar um processo judicial.

"O atropelamento e a fuga do local do acidente ocorridos no início do verão estão sendo tratados como uma investigação completamente independente, não relacionada com o desaparecimento da família Margolis", o xerife Sandy Stamos declarou. "Esse caso permanece em aberto, e não retiramos nenhum recurso da investigação enquanto procuramos pela família Margolis. Estamos confiantes de que alguém em Cedar Creek dispõe de informações que nos levarão à família. Solicito que qualquer pessoa com conhecimento sobre o paradeiro de Preston, Annabelle ou da pequena Charlotte Margolis entre em contato com o gabinete do xerife do Condado de Harrison."

Esta é uma investigação em andamento.

Sloan tirou os olhos do computador.

— Isso não pode ser verdade.

— Não teria trazido isso para você se eu não tivesse certeza.

Por um momento, ambos ficaram em silêncio.

— Veja, Sloan, eu já descobri algumas histórias interessantes para os meus clientes, mas toda essa situação com a qual nos deparamos está além do que posso lidar. É maior do que o site de genealogia para o qual trabalho. Eu acho… Quer dizer, você precisa conversar com alguém sobre isso. Acho que você precisa procurar a polícia.

— Acho que vou começar pelos meus pais.

O relatório sobre a autópsia desapareceu nos recônditos da sua mente. Ela estava completamente absorvida pelo mistério do que aconteceu com os pais biológicos, e como a bebê Charlotte acabou se tornando Sloan Hastings.

9

Raleigh, Carolina do Norte
Quinta-feira, 11 de julho de 2024

SLOAN PENSOU EM ESPERAR ATÉ O FINAL DO DIA, ATÉ QUE OS pais estivessem em casa depois do trabalho, mas o seu nervosismo não permitiu. Ela entrou na clínica odontológica dos pais, sorriu para o pessoal da recepção e seguiu para o consultório da mãe. O consultório do pai ficava no outro lado do prédio, a ala de ortodontia, que tinha a sua própria entrada e uma segunda recepção. Sloan estava com a mochila pendurada no ombro, contendo cópias de tudo o que ela e James tinham descoberto na noite anterior sobre Preston, Annabelle Margolis e a filha recém-nascida deles, Charlotte.

Sloan começou a separar alguns itens: as capas das revistas *People* e *Events Magazine*, ambas mostrando a outrora família feliz de três pessoas. Na foto da *Events*, a pequena Charlotte estava aninhada nos braços da mãe, enquanto Preston e Annabelle observavam a filha recém-nascida. A foto parecia ter sido tirada por um fotógrafo profissional, talvez em celebração ao nascimento de Charlotte.

— Querida? — Dolly Hastings exclamou quando Sloan entrou no consultório. A mãe estava usando a sua habitual vestimenta cirúrgica verde com lupas odontológicas penduradas no pescoço.

— Oi, mãe.

— O que você está fazendo aqui?

— Preciso discutir algo importante com você e o papai.

— Agora? Nós dois estamos com as salas de espera lotadas de pacientes.

— Eu sei. Não quero atrapalhar o seu dia, mas preciso mostrar algo pra vocês.

Sloan expressou urgência suficiente em seu tom de voz, fazendo a mãe fechar lentamente a porta do consultório. Dolly Hastings se sentou à mesa e pegou o telefone.

— Alô? — ela disse. — Você pode pedir ao doutor Hastings para vir à minha sala? Obrigada. — Dolly desligou e olhou para a filha. — O seu pai está vindo.

Sloan assentiu.

— Obrigada.

Em menos de um minuto, o pai chegou.

— O que está acontecendo?

— Sloan precisa conversar algo conosco.

— Desculpe por aparecer durante uma manhã tão movimentada — Sloan disse. — Mas isso não pode esperar.

— O que foi, querida? — o pai perguntou.

— O meu perfil genético chegou.

Dolly e Todd Hastings se entreolharam. Então, o pai de Sloan perguntou:

— Você achou os seus pais biológicos?

Sloan assentiu e, em sinal de expectativa, moveu as sobrancelhas repetidas vezes.

— Mais ou menos. O meu perfil de DNA corresponde ao de uma família de Nevada chamada *Margolis*. Esse sobrenome significa algo pra vocês?

Dolly e Todd Hastings voltaram a se entreolhar e negaram com a cabeça.

— Não — Dolly respondeu.

— Nós tivemos um contato muito limitado com a sua mãe biológica — Todd disse. — Nós nunca conhecemos o seu pai biológico. Disseram para nós que ele não estava mais presente na sua vida. Porém, o sobrenome da sua mãe biológica era Downing, e não Margolis. Wendy Downing. Nós temos a documentação se você precisar.

— O que mais você descobriu? — Dolly perguntou.

Sloan empurrou a página com a reprodução da capa da *Events Magazine* pela mesa para que ficasse diante da sua mãe. Ela entregou a página com a reprodução da capa da revista *People* para o pai.

— Estes são os meus pais biológicos — Sloan afirmou. — Preston e Annabelle Margolis.

— Desaparecidos? — Todd Hastings disse em voz alta, transformando a manchete da revista em uma pergunta. — Eu me lembro dessa história.

— Eu também me lembro — Dolly afirmou. — Causou uma comoção em todo o país. A família sumiu sem deixar rastros.

— O que você está nos dizendo, querida? — o pai perguntou. — O seu perfil de DNA sugere que essas pessoas são os seus pais biológicos?

— Não só isso. Eu sou a bebê que eles estão segurando — Sloan respondeu.

10

Raleigh, Carolina do Norte
Quinta-feira, 11 de julho de 2024

OS HASTINGS CANCELARAM TODAS AS CONSULTAS MARCADAS para o resto do dia e foram para casa com Sloan. Os três se sentaram junto à mesa da cozinha com toda a investigação de Sloan espalhada ao redor deles: capas de tabloides, artigos de jornal e a árvore genealógica detalhada elaborada por James. Embora Sloan nunca tivesse considerado seriamente que os pais soubessem mais sobre as origens dela do que já haviam contado, o espanto em suas expressões enquanto folheavam as descobertas dela foi o suficiente para eliminar qualquer resquício de dúvida que pudesse estar escondido nos recantos sombrios da sua mente.

— Até que ponto esses sites de DNA são confiáveis? — o pai perguntou.

— Fiz a mesma pergunta para James. A resposta dele foi noventa e nove vírgula nove por cento de precisão — Sloan respondeu e mostrou outra imagem da bebê Charlotte nos braços dos seus pais. — Então, essa garota sou eu. Ou eu sou ela, ou algo assim — ela continuou e, frustrada, jogou a página na mesa. — Vocês conseguem todos os meus registros na agência de adoção que atendeu vocês?

Sloan viu os pais trocarem um olhar nervoso.

— Nós temos a documentação — o pai respondeu. — Mas não é de uma agência de adoção. Inicialmente, procuramos uma agência, e estávamos na lista dela, mas depois que algumas possíveis combinações fracassaram, decidimos buscar alternativas fora da agência.

— *Fora* da agência? O que isso significa?

— Adoção particular — a mãe respondeu. — Ainda estávamos na lista da agência, mas havia sido um processo tão longo e desgastante, com muitas tentativas que acabaram em decepção, que começamos a procurar outras opções. Tínhamos ouvido falar de outros casais que encontravam pais biológicos por conta própria e tratavam diretamente com eles, em vez de passar por uma agência. Muitas dessas histórias tiveram finais felizes, e o processo de adoção particular foi muito mais rápido depois que o intermediário foi removido.

— Então, se não foi por intermédio de uma agência de adoção, como vocês me encontraram?

— Isso foi em 1995 — o pai respondeu. — A internet era algo novo e tinha começado a se popularizar. A rede, os celulares, as mensagens de texto e a comunicação instantânea com qualquer pessoa ao redor do mundo é tudo o que você conhece, Sloan, mas quando começamos o processo de adoção a internet era algo novo e estranho. Com a generalização do uso da internet, surgiu a urgência entre a comunidade de adoção de se integrar a essa nova tecnologia desde o início. Para não perder a oportunidade de eliminar o intermédio de uma agência de adoção, para agilizar o processo e conhecer os pais biológicos on-line que queriam encontrar pais adotivos diretamente. Era como a Corrida do Ouro. Assim que a notícia se espalhou sobre casos bem-sucedidos, todos correram para a internet para tentar adoções particulares. Na época, já estávamos trabalhando com a agência havia três anos e ainda não tínhamos sido colocados em contato com nenhuma mãe biológica. Então, decidimos usar a internet. Nós conhecemos a sua mãe biológica bem rápido. Dois meses depois, assinamos os papéis e você se tornou a nossa filha.

— Vocês a conheceram? — Sloan perguntou. — A minha mãe biológica?

Dolly fez que sim com a cabeça.

— Claro.

Sloan mostrou a foto da capa da Events Magazine, apontando para Annabella Margolis.

— Era ela?

Sloan viu os pais se entreolharem novamente e, em seguida, a mãe negou com a cabeça.

— Não.

Tentando se concentrar, Sloan respirou fundo.

— Meu Deus, o que diabos está acontecendo?

— Nós temos toda a documentação — Dolly Hastings balbuciou para si mesma.

Sloan voltou a respirar fundo.

— Então, ou o meu perfil genético, o qual é estatisticamente impossível de estar incorretamente associado a esta família, está errado, ou algo realmente suspeito aconteceu quando vocês me adotaram. Tipo, essa mulher,

Wendy Downing, que disse ser a minha mãe biológica, me sequestrou, ou algo assim. Meu Deus, eu não sei!

O pai se aproximou e acariciou as suas costas.

— Está tudo bem, querida. Nós vamos descobrir o que aconteceu. Mas eu acho... — Todd Hastings parou de falar e olhou para a mulher. — Com tudo o que você descobriu, acho que precisamos ligar para a polícia.

11

Raleigh, Carolina do Norte
Sexta-feira, 19 de julho de 2024

ESTAVA SENDO UMA SEMANA BASTANTE AGITADA.

No primeiro dia, um policial passou pela residência dos Hastings para ouvir a história de Sloan e registrar um depoimento formal. No segundo dia, foi a vez de um detetive da divisão de pessoas desaparecidas do Departamento de Polícia de Raleigh. No terceiro, o mesmo detetive fez uma visita, acompanhado de um agente do FBI associado ao Centro Nacional para Crianças Desaparecidas e Exploradas. Junto com o agente do FBI estava um técnico forense que pediu a Sloan para assinar um formulário de autorização antes de realizar uma coleta de material genético de sua mucosa bucal com um cotonete e retirar uma amostra de sangue. Provando que o FBI trabalhava mais rápido do que até mesmo James, o genealogista, dois agentes da Unidade de Investigação Criminal do FBI chegaram à casa dos Hastings setenta e duas horas depois com a confirmação de que o DNA de Sloan correspondia à amostra de DNA de Charlotte Margolis, que havia permanecido intocada na sala de provas do gabinete do xerife do Condado de Harrison, em Cedar Creek, Nevada, por quase trinta anos.

Nos três dias seguintes, os agentes do FBI interrogaram Dolly e Todd Hastings de modo cortês, mas formal. As perguntas iniciais se concentraram em como, exatamente, os Hastings tinham adotado Sloan em novembro de 1995, quatro meses após o desaparecimento da pequena Charlotte Margolis. Depois das inquirições preliminares, os agentes separaram Dolly e Todd e fizeram perguntas mais incisivas. Sloan havia se trancado em seu quarto de infância durante aquele primeiro dia, quando a casa dos Hastings se tornou um centro de interrogatórios. No dia seguinte, os pais foram levados para responder a perguntas na sede do Departamento de Investigação da Carolina do Norte, em Raleigh, deixando Sloan andar nervosamente de um lado para o outro em seu apartamento enquanto esperava. Na sexta-feira, o terceiro dia do interrogatório, os pais de Sloan foram escoltados para a sede do FBI, em Charlotte, a duas horas e meia de distância. Sloan tentou aguentar, mas ela começou a se sentir enclausurada em seu apartamento, ansiando desesperadamente por espaço.

Procurando distrair a mente e fugir dos pensamentos obsessivos acerca dos pais, das perguntas a que eles estavam respondendo, e das suspeitas do FBI sobre o papel deles em seu desaparecimento décadas atrás, ela decidiu que o local de trabalho era o lugar ideal para estar. Pegou as suas chaves ao sair do apartamento e seguiu para o necrotério.

Ao sair do estacionamento do prédio, com a mente acelerada e preocupada, não prestou atenção no SUV que entrou atrás dela no trânsito.

12

Raleigh, Carolina do Norte
Sexta-feira, 19 de julho de 2024

SLOAN CHEGOU AO INSTITUTO MÉDICO LEGAL E PASSOU O crachá para abrir a porta ao lado da área de recepção. Pegou o elevador até o subsolo, sentindo o cheiro de formol mesmo antes de as portas se abrirem. Disseram-lhe que o cheiro do necrotério — uma combinação de laboratório de anatomia grosseira e esterilidade hospitalar — acabaria passando despercebido. Era o final da sua terceira semana do curso de especialização e os seus sentidos olfativos ainda estavam em alerta máximo.

Ela tinha enviado uma mensagem de texto para o dr. Cox a caminho do IML para perguntar se ele tinha algum caso naquele dia. Ele tinha, era um suicídio. A autópsia estava marcada para as onze da manhã. Sloan precisava participar de cinco autópsias durante o seu primeiro mês de curso, e essa seria a sua segunda. Ela tinha perdido os últimos dias ocupada com a revelação do seu perfil de DNA e estava atrasada em relação ao cronograma.

No vestiário, Sloan colocou a vestimenta cirúrgica, a touca e a máscara. Ao abrir a porta do necrotério, ouviu o zumbido agudo de uma serra óssea tomando conta do ambiente. O barulho estava vindo da mesa do dr. Cox, que serrava o osso do peito do cadáver para acessar a cavidade torácica.

— Leve isso, está bem? — Hayden pediu, entregando a serra para Sloan quando ela se aproximou da mesa de autópsia.

Sloan colocou o aparelho na bandeja cirúrgica com os outros instrumentos. O cheiro do osso queimado pairava no ar.

— Mulher de quarenta e seis anos. Suspeita de suicídio — Hayden informou. — Engoliu um frasco de tranquilizante.

Sloan olhou para o corpo sobre a mesa de metal frio. Nua como no dia em que nasceu, a pele da mulher tinha um tom azulado e sem vida.

— A toxicologia é fundamental em casos de suicídio — Hayden disse. — Vamos coletar sangue de diversas áreas. Com certeza, da veia femoral e do coração. Também vamos examinar a urina. Vamos medir a concentração do medicamento em diferentes partes do organismo, determinar o quanto foi metabolizado, e se a vítima misturou o tranquilizante com outras drogas ou álcool. Também vamos colher amostras de tecido e enviá-las para o toxicologista forense para que ele possa fornecer um quadro mais completo. Quais são as quatro áreas das quais devemos extrair amostras?

Rapidamente, Sloan dissipou a confusão dos últimos dias e clareou a mente.

— Fígado, cérebro, rim e humor vítreo.

— Ótimo trabalho.

Sloan observou o dr. Cox encostar um bisturi no ombro esquerdo da mulher e começar a incisão em forma de Y.

— O relatório completo da toxicologia levará alguns dias para ficar pronto. Para apresentar as minhas descobertas na reunião desta tarde, faremos uma análise rápida. Os resultados são menos completos, mas vamos obtê-los em cerca de uma hora.

— Entendi — Sloan afirmou.

— O diazepam deprime a respiração. Consumido em dosagens elevadas, pode interromper completamente a respiração. O processo será acelerado se for misturado com outros tranquilizantes, como álcool. Primeiro, vamos remover e dissecar os pulmões para inspecionar os alvéolos e procurar sinais de sufocamento.

Vinte minutos depois, Sloan estava ajudando o dr. Cox na remoção de cada pulmão, que eles pesaram e fotografaram antes de começarem a dissecação. Ela tinha ido ao necrotério para parar de pensar nos pais e no que eles estavam passando na sede do FBI. Estava funcionando.

Uma hora e meia depois, Sloan fechou a incisão em forma de Y com grampos. Ela guardou o corpo no congelador e foi para o vestiário. Já com as suas roupas comuns, passou uma hora digitando as suas observações sobre a autópsia, que anexou a um e-mail e enviou para a dra. Cutty. Sloan tinha certeza de que a dra. Cutty não lia os relatórios de autópsia dos alunos do primeiro ano. Provavelmente, essa distinção cabia a um assistente. Ou talvez nunca fossem lidos, mas simplesmente acumulados em um cemitério de documentos não lidos que existiam apenas para garantir que os novatos seguissem as regras.

Pouco depois das três da tarde, Sloan calculou que tinha mais algumas horas para ocupar antes de os pais serem dispensados pelo FBI. Ela saiu do estacionamento do IML, entrou na District Drive e depois na Blue Ridge Road. Após passar a manhã confinada no necrotério, uma sessão de crossfit na academia seria a sua próxima distração. Ela deu uma olhada no espelho retrovisor e viu um suv Toyota atrás dela. Algo soou um alarme em sua mente, um aviso sutil que talvez passasse despercebido se os últimos dias não tivessem deixado o seu sistema nervoso em estado de alerta. Os veículos utilitários esportivos estavam por toda parte, e ela tentava descobrir o que fazia aquele que estava atrás dela se destacar. Era um Toyota 4Runner prateado último modelo, que deveria se misturar com as centenas de outros que compunham o tráfego na região de Raleigh. Contudo, algo a respeito do veículo chamou a sua atenção.

Sloan fez uma curva e se aproximou da entrada para a Rodovia 40. No último segundo, ela desviou rapidamente para a rampa de acesso e se misturou ao tráfego. Pelo espelho retrovisor, ela viu o 4Runner segui-la na rodovia, ultrapassando alguns carros para acompanhar o ritmo. Ela se deslocou para a faixa do meio e ultrapassou agressivamente alguns carros e passou para a faixa da esquerda, onde pisou fundo no acelerador e ultrapassou a toda velocidade um caminhão de dezoito rodas. Uma vez livre da carreta, Sloan atravessou todas as três faixas de tráfego e pegou a rampa de saída da rodovia no último segundo. A manobra imprudente causou uma cacofonia de buzinas. Ao sair da rodovia, ela viu o Toyota prateado continuar trafegando na faixa do meio completamente indiferente à loucura dela, seguindo para o norte pela Rodovia 40 como se fosse qualquer outro veículo.

Aliviada, Sloan recuperou o fôlego e virou no final da rampa de saída. Os últimos dias a deixaram com os nervos à flor da pele. Ela chegou à academia, vestiu um short e uma regata e amarrou bem o tênis para fazer um treino puxado do tipo "o máximo de repetições possível", que estava escrito no quadro-negro da academia como o treino do dia. Era exatamente o que ela precisava. Uma popular rotina de crossfit que condensava um treino de corpo inteiro num breve período de tempo. Uma música retumbava dos alto-falantes, enquanto o instrutor pulava animadamente para motivar todos. Logo depois, começou a contagem regressiva — três, dois, um — e o treino foi iniciado. Junto com outros dez praticantes de crossfit, Sloan começou no aparelho de remo, passou para arremesso de bola na parede e levantamento de peso, e terminou com um ciclo brutal de elevações na barra. O seu corpo ficou encharcado de suor, os seus pulmões ardiam intensamente e os seus ombros e braços estavam inchados de sangue e ácido lático. Sloan tomou um banho frio, vestiu um jeans e uma blusa e verificou o celular em busca de mensagens dos pais. Não havia nenhuma.

Do lado de fora da academia, ela percorreu o estacionamento com os olhos e não notou nada fora do comum. Porém, dez minutos depois, ela avistou o Toyota estacionado sob uma árvore do outro lado da rua do seu prédio. Ao passar lentamente pelo suv, Sloan finalmente entendeu o que havia chamado a sua atenção a respeito do veículo. Era a placa. Não era da Carolina do Norte com a sua típica inscrição "First in Flight". Em vez disso, o 4Runner ostentava montanhas coloridas ao longo da parte inferior da placa, e a palavra NEVADA estampada na parte superior.

13

Raleigh, Carolina do Norte
Sexta-feira, 19 de julho de 2024

AO PASSAR PELO TOYOTA, SLOAN NOTOU QUE O SUV ESTAVA vazio. Ela entrou no estacionamento do seu prédio, parou em uma vaga e olhou ao redor. Diversas opções passaram pela sua mente. A primeira era sair de lá o mais rápido possível, dirigir para a casa dos pais e esperar a chegada deles. Ou, ela poderia voltar para o IML e esperar lá. Droga, ela poderia ir até a sede do FBI e contar aos agentes que alguém com um carro com placa de Nevada a estava seguindo. *Nevada.* Como em Cedar Creek, Nevada, onde ela e os pais biológicos desapareceram.

No final das contas, Sloan saiu do carro e se dirigiu rapidamente para a escada que levava ao seu apartamento, ainda sentindo o ardor dos quadríceps por causa do treino. Ela morava no terceiro andar. Apressou-se escada acima e, ao entrar no corredor, encontrou um homem parado perto da porta da frente. Apoiado contra a parede, com uma perna cruzada sobre a outra, ele consultava o celular despreocupadamente. Porém, a linguagem corporal relaxada do homem não ajudou a conter o seu medo. Com os olhos arregalados, Sloan sentiu uma onda de ansiedade tomar conta dela, paralisando-a momentaneamente. Após alguns instantes, ela conseguiu dar um passo para trás e apalpou a bolsa.

— Sloan? — o homem perguntou, afastando-se da parede e guardando o celular no bolso da frente da calça jeans. Ele deu alguns passos em direção a ela. — Sloan Hastings?

Com as mãos trêmulas, Sloan abriu o zíper da bolsa. Ela tentou gritar, mas os pulmões estavam sem ar devido à hiperventilação. O homem deu mais um passo à frente, e então outro, antes que Sloan encontrasse o frasco no fundo da bolsa. Ela levantou os olhos justo quando o homem estava alcançando o bolso superior da sua jaqueta. Em um movimento ligeiro, Sloan ergueu o frasco de spray de pimenta e disparou um jato poderoso em direção ao rosto do homem.

O jato foi tão forte que ricocheteou no rosto dele e atingiu diretamente os olhos de Sloan. O homem caiu de joelhos no chão, gemendo enquanto coçava os olhos. Levou apenas um instante para Sloan sentir a ardência nos próprios olhos. Ela largou o frasco e também caiu de joelhos. Pouco antes de as pálpebras dela se fecharem de modo espasmódico, Sloan viu o que o homem tinha tirado do bolso superior. Estava caído no chão diante da porta do apartamento. Não era uma arma de fogo nem uma faca, como ela tinha imaginado. Era um distintivo da polícia.

14

Raleigh, Carolina do Norte
Sexta-feira, 19 de julho de 2024

EMBORA O HOMEM TIVESSE CLARAMENTE RECEBIDO A MAIOR quantidade do spray de pimenta, ele veio em auxílio de Sloan depois que a névoa ricocheteou e fechou os olhos dela. Ele a ajudou a entrar no apartamento e ligou o chuveiro. Entre gemidos e tosses dos dois, Sloan segurou o rosto sob um jato de água fria, ao mesmo tempo que o homem se dirigiu à pia.

— Venha aqui — Sloan disse após alguns minutos. — Vamos trocar. A pia é muito pequena pra você. Acho que eu estou bem. Ou pelo menos melhor.

Satisfeito, o homem trocou de lugar e colocou o rosto embaixo do chuveiro, usando os dedos para separar as pálpebras. Passaram-se trinta minutos até eles conseguirem abrir os olhos, e outros trinta até a coriza parar de escorrer. Agora, uma hora depois de Sloan ter apertado o spray de pimenta, ela e o homem estavam sentados à mesa da cozinha com os olhos vermelhos, o rosto irritado e a garganta doendo.

O homem estava segurando um saco plástico cheio de gelo sobre o olho direito.

— Eu não fazia ideia de que você era policial — Sloan disse. — Sinto muito mesmo. Achei que alguém estava me seguindo.

Ante o silêncio do homem, Sloan sentiu a necessidade de dar uma explicação.

— Vi um carro com a placa de Nevada… — ela disse e balançou a cabeça. — Não importa. Estou arrependida de verdade. Fui uma idiota.

— Não — o homem disse, finalmente. — Eu é que fui um idiota. Eu devia ter mostrado o meu distintivo o quanto antes. Droga, eu não devia ter te seguido. O Toyota é meu.

Curiosa, Sloan semicerrou os olhos inchados.

— Eu percebi que você estava suspeitando de mim quando fez aquela manobra arriscada na estrada. Eu precisava falar com você. Então, achei que seria uma boa ideia esperar no seu apartamento, mas antes que tivesse a chance de explicar quem eu era, bem… Como eu disse, fui um idiota.

Estúpido mesmo de seguir uma mulher e depois esperá-la na porta do seu apartamento. Vai por mim, eu recebi o que merecia. Sinto muito que você também tenha sido afetada por isso — o homem continuou.

Sloan sorriu.

— As instruções não falam de ricochetes.

Os dois riram juntos.

— O que diabos você usou? Spray para ursos?

— Não. Spray de pimenta normal. Comprei pela internet. Acho que funciona, exceto pela parte do contra-ataque.

— Sou um exemplo vivo. Recebemos jatos de spray de pimenta durante o treinamento policial e não me lembro de ter sido tão ruim assim.

— Acho que acertei diretamente o seu olho.

— Sim, na mosca.

O olho esquerdo do homem tinha uma cor de calda de caramelo, que combinava com o seu cabelo escuro e a sua pele bronzeada. Ele tinha uma constituição atlética, e não era difícil imaginá-lo como um policial.

Sloan pegou o distintivo do homem.

— Muito bem, *xerife Stamos* — Sloan disse, lendo o nome dele em seu documento. — Por que você estava me seguindo?

Ela empurrou o documento e o distintivo através da mesa.

— Você deixou cair quando eu... Enfim, eu peguei quando você estava cuidando dos seus olhos.

— Obrigado — ele disse e então pegou o distintivo e o prendeu no cinto, e depois colocou o documento no bolso superior da jaqueta. — Eric Stamos. Sou o xerife de uma pequena cidade em Nevada chamada...

— Cedar Creek — Sloan interveio, completando a frase dele.

— Exato.

— Então, isso tem a ver com minha pesquisa de DNA on-line.

Eric removeu o saco de gelo do olho direito.

— Eu não sei nada sobre uma pesquisa de DNA on-line. Só sei que o FBI apareceu na minha sala há alguns dias perguntando acerca de um caso não resolvido envolvendo uma família que desapareceu de Cedar Creek quase trinta anos atrás. Um casal e a filha. Os federais queriam todas as informações possíveis que o meu departamento tivesse sobre o caso porque houve um avanço na investigação. Eles disseram que a garota, que era uma recém-nascida na época do desaparecimento, tinha reaparecido na Carolina do Norte e estava usando o nome de Sloan Hastings.

Sloan deu um sorriso do tipo "aqui estou eu".

— Sou eu mesma. Então, por que você veio de Nevada pra me encontrar?

— O FBI não me contou quase nada. Estou procurando informações sobre o caso.

— Então você veio até a Carolina do Norte em busca de informações?

— Sim, e eu teria muito gosto de informar acerca dos meus motivos se você estiver disposta a compartilhar o que você sabe.

— Sobre o quê?

— Sobre o desaparecimento da família Margolis.

Sloan assentiu lentamente, refletindo a respeito da oferta do xerife de troca de favores.

— Eu não sei muita coisa, mas a maneira como toda essa descoberta começou foi porque eu fiz uma dessas pesquisas de ancestralidade on-line por um motivo completamente diferente do que encontrar parentes distantes. O meu perfil genético indicou que sou uma criança desaparecida desde 1995. Quando nos demos conta da gravidade do assunto, os meus pais... Os meus pais *adotivos* e eu entramos em contato com a polícia. Os policiais chamaram os detetives encarregados de encontrar pessoas desaparecidas. Os detetives chamaram o FBI. Agora, aqui estamos, cerca de uma semana depois. Os meus pais estão no terceiro dia de interrogatório, o FBI está atrás de prontuários de casos antigos, e um xerife de Cedar Creek, em Nevada, está sentado na minha cozinha.

Pensativo, Eric respirou fundo e recolocou o saco de gelo sobre o rosto.

— Isso me dá algumas respostas.

— Sua vez agora. Por que você veio de Nevada pra me encontrar?

Eric se inclinou para a frente, mantendo o saco de gelo pressionado contra o lado direito do rosto.

— O meu pai trabalhou no caso Margolis quando era xerife do Condado de Harrison. O nome dele era Sandy Stamos.

Sloan se lembrou do nome por causa dos artigos que tinha lido.

— O seu pai investigou... O meu desaparecimento?

Eric assentiu.

— Ele começou, mas... Ele morreu sob circunstâncias suspeitas logo após você e os seus pais sumirem.

— O que aconteceu?

— A versão oficial? — Eric perguntou, recostando-se na cadeira. — O meu pai estava sob efeito de heroína, a viatura caiu no riacho Cedar, e ele se afogou.

— Que horror.

— Mas é uma mentira completa. O meu pai não era um viciado. Caramba, ele nunca tomou uma gota de álcool na vida. Eu não acredito nem por um segundo que ele era usuário de heroína.

— Então... — Sloan começou a falar, escolhendo as palavras com cuidado. — Você acha que a morte dele não foi um acidente?

— Acho que ele foi morto.

Eric voltou a afastar o gelo do rosto.

— Parece que o meu pai estava perto de descobrir o que aconteceu com Charlotte Margolis e os pais dela. Alguém não queria que a verdade viesse à tona. Então, o mataram e fizeram com que parecesse uma overdose de heroína.

Sloan tentou fazer uma pergunta, mas muitas coisas passaram pela sua cabeça. Finalmente, ela escolheu a pergunta mais óbvia.

— Por que você acha isso? Quer dizer, você sabe alguma coisa sobre o desaparecimento dos meus pais biológicos?

— Não. E até recentemente, nunca pensei muito acerca da morte do meu pai. Eu tinha nove anos quando ele morreu e, na época, não entendi de fato o que aconteceu. Quando você perde o seu pai tão jovem, meio que se desliga do resto do mundo. Realmente, eu nunca investiguei com muita atenção *como* ele morreu. Só sabia que o meu pai tinha partido. Venho de uma família com uma longa tradição na área da segurança pública. O meu pai era o xerife do Condado de Harrison, e o meu avô foi xerife antes dele. Foi o meu avô quem me colocou nesse caminho de investigar a morte do meu pai. O meu avô nunca acreditou na narrativa oficial sobre o que aconteceu com o filho.

— Não fizeram uma autópsia? Estou me especializando em patologia, e a primeira coisa que pensei é que o seu pai precisava ter passado por um exame *post mortem*.

— Ele passou.

— Havia heroína no organismo dele?

— Sim. Mas não acredito em absolutamente nada do laudo da autópsia.

— Você não acredita em um laudo *oficial*?

— De jeito nenhum.

— Então você acha que a autópsia estava incorreta?

— Acho que foi manipulada para mostrar o que os poderosos queriam que fosse mostrado.

— Quem tem o poder de fazer isso?

— A família Margolis. Olha, o meu avô tinha noventa e dois anos quando morreu no ano passado. Ele passou quase trinta anos buscando respostas sobre o que aconteceu com o filho. Nunca encontrou nenhuma. Quando o fim estava próximo e o meu avô sabia que não conseguiria continuar procurando, ele me contou a respeito das suas suspeitas e me entregou tudo o que havia coletado ao longo dos anos sobre a morte do meu pai. Grande parte dessas informações contém detalhes acerca da investigação do meu pai sobre o desaparecimento da família Margolis. Pouco antes de morrer, o meu avô me fez prometer que eu continuaria procurando depois que ele se fosse. Durante o último ano, eu vinha vasculhando o caso, e a primeira pista que surgiu foi a notícia de que a bebê Charlotte Margolis apareceu viva e saudável em Raleigh, na Carolina do Norte.

— Então você veio atrás de mim.

— Sim.

Sloan semicerrou os olhos quando um pensamento lhe ocorreu.

— Por que você veio de carro? — ela perguntou. — Por que você veio dirigindo de Nevada só pra falar comigo?

— Porque passagens aéreas deixam rastros. É importante que ninguém saiba que eu vim te encontrar.

— Quem estaria interessado nisso?

— A família Margolis. E nenhum deles pode saber que você e eu nos encontramos.

15

Raleigh, Carolina do Norte
Sexta-feira, 19 de julho de 2024

ALÉM DE INFLAMAR AS MEMBRANAS MUCOSAS E PROVOCAR uma rinite interminável, Sloan concluiu que um efeito colateral adicional do *oleoresin capsicum*, o princípio ativo do spray de pimenta, era a fome. Ela e Eric foram até a pizzaria da esquina para continuar conversando, ignorando os olhares de lado da garçonete, que contemplava o rosto vermelho deles e os olhos irritados num misto de medo e repulsa. Eles juraram que não estavam morrendo nem tinham algo contagioso, e pediram uma pizza grande de pepperoni. Eric tomou água em grandes goles e encheu novamente o seu copo com uma jarra deixada pela garçonete.

Mesmo com o olho direito inchado e as bochechas vermelhas, Sloan percebeu que Eric Stamos era um homem bonito. Ela fez as contas segundo as informações que ele dera a ela e concluiu que ele tinha trinta e oito anos. O físico musculoso e o queixo anguloso o faziam parecer mais jovem.

— Você tem certeza de que está bem? — Sloan perguntou.

Eric assentiu, mastigando um cubo de gelo. O inchaço em seu olho direito havia estabilizado, deixando um espaço limitado que permitia uma visão parcial.

— Estou progredindo. Apenas tentando me reidratar. E você?

— Os meus olhos estão começando a arder de novo, mas não tenho do que reclamar. O seu olho direito parece que está prestes a sangrar.

— Vou ficar bem. Ninguém nunca morreu por causa de spray de pimenta — Eric respondeu e tomou outro gole de água. — Deve ter sido um choque quando você recebeu o seu perfil de DNA.

— Ainda estou tentando digerir isso. Você disse que tinha nove anos quando os meus pais biológicos e eu desaparecemos?

— Exato. E ainda me lembro do impacto que a história causou naquela época.

— Por que o seu pai estava envolvido na investigação?

— Porque fazia parte do trabalho dele, mas também porque só se falava do caso em todo lugar. Você não conseguia pagar as suas compras no supermercado sem ver a bebê Charlotte e os pais nas capas dos tabloides. E saber que o país inteiro estava focado em nossa pequena cidade era uma loucura, mesmo para uma criança de nove anos. Mas, com toda a certeza, eu estava numa posição privilegiada por causa do meu pai. Na infância, nunca associei muito o trabalho do meu pai à resolução de crimes, mas a garantir que todos na cidade se sentissem seguros. Então, naquele verão, o meu pai se deparou com esse caso de pessoas desaparecidas, que teve repercussão em todo o país. Eu era muito jovem para compreender o que ele estava passando, mas depois o meu avô me contou todos os detalhes. Ele me disse que o meu pai se saiu muito bem durante a investigação. Então, ele morreu. Após a morte do meu pai, a polícia estadual assumiu o caso.

— Acho que estou tendo dificuldade para entender por que você veio até Raleigh me encontrar. Como xerife, você não pode simplesmente pedir todos os prontuários de um caso antigo e conversar com os investigadores que estavam envolvidos? Eles devem ter muito mais informações do que eu.

— Em qualquer outra parte do país, talvez. Mas não no Condado de Harrison. Trata-se de um lugar complicado para ser xerife.

— Complicado de que jeito?

— A família Margolis é poderosa. Eles são donos de praticamente tudo e controlam a *maioria* das coisas no condado. Durante décadas, conseguiram colocar membros da família em postos-chave. Não só nos conselhos de empresas influentes, mas também em cargos políticos importantes. A Promotoria Distrital está totalmente sob o controle da família Margolis. Um dos dois senadores de Nevada é um Margolis. O chefe da Polícia Estadual de Nevada é um Margolis. Desde os níveis locais de governo até alguns dos cargos estaduais mais altos, a família tem pessoas para ajudá-los a controlar tudo o que acontece em nosso pequeno condado. Assim, toda vez que o meu pai tinha que conduzir uma investigação que cruzava o caminho dos Margolis, direta ou indiretamente, ele tinha que agir com cautela. Assim como faço hoje em dia.

— Então, a família controla tudo, mas ainda não encontraram uma maneira de se infiltrar no gabinete do xerife?

Eric sorriu.

— Ainda não. Se os Margolis quiserem um dos seus como xerife, terão que encontrar um jeito de eleger o seu candidato. E, acredite em mim, eles tentaram. A cada quatro anos, a família gasta milhões apoiando um novo candidato ao cargo de xerife, mas é quase como se as pessoas de Cedar Creek e do Condado de Harrison soubessem que a família Margolis já é poderosa demais, e a última coisa que a cidade precisa é que eles controlem também a segurança pública local. O meu pai foi xerife por quase vinte anos. Ele se reelegeu quatro vezes. E, como eu disse, o meu avô foi xerife antes dele. Eu estou no meu segundo mandato.

— O seu pai é mencionado em alguns artigos que li a respeito do meu desaparecimento e dos meus pais biológicos.

Eric sorriu.

— O bom e velho Sandy Stamos. Ele se foi há mais tempo do que eu o conheci. Ele era o típico xerife de cidade pequena que todos amavam.

— Então, por que alguém o mataria?

— A hipótese do meu avô? Ele descobriu evidências sem querer, que apontavam para a verdade a respeito do que aconteceu com você e com os seus pais, e alguém não queria que essa verdade viesse à tona.

— Como o seu avô chegou a essa hipótese?

— Naquela época, o meu pai falou com o meu avô sobre o caso e pediu alguns conselhos. O meu pai estava tendo dificuldade para entender o que descobriu. E o meu avô estava totalmente convencido de que o meu pai descobriu algo acerca da noite em que você e seus pais desapareceram, e foi isso que o levou à morte. O momento foi muito suspeito.

— O que ele descobriu?

— Boa pergunta. Estou com esperança de que você me ajude a responder.

— Eu? Eu era uma recém-nascida quando tudo isso aconteceu. Não faço ideia do que aconteceu com os meus pais biológicos. Ou com o seu pai.

— Mas você pode me ajudar a descobrir. Na verdade, você é a *única* capaz de me ajudar.

A garçonete se aproximou e serviu uma pizza grande de pepperoni, junto com os pratos e os guardanapos.

— Querem mais alguma coisa?

— Não, obrigado, estamos bem — Eric respondeu.

— Não estou entendendo — Sloan disse assim que a garçonete se afastou. — Como eu posso ajudar a descobrir o que aconteceu com o seu pai?

Eric cortou um pedaço de pizza e deu uma mordida.

— É quase certo que a notícia de que Charlotte Margolis reapareceu quase trinta anos após seu desaparecimento vai se espalhar. Tenho certeza de que o

FBI vai informar a família. Quando isso acontecer, a família Margolis vai querer conhecê-la. Será a oportunidade perfeita pra você ir a Cedar Creek.

— Para Nevada?

— Sim.

— Pra fazer o quê?

— Pra trabalhar comigo, secretamente. Ninguém pode saber que nós estamos em contato.

— Trabalhar com você pra fazer o quê?

Eric moveu o prato para o lado e apoiou os cotovelos na mesa para que o seu rosto ficasse mais próximo ao de Sloan.

— Você me perguntou por que eu simplesmente não posso me dirigir à polícia estadual, solicitar todos os arquivos e começar a bisbilhotar. A razão é porque isso chegaria aos ouvidos da família Margolis. E se eu começar a fazer perguntas abertamente, a família vai saber que estou investigando a morte do meu pai.

— E isso é algo ruim? Por quê?

— Alguém da família Margolis sabe o que aconteceu com o meu pai, e talvez até mesmo com você e os seus pais biológicos. De acordo com o meu avô, o meu pai estava convencido de que outro crime que ele estava investigando estava relacionado com o desaparecimento dos seus pais.

— Que outro crime?

— Um atropelamento e fuga que matou um morador de Cedar Creek.

Por um momento, Sloan fez uma pausa, enquanto a sua mente remontava aos artigos que narravam o desaparecimento dela e dos seus pais.

— Eu li algo sobre isso.

Eric concordou com um movimento de cabeça.

— Eu também investiguei, e é verdade. O meu avô estava velho e sofrendo de demência antes de morrer. Eu não tinha certeza do quanto do que ele estava me contando a respeito do meu pai era verdade, ou apenas delírios de um homem moribundo com demência. Mas ele estava certo sobre algo. Fiz uma revisão de casos antigos que ainda estavam arquivados no gabinete do xerife do Condado de Harrison e descobri que o meu pai *estava* investigando um acidente de atropelamento e fuga que aconteceu no verão em que você desapareceu. Segundo o meu avô, o meu pai acreditava que o caso estava ligado diretamente com o seu desaparecimento e dos seus pais.

— E você investigou isso?

— Sim. Ninguém nunca foi acusado formalmente, e o caso ainda está sem solução até hoje. Porém, quando Annabelle e Preston Margolis desapareceram, Annabelle era a principal suspeita do caso. E o cara que ela atropelou? Ele era sócio no escritório de advocacia dos Margolis. O caso ficou sem solução depois do desaparecimento de vocês.

Sloan se recostou na cadeira e deixou o pedaço de pizza que estava comendo no prato.

— Alguém da família Margolis sabe o que aconteceu naquele verão — Eric continuou. — No caso do atropelamento e da fuga. Com você e os seus pais. E com o meu pai. Temos que encontrar essa pessoa e convencê-la a falar.

— Por que você não interroga as pessoas da família? Ou por que você não os intima judicialmente?

— Depois de tantos anos? Eu não saberia por onde começar. E mesmo que soubesse, não adiantaria. A família tem um código, tão forte quanto o dos Kennedy, ou talvez mais forte. A família não fala com pessoas de fora.

Determinada, Sloan projetou o queixo para a frente de forma sutil, finalmente começando a entender o plano de Eric e a razão de ele ter atravessado o país para encontrá-la.

— Mas eu não serei uma pessoa de fora.

— Não. Você é uma Margolis puro-sangue. Eles vão te receber de braços abertos.

Ansioso, Eric respirou fundo, e Sloan sabia que seria a sua pressão final.

— Estou te pedindo para ir a Cedar Creek e se encontrar com a família Margolis. Você é o cavalo de Troia perfeito. Você será capaz de se infiltrar na família de uma maneira impossível para qualquer outra pessoa.

Enquanto avaliava o plano de Eric Stamos, Sloan cortou um pedaço da fatia de pizza e deu uma mordida.

— Você investigou o caso do atropelamento e fuga? — ela finalmente perguntou.

— Sim.

— Vamos começar por aí. Me fale sobre isso.

O PASSADO

CEDAR CREEK, NEVADA
SÁBADO, 24 DE JUNHO DE 1995

DEZ DIAS ANTES...

Dale Pickett transportava cargas em longas viagens com o seu próprio caminhão, vendendo as horas de sua vida da mesma maneira que uma prostituta vendia o corpo. Mas dirigir a sua carreta de dezoito rodas pelo país era tudo o que ele sabia fazer, e por trinta anos havia pagado as contas dessa forma. Todo mês de dezembro, Dale estacionava o caminhão em frente à sua casa e tirava trinta dias de férias para passar as festas de fim de ano com a esposa, os três filhos e os oito netos. Então, a partir de 2 de janeiro, ele quase se matava ao longo dos outros onze meses dirigindo por longas e solitárias horas. Em 24 de junho, ele fazia uma viagem de ida e volta entre Boise e Reno. À uma hora da manhã, com pouco sono, propiciado pelo consumo de anfetamina e refrigerante rico em cafeína, ele não acreditou no que viu quando avistou o corpo na estrada.

Estendido no meio da estrada de duas pistas, Dale achou inicialmente que fosse um animal atropelado. Ao se aproximar, reduziu a velocidade. Nesse trecho da rodovia, o acostamento era muito estreito para o seu grande caminhão, e por causa do tamanho do obstáculo na pista, ele ficou preocupado que ao passar rápido por cima do que quer que fosse aquilo pudesse causar danos ao chassi. Porém, ao chegar perto o suficiente para os faróis iluminarem completamente a estrada, Dale percebeu que não era um animal, mas um corpo humano.

Dale pisou com força no freio e girou o volante em direção ao acostamento, fazendo o caminhão parar. Ele abriu a porta e desceu da cabine. A sua lanterna estava quase tão luminosa quanto os faróis, e ao se aproximar do corpo, ele direcionou o feixe de luz para a vasta extensão escura de arbustos e deserto que ladeava esse trecho vazio da estrada. Dale não viu nada e só ouvia o ronco do motor a diesel do seu caminhão. Mas um pouco mais à frente, talvez a cem metros de distância, um carro estava estacionado no acostamento. Ele apontou a lanterna para a escuridão e viu que a porta do lado do motorista estava aberta.

Dale memorizou a localização do carro e, em seguida, dirigiu a sua atenção para o corpo, direcionando o feixe de luz da lanterna em frente a ele. O homem estava encolhido sobre si mesmo, com as pernas estendidas em ângulos estranhos e um círculo de sangue no asfalto que formava uma auréola junto à cabeça. Dale não se preocupou em verificar o pulso. Esse homem estava morto tanto quanto qualquer animal atropelado que ele já tinha visto. Ele tirou o celular do bolso e ligou para o serviço de emergência.

— Em que posso ajudá-lo? — uma voz feminina perguntou.

— Há um homem morto no meio da Rodovia 67, perto de Cedar Creek.

— Um homem morto na estrada?

— Sim, senhora, alguém atropelou o pobre coitado.

— Ele está respirando?

— Duvido.

— Você verificou o pulso?

— Sem chance. Mande os policiais. Eu vou esperar por eles, e eles podem fazer todas as verificações que quiserem.

Com isso, Dale desligou o celular e voltou para o caminhão. Do compartimento lateral, ele pegou sinalizadores e cones e bloqueou a estrada. Em seguida, voltou para a cabine, estendeu a mão entre os assentos e retirou a pistola SIG Sauer que sempre mantinha ali. Ele não precisava verificar se estava carregada. Já sabia que estava.

Caminhando lentamente, partiu em direção ao carro, com os faróis do caminhão lançando a sua sombra em uma forma longa e fina à sua frente.

CEDAR CREEK, NEVADA
SÁBADO, 24 DE JUNHO DE 1995

DEZ DIAS ANTES...

O xerife Sandy Stamos dirigiu pela Rodovia 67 em direção ao norte com o giroflex ligado. Ele manteve as sirenes desligadas. Não havia tráfego na hora fantasmagórica de uma e meia da manhã, tampouco havia motivo para acordar o condado. A algumas milhas ao norte da cidade, ele viu os faróis do caminhão de grande porte ao longe. O veículo estava parado no acostamento. A cerca de cem metros do caminhão, Sandy passou por um carro que também estava parado no acostamento. Ele reduziu a velocidade e viu que a porta do lado do motorista estava aberta e o carro estava vazio.

Sandy continuou para o norte até ver os sinalizadores vermelhos brilhando na noite. Ele estacionou a sua viatura de xerife no acostamento, colocou o câmbio em ponto morto, mas deixou o motor ligado. Agarrou a alça do holofote montado lateralmente e direcionou o feixe para o homem parado junto ao caminhão. Magro, ele parecia ter cerca de sessenta anos. De jeans e camisa de flanela, estava encostado na lateral do caminhão com as pernas cruzadas e as mãos nos bolsos. O homem teve o bom senso de tirá-las do bolso, mas não foi tão longe a ponto de erguê-las. Sandy direcionou o holofote para o meio da estrada, iluminando o corpo estendido ali e, logo depois, saiu do carro.

— Foi você que fez a ligação sobre o atropelamento?

— Sim, senhor. Meu nome é Dale Pickett. Estou fazendo uma viagem de Boise para Reno. Achei que fosse um cervo até chegar mais perto.

O xerife atravessou a estrada.

— Sandy Stamos — ele disse e estendeu a mão. — Obrigado por sinalizar a área, Dale.

— De nada.

— Você tocou no corpo?

— Não, senhor.

— Nem mesmo para verificar o pulso?

— Achei que isso fosse seu trabalho. E não resta dúvida de que ele está morto. Então, não vi motivo pra isso.

Sandy assentiu.

— Você sabe algo sobre o carro? Eu tenho um bom amigo que é motorista de caminhão. Ele não é do tipo que fica esperando ao lado do caminhão numa situação assim.

Dale sorriu.

— Não, senhor. Nem eu. Pra ser franco, tenho uma pistola na minha cabine. Registrada e legal, e tenho os documentos para provar. Depois de sinalizar onde o corpo estava, notei o carro mais adiante na estrada e peguei a minha arma pra dar uma olhada. Eu não toquei em nada, não quis mexer nas evidências. Mas quis ver se tinha alguém no carro.

— E?

— Vazio. A porta do lado do motorista estava aberta, o motor estava desligado e as luzes internas estavam apagadas. Então, estou achando que a bateria descarregou. O para-choque dianteiro está amassado, e um farol está estilhaçado.

Um ataque relâmpago, Sandy pensou.

Sandy dedicou um momento para examinar a estrada para a frente e para trás, e então virou a cabeça na direção do corpo.

— Vou dar uma olhada nesse coitado.

O holofote da viatura fornecia bastante iluminação, mas Sandy mesmo assim pegou a lanterna do seu cinto. O homem estava em um amontoado, deitado de costas com as pernas estendidas, com um braço preso e escondido debaixo dele, e o outro esticado para o lado. Havia muito sangue. Uma poça circular ao redor da cabeça do homem, assim como uma mancha no asfalto que se estendia por cerca de dez metros de norte a sul, correspondendo à direção que o carro teria seguido.

— O que você faz em um caso como esse? — Dale perguntou. — Chamar uma ambulância parece inútil.

— Vou ter que chamar o legista pra vir até aqui remover o corpo. E vamos ter que fechar a rodovia. Também vou ligar para a Polícia Rodoviária. Eles vão querer mandar a própria equipe de investigação de acidentes. Me dê um tempinho pra fazer todas essas ligações? Depois eu vou tomar um depoimento formal seu antes de você voltar para a estrada.

— Claro.

CEDAR CREEK, NEVADA
SÁBADO, 24 DE JUNHO DE 1995

DEZ DIAS ANTES...

Às seis da manhã, quase cinco horas após o acidente ter sido comunicado, os investigadores da Polícia Rodoviária de Nevada assumiram o controle da cena, fechando a Rodovia 67 por um quilômetro em cada direção a partir do local do acidente. Enquanto eles continuavam o tedioso processo de coleta de provas — tirando centenas de fotos e gravando horas de vídeo que documentavam tudo sobre a cena e o corpo —, Sandy ficou sentado em sua viatura e aguardou pela identificação das placas do carro abandonado.

— Na escuta, chefe? — disse a voz da policial pelo rádio preso no ombro de Sandy.

— Sim, pode falar. Você já conseguiu a identificação da placa do carro?

— Sim, senhor. O carro está registrado em nome de Annabelle Margolis.

O coração de Sandy começou a bater mais rápido. Uma situação difícil tinha acabado de piorar. Annabelle tinha recém-casado com Preston Margolis. Sandy tinha que pisar em ovos ao lidar com a família Margolis. Nos últimos cem anos, o clã Margolis havia ganhado um poder tão grande no Condado de Harrison que a família acreditava que estava acima da lei. Não havia nenhum problema que não pudesse ser resolvido com influência e dinheiro. E nas raras ocasiões em que nenhum dos dois funcionava, a família recorria à boa e velha intimidação ou algo pior. Porém, Sandy Stamos, hoje, e o seu pai antes dele, manteve o departamento do xerife do Condado de Harrison livre da sombra dos Margolis. Tendo acabado de ganhar a sua quarta campanha de reeleição, Sandy assegurou que o último vestígio de poder do Condado de Harrison permaneceria livre da corrupção dos Margolis por pelo menos mais alguns anos. O restante do Condado de Harrison era outra história. Desde a polícia estadual até o gabinete do promotor, grande parte do setor público está firmemente sob o controle da família Margolis.

— Ainda na escuta, chefe? — a policial perguntou.

— Sim. Estou indo pra casa. Por enquanto, mantenha essa informação pra você, certo?

— Entendido, chefe.

Sandy sabia que teria que tomar cuidado com os detalhes da sua investigação. Ao seu redor estavam membros da segurança pública que poderiam ser manipulados e influenciados pelos Margolis, incluindo a Polícia Rodoviária e a unidade de investigação de acidentes. Ele tinha que ser seletivo a respeito de com quem compartilharia os detalhes da sua investigação, porque tão logo vazasse a informação de que o carro de Annabelle Margolis havia sido encontrado perto da cena do acidente, ele sofreria pressão de todos os lados.

Pouco depois das seis da manhã, quando o sol começou a iluminar o horizonte, Sandy manobrou a sua viatura e se dirigiu de volta para a cidade para encontrar Annabelle Margolis. Ele estava prestes a enfrentar a gangue dos Margolis.

CEDAR CREEK, NEVADA
SÁBADO, 24 DE JUNHO DE 1995

DEZ DIAS ANTES...

Sandy chegou à casa de Annabelle e Preston Margolis. Era uma casa em estilo vitoriano recém-construída com vista para o lago Harmony, no extremo sul de Cedar Creek. Tão nova, na verdade, que a propriedade ainda estava em construção. Preston, o filho mais novo de Reid e Tilly Margolis, havia acabado de se formar em direito em Stanford e era uma estrela em ascensão no escritório de advocacia Margolis & Margolis. Não era nenhuma surpresa que ele estivesse construindo uma casa ostensiva à beira do lago. Como associado júnior no escritório, era impossível ele ter renda suficiente para arcar com a construção da casa que Sandy estava observando. Mas o xerife sabia que o dinheiro da família financiava a obra, e não a renda de Preston.

A casa em si parecia estar pronta, mas máquinas de terraplanagem — tratores e retroescavadeiras — estavam no quintal. Uma piscina estava sendo construída, Sandy deduziu. A garagem separada para quatro carros ainda estava em fase de acabamento. Uma escada extensível estava apoiada contra a lateral da garagem, onde um homem, nos degraus superiores, pintava os beirais.

Ainda era cedo, pouco depois das seis da manhã, e Sandy foi recebido com uma serenidade paradoxal ao sair da viatura. O amanhecer oferecia o trinado tranquilo dos azulões e cardeais, o reflexo imóvel das nuvens na superfície do lago, e uma brisa suave do verão. Porém, Sandy sabia que o sossego estava prestes a ser quebrado. Ele se dirigiu até a garagem em construção.

— Você está madrugando — Sandy disse ao homem na escada.

O homem olhou para baixo.

— Prometi à senhora Margolis que terminaria a pintura da garagem até amanhã.

— Sandy Stamos.

— Lester Strange.

Ele usava uma calça com vários bolsos e uma camiseta por baixo de um avental coberto por uma vida inteira de tinta. Ele não devia ter mais do que vinte anos.

— Os Margolis estão em casa?

Lester deu de ombros.

— Não tenho certeza. Acabei de começar.

Sandy sorriu.

— Tenha um bom dia.

Lester acenou com o pincel e voltou ao trabalho.

Sandy subiu os degraus da frente e bateu na porta com força. Ele esperou um minuto inteiro, notando que Lester, o pintor, olhava em sua direção algumas vezes. Então, Sandy voltou a bater na porta. Finalmente, Preston Margolis apareceu, espiando pelo vidro ao lado da porta da frente antes de abri-la.

— Xerife — Preston disse. — Algum problema?

— Infelizmente, sim. A sua esposa está em casa?

— Ela está na cama.

— Você poderia avisá-la que preciso falar com ela?

Preston, como é de se esperar de um advogado, deu um passo à frente na varanda, fechando a porta atrás de si.

— O que está acontecendo, Sandy?

— Preciso falar com Annabelle. Você poderia dizer a ela que estou aqui?

— Não, a menos que você me diga por que você precisa falar com ela.

Sandy não tinha a intenção de entrar numa discussão jurídica com Preston Margolis, que se constituiria como advogado de Annabelle e negaria o acesso a Sandy sem levá-la ao departamento do xerife para um interrogatório formal.

— Olha, Preston, algo aconteceu durante a noite. Um atropelamento e fuga na Rodovia 67. O carro de Annabelle foi encontrado parado no acostamento da estrada um pouco mais adiante do corpo. Há danos evidentes no farol dianteiro.

— Um atropelamento e fuga?

Sandy assentiu.

Preston balançou a cabeça como se estivesse tentando clarear os pensamentos.

— Quando isso aconteceu?

— De madrugada. Recebemos uma ligação por volta de uma da manhã. Estou vindo diretamente do local. Estive lá a noite toda. A 67 está fechada e os investigadores estaduais estão no local.

— A pessoa...?

— Sim, o homem morreu.

— Ela estava aqui, Sandy. Annabelle ficou aqui a noite inteira.

Sandy assentiu.

— Eu ainda preciso falar com ela.

— Você não acredita em mim?

— Não importa se eu acredito em você, Preston. Eu ainda preciso falar com Annabelle.

— Ela está... — Preston começou a falar e deu um passo para mais perto. — Você não está pensando em prender a minha esposa, está, Sandy?

As palavras soaram como um desafio. Os filhos de Reid Margolis foram criados para acreditar que estavam acima da lei. Sandy não estava disposto a morder a isca.

— Não estou aqui para prender ninguém, Preston. Só estou aqui para fazer algumas perguntas. O carro dela foi encontrado na cena do crime. Eu preciso descobrir como foi parar lá.

Sandy viu Preston olhar para longe, em direção ao lago, enquanto analisava as suas opções. O homem estava realmente confuso com a notícia dada por Sandy, ou era um ator incrível.

— Você se importa se eu der uma olhada na garagem primeiro? — Preston finalmente perguntou. — Para ver se o carro de Annabelle está lá. Talvez se trate de algum engano.

— Vamos lá — Sandy disse, seguindo Preston degraus abaixo rumo à garagem.

— O seu pessoal sempre começa a trabalhar tão cedo em um fim de semana?

— Lester? — Preston indagou. — Ele é o pau para toda obra da família, uma espécie de faz-tudo. Lester está sempre por perto. Annabelle pediu para ele terminar a garagem. Então, ele tem estado aqui desde o amanhecer todos os dias desta semana.

— Bom dia, senhor Margolis — Lester disse enquanto Preston e Sandy passavam pelo pé da escada.

O *sr. Margolis* era um moleque de nariz empinado de vinte e cinco anos, recém-saído da faculdade de direito, e Sandy achou estranho alguém quase da mesma idade tratá-lo tão formalmente. Bem-vindo à vida de um Margolis.

— Bom dia, Lester — Preston disse.

— Algum problema, senhor Margolis?

— Nenhum problema.

Preston abriu a porta lateral da garagem e ligou um interruptor de parede. Lâmpadas fluorescentes no teto iluminaram o recinto. Das quatro vagas, apenas a primeira tinha um carro estacionado: o sedã BMW de Preston. A segunda vaga estava vazia, a terceira ocupada por um pequeno trator e a quarta preenchida com uma bancada de trabalho e ferramentas penduradas de modo organizado na parede.

— O que é isso?

Sandy ouviu Preston sussurrar para si mesmo.

Finalmente, ele se virou para Sandy e assentiu.

— Vou acordar Annabelle e todos nós podemos conversar na cozinha.

— Obrigado.

Dez minutos depois, Sandy estava na cozinha da casa à beira do lago de Preston e Annabelle Margolis. Quando o casal desceu, Sandy notou que Annabelle, tal como Preston, parecia ter acabado de sair da cama. Normalmente, isso não seria surpreendente para uma manhã de sábado, mas isso aumentou a confusão de Sandy a respeito de como essa mulher poderia ter atropelado um homem apenas algumas horas antes, abandonado o seu carro na estrada, voltado para casa e então dormido tranquilamente até a visita de Sandy.

— Bom dia, Annabelle — Sandy disse.

— Xerife — Annabelle respondeu com a voz sonolenta. — Preston me falou sobre um atropelamento e fuga, ou algo assim?

— Sim. Aconteceu na Rodovia 67 no início da madrugada. Um homem morreu e o corpo foi encontrado no meio da estrada. O seu carro foi encontrado no acostamento, a cerca de cem metros do corpo.

— O *meu* carro?

— Sim, senhora.

— Você tem... — Annabelle começou a falar e olhou de Sandy para Preston, e depois de volta para Sandy. — Você tem certeza de que era o meu carro?

— Um Audi prata. A placa está registrada em seu nome.

Annabelle voltou a olhar para Preston.

— A garagem está vazia — Preston sussurrou para ela. — O seu carro não está lá.

— Você pegou a Rodovia 67 ontem à noite? — Sandy perguntou.

— Não. Eu fiquei aqui. Não saí de casa.

— Talvez você tenha saído rapidamente para alguma coisa?

— Não. Eu fiquei com Charlotte a noite inteira. Ela está com laringite. Ficamos cuidando dela o tempo todo.

— Charlotte? — Sandy perguntou.

— A nossa filha — Preston respondeu. — Ela está com muita tosse. Ficamos de plantão a noite toda.

Sandy assentiu. Ele tinha esquecido que os recém-casados tiveram um bebê.

— Então vocês dois ficaram acordados a noite toda, ou vocês se revezaram?

— Um pouco dos dois — Preston respondeu.

— Annabelle? — Sandy perguntou, tentando manter a conversa entre os dois.

— Não me lembro de cada minuto da noite, mas Preston e eu ficamos acordados juntos em alguns momentos. Também nos revezamos para ver como ela estava e dormir no quarto dela.

Sandy assentiu, mas não mencionou que a explicação deles permitia momentos durante a noite em que Annabelle estava acordada enquanto Preston dormia, o que possibilitava que Annabelle pudesse ter saído sem que o marido soubesse. Ele guardaria essa hipótese para outra ocasião, se a situação se complicasse.

— Alguém tem as chaves do seu carro além de você?

— Não — Annabelle respondeu, e foi até uma tigela situada no canto da bancada da cozinha. Ela pegou um molho de chaves. — Essas são as minhas chaves.

— Quando foi a última vez que você dirigiu o seu carro?

Despreocupada, Annabelle deu de ombros.

— Charlotte está doente há alguns dias. Então, tenho ficado em casa. Faz alguns dias desde que saí pela última vez.

— Alguns dias?

Pensativa, Annabelle olhou para o teto.

— Quarta-feira. A última vez que saí de casa foi na quarta-feira. Fui até a cidade com Charlotte. Parei na farmácia para comprar um remédio para o nebulizador dela.

Ao ficar ouvindo Annabelle Margolis falar, Sandy percebeu que algo não parecia certo em toda a situação e, não pela primeira vez desde que havia batido na porta da frente, ele começou a duvidar que ela estivesse dirigindo o carro encontrado abandonado na Rodovia 67.

— Preciso que você esteja disponível nos próximos dias enquanto tentamos resolver isso completamente. Então, se estiver planejando viajar, gostaria que você cancelasse.

— Não temos planos de ir a lugar nenhum — Preston afirmou.

Sandy assentiu.

— Vou entrar em contato. Espero que a filha de vocês melhore.

— Obrigada — Annabelle disse.

Alguns momentos depois, sentado em sua viatura, Sandy olhou de volta para a casa dos Margolis. Preston e Annabelle estavam parados na varanda. Ele estava com o braço em torno dos ombros da mulher. Ante a visão, Sandy sentiu certo desânimo, pois percebeu que Annabelle Margolis não tinha nada a ver com o atropelamento. Os muitos inimigos da família Margolis passaram rapidamente por sua mente, e as chances de um caso simples e de fácil resolução desapareceram como fumaça ao vento.

RENO, NEVADA
SEGUNDA-FEIRA, 26 DE JUNHO DE 1995

OITO DIAS ANTES...

A dra. Rachel Crane era a médica-legista chefe do Condado de Washoe. O seu necrotério ficava em Reno e Sandy a conhecia muito bem. Ao longo do seu mandato como xerife do condado vizinho de Harrison, ele a tinha visitado em diversas ocasiões. A dra. Crane realizava os exames *post mortem* quando a Polícia Rodoviária do Estado de Nevada estava envolvida no caso. Baker Jauncey, o homem encontrado morto na Rodovia 67, fora transportado para o necrotério de Reno após o isolamento do local e todas as evidências terem sido coletadas. A descoberta de que o sr. Jauncey era sócio do escritório de advocacia Margolis reforçou ainda mais o confronto iminente entre Sandy e a família, e ele se sentia satisfeito por ter uma profissional imparcial como Rachel Crane realizando a autópsia fora do Condado de Harrison.

Sandy foi para Reno e agora andava de um lado para outro na sala da dra. Crane enquanto esperava, finalmente parando para espiar pela janela. Ele relembrou a sua visita na manhã de sábado a Annabelle Margolis, e como fazia pouco sentido que o carro dela tivesse sido encontrado no local do acidente e, na verdade, ela não estivesse dirigindo. Sandy sentiu uma gota de suor na base da nuca antes de escorrer pela sua espinha.

— Sandy — a dra. Crane disse ao entrar em sua sala. — Não esperava você tão cedo.

Tirado dos seus pensamentos, Sandy deu as costas para a janela.

— Desculpe. Vim direto pra cá depois que você ligou. Já estou sentindo a pressão desse caso e preciso de respostas antes que a máquina política do Condado de Harrison comece a se movimentar.

A dra. Crane assentiu.

— Tenho tentado manter distância.

— Sorte sua. Eu estou sempre no olho do furacão.

— Receio que as minhas descobertas não vão facilitar o seu trabalho. Terminei a autópsia esta manhã. Ainda estou compilando as minhas anotações, mas vou atualizar você rapidamente.

— Algo interessante?

— Infelizmente, sim. Venha comigo, será mais fácil entender se eu mostrar o que encontrei.

Sandy seguiu a dra. Crane, saindo da sala dela e seguindo por um longo corredor. O cheiro de formol invadia as suas narinas quanto mais se aproximavam das portas duplas que ele sabia que levavam ao necrotério. A dra. Crane empurrou as portas, com Sandy permanecendo logo atrás. No átrio do lado de fora da sala de autópsias, ambos vestiram as máscaras cirúrgicas antes de entrar. As seis mesas de aço inoxidável estavam vazias, e Sandy observou com curiosidade os dispositivos que pendiam do teto acima de cada uma delas: um foco cirúrgico, um aparelho de raio-X e várias mangueiras para pulverizar, lavar, aspirar ou outras tarefas infernais que acontecessem quando os corpos ocupavam as mesas.

Ele seguiu a dra. Crane até uma fileira de congeladores onde os corpos eram armazenados: primeiro, antes da autópsia, e depois novamente enquanto aguardavam o transporte para a funerária. Ela abriu uma das portas, e Sandy viu um par de pés azuis pálidos se projetando sob um lençol branco, e uma etiqueta de identificação pendurada no dedão do pé. A dra. Crane deslizou a prateleira para fora e puxou o lençol sem cerimônia ou solicitação. Para a dra. Crane, contemplar um cadáver era um ritual diário ao qual ela era tão indiferente quanto Sandy era em relação a prender a sua arma à cintura.

— Você não pode simplesmente me dizer o que descobriu, doutora?

— Você não veio até Reno para eu te dizer o que descobri. Você precisa ver para entender.

— Entender o quê?

— O enorme problema que você tem em suas mãos.

Sandy sentiu a cabeça doer só com a ideia de entrar em confronto direto com a família Margolis.

— Eu tenho problemas demais que nem consigo contar. Você vai acrescentar mais um à minha lista?

— Sim. E este será o maior de todos — a dra. Crane disse. — Porque esse homem não foi atropelado por um carro.

RENO, NEVADA
SEGUNDA-FEIRA, 26 DE JUNHO DE 1995

OITO DIAS ANTES...

— Eu o encontrei no meio da estrada — Sandy disse. — O asfalto estava marcado por um rastro de sangue. Sem dúvida *parecia* que um carro o tinha atropelado. Além disso, os investigadores encontraram o sangue da vítima na parte de baixo do carro que foi abandonado na estrada.

— Desculpe — a dra. Crane afirmou. — Deixe-me reformular o que eu disse. Esse cara foi mesmo *atropelado* por um automóvel. Mas não foi isso que o matou.

Sandy observou quando a dra. Crane virou o corpo de Baker Jauncey de lado; uma tarefa que ela realizou puxando o lençol debaixo dele com uma mão, enquanto ao mesmo tempo empurrava a omoplata do homem com a outra. A manobra fez com que o braço direito do cadáver caísse sobre a maca de metal antes de ficar pendurado inerte na borda. Por mais vezes que Sandy visse isso, a prostração sem vida dos mortos o surpreendia, como se ferro preenchesse as suas entranhas e o mundo fosse um ímã.

— Está vendo isso? — a dra. Crane perguntou, apontando para a parte posterior da cabeça de Baker Jauncey.

— O quê? — Sandy disse, com os olhos semicerrados. — O grande buraco negro na cabeça dele? Sim, estou vendo.

— A lesão perfurou a pele e fez uma cratera no crânio.

Sandy encarou a dra. Crane.

— Acho que fraturas cranianas são comuns quando as pessoas são atingidas por carros em alta velocidade, não?

— Não. São possíveis, mas não comuns. A lesão mais comum é a fratura de fêmur, supondo que a vítima estivesse de pé quando o veículo a atingiu. Neste caso, ele não tinha essa lesão; não havia nenhuma fratura em seu corpo além da craniana. Mas, voltando à sua pergunta, dependendo de como o corpo reage após ser atingido pelo veículo, muitas outras lesões podem ocorrer. Em geral, lesões em órgãos internos e hemorragias. As lesões na cabeça podem ocorrer se a vítima é projetada para cima, meio que dando cambalhotas, e colide com o para-brisa. Mas esse não foi o caso aqui, já que não houve danos ao para-brisa do carro.

A dra. Crane usou as mãos enluvadas para expor a lesão na parte posterior da cabeça de Baker Jauncey, desprendendo o couro cabeludo, que ela havia dissecado durante a autópsia, para que o crânio nu ficasse visível. Sandy sentiu o estômago embrulhar ao ouvir o som estridente.

— Com certeza, uma fratura craniana tão extensa teria feito o para-brisa rachar. Mas, mesmo que, por milagre, o vidro não tivesse estilhaçado, esse ferimento definitivamente não seria causado pelo impacto contra uma superfície lisa e plana como um para-brisa.

— E se ele foi atingido pelo carro, lançado pelos ares, e então caído de cabeça?

— Essa é uma observação aceitável, mas a dinâmica da fratura craniana invalida a hipótese. Novamente, essa fratura não foi causada pelo impacto contra uma superfície plana, seja ela um para-brisa ou o asfalto. E, então, de acordo com a sua hipótese, a vítima teria que ser lançada para cima, caído no asfalto, sofrido a lesão na cabeça e, *em seguida*, atropelada pelo carro em alta velocidade. Basicamente, a sua hipótese exige que o carro atinja a vítima duas vezes, o que é impossível pelas leis da física — a dra. Crane explicou.

— Então o que causou a lesão na cabeça?

— O meu palpite mais confiável? Um taco de beisebol.

Surpreso, Sandy piscou várias vezes.

— Um taco de beisebol?

— Com base no formato e na profundidade da fratura, além da descoberta de fragmentos de madeira no ferimento, algum tipo de objeto arredondado de madeira se movendo em alta velocidade produziu a fratura. Um taco de beisebol é o culpado mais provável.

— O que você está me dizendo, doutora Crane?

— Estou dizendo que esse homem foi atingido na parte posterior da cabeça, provavelmente com um taco de beisebol, causando um traumatismo que fraturou o seu crânio e provocou uma hemorragia cerebral que o matou. Então, *depois* de morto, ele foi atropelado por um carro.

Sandy trouxe de volta à sua mente a sua visita a Preston e Annabelle Margolis, lembrando-se de como o casal pareceu surpreso de verdade ao saber que o carro de Annabelle estava envolvido em um atropelamento e fuga.

A dra. Crane voltou a apontar para a cabeça de Baker Jauncey.

— O meu parecer oficial sobre a causa da morte será traumatismo craniano que resultou em hemorragia cerebral fatal. Tipo de morte: homicídio.

Preocupado, Sandy passou a mão pelo cabelo ao receber a notícia.

— Todas as outras lesões que documentei foram causadas *post mortem* — a dra. Crane continuou.

— *Depois* que ele estava morto?

— Exato.

Nervoso, Sandy passou a língua pelos lábios ao avaliar o seu próximo passo, e o seguinte depois dele.

— Eu preciso que você segure os resultados da autópsia por um tempo — ele disse finalmente. — Não os compartilhe com ninguém. Você pode fazer isso?

— Eu nem sequer redigi o meu laudo. Posso adiar por alguns dias. Talvez até por uma semana ou duas. Mas a polícia estadual está envolvida. Então, terei alguma pressão sobre mim.

— Adie o máximo que puder. E não fale com mais ninguém sobre isso, certo? Principalmente alguém do Condado de Harrison.

— O que está acontecendo, Sandy?

Tenso, o xerife deixou escapar um longo suspiro.

— O carro encontrado no local pertencia a um membro da família Margolis. E a vítima era um sócio do escritório de advocacia Margolis.

— Pelo amor de Deus — a dra. Crane sussurrou.

— Isso mesmo. Quando se tornar de conhecimento público que isso está sendo chamado de homicídio, e não de atropelamento, a coisa vai ficar feia, e eu preciso me preparar pra isso. Dá pra você me dar uma semana?

— Vou tentar.

Sandy assentiu e saiu apressado do necrotério. Ele sabia que não havia capa de chuva ou guarda-chuva resistente o suficiente para protegê-lo da tempestade que estava por vir.

RENO, NEVADA
TERÇA-FEIRA, 27 DE JUNHO DE 1995

SETE DIAS ANTES...

Pouco depois da meia-noite, o furgão sem janelas entrou na ruela e parou do lado de fora da porta dos fundos do necrotério do Condado de Washoe, em Reno. Dois homens desembarcaram do veículo. Eles usavam blusões escuros que ocultavam as suas compleições, e bonés abaixados na testa para que as câmeras de segurança não registrassem uma imagem clara do rosto deles. Embora tivessem um jogo de chaves mestras se necessário, quando o primeiro homem alcançou a maçaneta da porta do necrotério, ela se abriu com um giro simples. Eles tinham um cúmplice no necrotério que prometeu que a porta estaria destrancada, e até então ele estava cumprindo a sua palavra.

Os dois homens entraram furtivamente, acenderam as lanternas e seguiram pelo corredor. Desceram a escada para o subsolo, com tênis de solas macias fazendo pouco barulho. Acharam a sala de autópsias e se dirigiram para a fileira de congeladores na parede dos fundos. Localizaram a terceira porta e a abriram, a única que não estava trancada. Puxaram a maca e o corpo contido nela do congelador, enquanto o ar frio invadia com força a sala. Um dos homens puxou o lençol para revelar os pés do homem, encontrou a etiqueta pendurada no dedão do pé e confirmou o nome.

Baker Jauncey.

Para ter certeza, puxaram o lençol para baixo para expor o rosto do cadáver e compará-lo com uma foto que haviam trazido. Depois da confirmação, transportaram o corpo na maca para fora da sala e através do corredor, dessa vez optando pelo elevador em vez da escada. De volta ao primeiro nível, conduziram o corpo pelos corredores, até a porta destrancada, e noite adentro. Abriram as portas traseiras do furgão e deslizaram o corpo de Baker Jauncey para dentro. Alguns minutos depois, pegaram a rodovia e seguiram para o norte.

Uma hora e meia depois, eles chegaram a Cedar Creek, onde estacionaram em frente à porta dos fundos do necrotério da cidade. Lá dentro, empurraram a maca contendo o corpo de Baker Jauncey pelos corredores escuros até alcançarem a sala de autópsias, onde depositaram o corpo no refrigerador. Eles trocaram a etiqueta do necrotério de Washoe que estava presa no dedão do pé direito de Baker.

Pouco antes das duas da manhã, Baker Jauncey se tornou propriedade do Instituto Médico Legal do Condado de Harrison, em Cedar Creek, Nevada. O médico-legista prometeu ao seu chefe que realizaria a autópsia assim que o dia clareasse.

PARTE II
INFILTRADA

16

Raleigh, Carolina do Norte
Sexta-feira, 19 de julho de 2024

ÀS OITO E MEIA DA NOITE, SLOAN DEIXOU A PIZZARIA. ELA tinha ficado com Eric durante duas horas discutindo a respeito dos seus pais biológicos ainda desaparecidos, da morte misteriosa de Sandy Stamos e do antigo e esquecido caso de atropelamento e fuga que Eric acredita estar no cerne do desaparecimento de Charlotte e dos pais em 1995. Sloan sentiu a desesperança de Eric enquanto estava sentada diante dele. Realmente, Eric acreditava, após assumir o fardo do avô, que Sloan era a sua única esperança de descobrir o que havia acontecido com o pai.

Sloan prometeu a Eric que entraria em contato, mas havia muitas variáveis para ela se comprometer a ajudá-lo. Ela voltou a pedir desculpas pelo incidente com o spray de pimenta, e então observou o xerife Stamos ir embora a bordo do seu SUV Toyota com placa de Nevada. Ela subiu correndo a escada até o seu apartamento, trancou a porta atrás de si e abriu o notebook assim que se sentou à mesa da cozinha. Sloan digitou rapidamente no mecanismo de busca:

Eric Stamos, Cedar Creek, Nevada

Uma grande quantidade de informações surgiu na tela, e ela clicou no primeiro link. Era um artigo do *Harrison County Post*.

STAMOS É REELEITO COM VOTAÇÃO ESMAGADORA

CEDAR CREEK, NEVADA, 9 de novembro de 2022 — Eric Stamos se reelegeu facilmente como xerife do Condado de Harrison ontem à noite, conseguindo 72% dos votos. O que originalmente se acreditava ser uma disputa acirrada acabou sendo uma vitória indiscutível. As últimas pesquisas apresentavam resultados inconclusivos às vésperas da eleição de terça-feira. A maioria mostrava Stamos com uma pequena vantagem, enquanto outras mostravam Trent Dilbert como favorito. Dilbert fez uma campanha agressiva, impulsionada por doações substanciais de alguns dos moradores mais ricos do Condado de Harrison. Dilbert foi apoiado por diversas figuras políticas proeminentes, como o promotor distrital. Porém, Stamos e a sua abordagem objetiva pelo cumprimento da lei, assim como a longa linhagem familiar de guardiões da paz do condado, repercutiram muito mais junto aos eleitores do que a campanha milionária de Dilbert.

Este será o segundo mandato de Stamos como xerife do Condado de Harrison. Ele é o sucessor do pai e do avô, ambos os quais cumpriram diversos mandatos consecutivos como xerife. Sanford Stamos, pai de Stamos, morreu em 1995. Eric Stamos tinha apenas nove anos na época.

Sloan digitou o nome do pai de Eric no mecanismo de busca e encontrou vários artigos sobre ele. Ela voltou a clicar em um artigo do *Harrison County Post*.

XERIFE STAMOS ENCONTRADO MORTO, SUSPEITA-SE DE OVERDOSE

CEDAR CREEK, NEVADA, 15 de julho de 1995 — Sandy Stamos, o xerife reeleito diversas vezes do Condado de Harrison, afogou-se quando a sua viatura mergulhou no riacho Cedar possivelmente tarde da noite de quinta-feira. Laudos toxicológicos preliminares do IML do Condado de Harrison indicam que Stamos tinha heroína em seu organismo. Fontes próximas à investigação revelaram ao *Post* que uma seringa foi encontrada no braço de Stamos quando o corpo do xerife foi retirado do riacho.

Stamos estava de serviço na noite de quinta-feira e não respondeu a diversas chamadas da central. Um praticante de corrida avistou a viatura do xerife submersa no riacho Cedar no amanhecer de sexta-feira, com apenas as lanternas traseiras fora da água. Mergulhadores acabaram sendo chamados para remover o corpo de Stamos. A viatura foi retirada do riacho no final da manhã de sexta-feira.

O artigo mostrava uma foto da viatura de Sandy Stamos sendo içada da água por um carro-guincho. Sloan ainda clicou em vários outros artigos sobre o pai de Eric. Finalmente, ela pesquisou "acidente com atropelamento e fuga em Cedar Creek, Nevada, 1995" e clicou no primeiro link que apareceu.

ATROPELAMENTO SEGUIDO DE FUGA DEIXA MORADOR LOCAL MORTO

CEDAR CREEK, NEVADA, 26 de junho de 1996 — A polícia foi chamada ao local de um acidente com atropelamento e fuga na Rodovia 67, logo ao norte de Cedar Creek, no início da madrugada de 24 de junho. O homem, identificado como Baker Jauncey, foi descoberto por um motorista de caminhão de fora do estado que fazia um transporte de carga de Boise para Reno.

"Eu simplesmente vi um obstáculo no meio da estrada", disse Dale Pickett, o motorista que avistou o corpo de Jauncey e ligou para a polícia. "Achei que fosse um cervo ou algum outro animal grande até chegar mais perto. Então, percebi que era uma pessoa."

O xerife Sandy Stamos do Condado de Harrison foi o primeiro agente da lei a chegar ao local. A rodovia foi fechada e a unidade de investigação de acidentes da Polícia Rodoviária do Estado de Nevada foi chamada. Fontes informaram ao Post que um carro foi encontrado perto do corpo de Baker Jauncey, mas nem o gabinete do xerife nem a Polícia Rodoviária forneceram detalhes.

"Esta é uma investigação em andamento", Sandy Stamos declarou. "O meu departamento, assim como as autoridades estaduais, estão trabalhando incansavelmente para determinar como este acidente aconteceu e quem são as partes envolvidas."

Até o momento, no entanto, nenhuma prisão foi feita. Baker Jauncey era sócio do escritório de advocacia Margolis & Margolis em Cedar Creek.

Sloan fechou o notebook. Ela poderia passar a noite toda investigando os enigmas intricados envolvendo Eric Stamos, o pai dele e o misterioso caso de atropelamento e fuga, e especulando sobre como qualquer parte daquilo tudo tinha a ver com o seu desaparecimento há trinta anos. Mas ela não tinha tempo para isso agora. Sloan ainda tinha que falar com os pais. Ela tinha perdido várias ligações deles enquanto estava jantando e ouvindo Eric Stamos apresentar a sua ideia maluca.

Sloan parou de pensar no inquietante xerife de Cedar Creek, pegou as chaves e saiu do apartamento. Em apenas alguns poucos dias desde que enviou o seu DNA, o seu mundo tinha virado de cabeça para baixo.

— Onde você estava? — o pai perguntou quando Sloan entrou pela porta da frente.

— É uma longa história. Primeiro vocês. O que aconteceu no FBI hoje?

— Eles terminaram com o interrogatório formal — o pai disse. — Contamos a eles tudo o que sabemos, desde o início do processo da sua adoção até de quem adotamos você. Apresentamos toda a documentação que tínhamos. Eles concluíram uma investigação minuciosa dos nossos antecedentes e, após três dias, fomos liberados.

— Liberados? — Sloan disse em voz alta.

— O FBI está convencido de que não sabemos nada acerca do desaparecimento dos seus pais biológicos.

— E agora? — Sloan perguntou.

— Eles querem falar com você amanhã de manhã.

— O que eles querem de mim? Eu sei menos do que você ou a mamãe.

— Eles querem falar com você sobre os próximos passos deles — a mãe respondeu.

— O nome do agente é John Michaels — o pai informou. — Boa pessoa.

— Eles falaram como vão investigar isso?

— Acho que é isso que eles vão discutir com você amanhã de manhã. Você vai nos dizer agora onde esteve?

Sloan pensou na possibilidade de contar aos pais acerca da visita de Eric Stamos, mas achou melhor não.

— Um corpo chegou ao necrotério — Sloan respondeu. — Estou ocupada lidando com isso.

Sloan não mencionou que não era o seu necrotério, ou que o corpo era de 1995. Ela considerou a omissão menos enganosa que uma mentira completa. De volta ao seu apartamento, ela passou algumas horas da noite no notebook, lendo a respeito de Eric Stamos, do pai morto dele e da família Margolis de Cedar Creek.

17

Raleigh, Carolina do Norte
Sábado, 20 de julho de 2024

NA MANHÃ SEGUINTE, SLOAN CHEGOU À CASA DOS PAIS LOGO
cedo. A mãe deixou a cafeteira ligada, e todos esperavam ansiosamente pela
chegada do agente do FBI. Pontualmente às nove horas, a campainha tocou,
e o agente especial John Michaels estava diante da porta da frente, de terno
e gravata impecáveis.

— Bom dia — Michaels disse quando Dolly Hastings abriu a porta.

— Por favor, entre.

Eles se dirigiram até a cozinha.

— Sloan, este é o agente Michaels. Esta é a nossa filha, Sloan.

— Olá — Sloan disse.

— Prazer em conhecê-la — Michaels disse, apertando a mão de Sloan.

— Podemos conversar aqui na mesa da cozinha — Todd Hastings afirmou. — Café?

— Seria ótimo, obrigado.

Depois que os quatro estavam sentados ao redor da mesa, com canecas
de café diante de cada um deles, Michaels foi direto ao assunto.

— Esta manhã, eu queria falar com todos vocês sobre quais serão os
próximos passos da nossa investigação, alguns riscos em potencial que
enfrentamos, e aqueles dos quais vocês vão querer estar cientes.

— Riscos? — Sloan indagou.

— Acreditamos que a questão fundamental, uma delas, é encontrar a
mulher que entregou você para adoção. A partir da documentação fornecida
pelos seus pais, temos algumas pistas. Vamos ver para onde elas nos levam.
A mulher mencionada nos documentos é Wendy Downing. Existem apenas
duas conclusões possíveis a respeito da sua adoção. A primeira é que a sua
mãe biológica, Annabelle Margolis, fingiu ser Wendy Downing. Porém, os
seus pais — o agente Michaels apontou para Dolly e Todd — negam enfati-
camente que a mulher que se apresentava como Wendy Downing corres-
pondesse às fotos que mostramos a eles de Annabelle Margolis. Sempre existe

a possibilidade de que Annabelle tenha usado um disfarce, mas isso é improvável. Ainda assim, vamos investigar essa possibilidade.

— E a segunda conclusão? — Sloan perguntou.

— Wendy Downing não tem nenhuma relação com você ou com seus pais biológicos.

— Você acha que eu fui sequestrada?

— Levará algum tempo para descobrirmos isso. Mas, sim, essa é a nossa suspeita. Existem muitas Wendy Downing no mundo, e suspeitamos que era um nome falso desde o início. O advogado especificado na documentação de adoção, e o homem que negociou o acordo, era alguém chamado Guy Menendez. Também suspeitamos, com base em algumas investigações preliminares, que esse era um nome falso.

Sloan registrou ambos os nomes. *Wendy Downing. Guy Menendez.*

— Infelizmente, existe um mercado clandestino de adoção muito grande e ativo. Acreditamos que você é resultado disso — o agente Michaels continuou.

— Mas por qual motivo? — Sloan perguntou.

— Os seus pais pagaram quase vinte e cinco mil dólares pela adoção particular. Assim, havia um motivo financeiro para esse crime.

— De tudo que pesquisei acerca da família Margolis, eles são ricos. Preston Margolis era advogado no escritório de advocacia da família. Ele estudou direito em Stanford. Não faz sentido pensar que ele e Annabelle entregaram de modo fraudulento a filha deles para embolsar algum dinheiro rapidamente.

— Estamos de acordo — Michaels afirmou. — É por isso que suspeitamos de que você tenha sido sequestrada.

Aquela palavra deixou Sloan à beira das lágrimas.

— Então... — Sloan começou a falar e olhou rapidamente para os pais, piscando para conter as lágrimas. Em seguida, voltou-se para o agente Michaels. — Caso isso seja verdade, se eu fui sequestrada... O que aconteceu com os meus pais biológicos?

— Vamos tentar descobrir isso.

Sloan voltou a olhar para os pais e sentiu pena pelo que estavam descobrindo, e do lugar para onde ela os tinha arrastado sem querer. Ela também, pela primeira vez na vida, sentiu-se distante deles. Sloan já não era apenas a filha adotiva a quem amavam incondicionalmente. Agora, ela era o resultado de fraude e engano. Dolly e Todd Hastings não haviam pegado uma criança do mundo para lhe dar amor e uma vida maravilhosa; eles tinham participado involuntariamente de um crime que havia tirado uma criança de pais amorosos. A constatação implícita criou uma divisão entre eles, como se um ciclone tivesse tocado o chão e aberto um abismo entre os seus mundos.

Os pensamentos de Sloan derivaram para Eric Stamos e a história que ele contou sobre o pai dele. Será que Sandy Stamos se deparou com informações que teriam esclarecido quem a levou e o que aconteceu com os seus pais biológicos? Será que essas informações teriam causado a morte dele? E será que poderia ser verdade que alguém da família Margolis soubesse da verdade? Esses pensamentos trouxeram uma sensação de urgência avassaladora. De alguma forma, a sensação a atraiu para os seus pais *biológicos*; pessoas nas quais ela mal havia pensado antes daquela semana, e com quem nunca antes tinha sentido uma ligação. Porém, esta manhã, ela sentiu não só um vínculo com os pais biológicos, mas um profundo compromisso de descobrir o que aconteceu com eles. As palavras de Eric Stamos ecoaram em sua mente.

Alguém da família Margolis sabe o que aconteceu com você e com os seus pais biológicos. Você é o cavalo de Troia perfeito.

— Uma outra coisa que eu queria falar com vocês é que notificamos a família Margolis a respeito das evoluções do caso — o agente Michaels disse, afastando Sloan dos seus pensamentos. — Especificamente, que os testes de DNA confirmaram que encontramos Charlotte Margolis. Não compartilhamos as suas informações pessoais, mas tínhamos o dever de fornecer uma atualização à família Margolis, pois essa investigação nunca foi oficialmente concluída. Os pais de Annabelle Margolis já morreram, e ela era filha única. Não há ninguém deste lado da família para contatarmos. Você, Sloan, não tem nenhuma obrigação de falar com alguém da família Margolis, mas eu queria que você soubesse que eles foram informados. A menos que você nos peça para fazer isso, não forneceremos à família Margolis nenhum outro detalhe pessoal a seu respeito.

Eu quero que você vá para Cedar Creek. A família receberia você de volta de braços abertos.

— Vou precisar de um dia ou dois para pensar se quero ou não entrar em contato com os Margolis. Preciso conversar com os meus pais sobre isso — Sloan disse.

— Claro — o agente Michaels concordou. — Há uma última coisa de que preciso alertá-la. Em 1995, quando você e os seus pais biológicos sumiram, isso ganhou repercussão nacional.

— Eu vi as capas dos tabloides — Sloan afirmou, assentindo.

— Se a informação a respeito da reaparição da bebê Charlotte vazar agora, tenho certeza de que haverá um alvoroço na mídia. Faremos o máximo possível para manter em sigilo, mas é importante alertar que se descobrirem, provavelmente vão localizá-la e assediá-la para entrevistas. A imprensa costuma ser implacável. Começarão com telefonemas, mas também aparecerão em sua casa, em seu local de trabalho, na academia. Em qualquer lugar onde acharem que você vai estar, eles vão estar.

Sloan nunca havia pensado nessa possibilidade. Ela questionou se o país ainda estaria interessado nela depois de três décadas. Mas essa era a América, Sloan lembrou. Claro que o público ainda estaria curioso. O seu caso era uma história sensacional de crime real, algo que os tabloides se alegrariam em saborear uma segunda vez. Droga, os fanáticos por crimes reais afluiriam a Raleigh para encontrá-la, e autores de podcast apostariam corrida para produzir uma série em torno da história.

Se Sloan não tomasse cuidado, ela poderia acabar novamente na capa de todos os tabloides do país, o agente Michaels a alertou.

18

Raleigh, Carolina do Norte
Domingo, 21 de julho de 2024

SLOAN NÃO CONSEGUIA DORMIR. A CONVERSA COM O AGENTE Michaels ficava se repetindo continuamente em sua mente. Ela estava aterrorizada pela ideia de ter sido tirada dos pais biológicos e vendida para um casal insuspeito, tão desesperado por uma criança que não seguiu os meios convencionais e optou por algo mais duvidoso. Sloan não guardava rancor pelos pais adotivos. Ela os amava e sempre os amaria. Porém, também sentia uma atração estranha por Preston e Annabelle Margolis, e uma necessidade crescente de descobrir o que havia acontecido com eles.

Finalmente, Sloan afastou as cobertas para o lado e se levantou da cama. O despertador indicava que eram duas e meia da manhã. Na cozinha, ela pegou o celular e escreveu uma breve mensagem para James, o genealogista.

> James,
> Existe alguma maneira de você conseguir para mim o endereço residencial de Nora Margolis? Ela é a mulher cujo perfil de DNA do marido correspondeu ao meu.
> Só por curiosidade, Sloan

Ela abriu o notebook, pronta para passar mais um período de tempo desagradável lendo sobre a família Margolis, a morte de Sandy Stamos e o misterioso caso do atropelamento e fuga de 1995. Porém, antes que tivesse a chance, o celular vibrou com uma resposta de James.

> Sloan,
> Como administrador do site, eu tenho acesso a informações pessoais dos usuários. Mas posso perder o meu emprego se compartilhá-las com você. Além disso, em minha opinião, aparecer na porta da sua tia e dizer que o seu perfil genético corresponde ao da sobrinha dela desaparecida não parece ser uma ideia muito boa.

Sloan respondeu.

Ah, James, é tarde demais. Se você não pode me dar o endereço
dela, existe outra maneira de eu entrar em contato com ela?

A resposta foi instantânea.

Sim, você pode enviar uma mensagem diretamente para ela por meio
do site.

Sloan contemplou o celular e voltou a pensar nos pais biológicos. Ela
pegou uma das páginas impressas que estavam sobre a mesa da cozinha. A
página tinha uma imagem de Preston e Annabelle Margolis na capa de um
tabloide. Era difícil imaginá-los como os seus pais biológicos, já que Annabelle
tinha menos idade na foto do que a idade atual de Sloan. Mesmo assim, a visão
daquele jovem casal a comoveu. Ela sentiu pena de Preston e Annabelle Margolis, cuja filha de dois meses tinha sido tirada deles e vendida no mercado
clandestino de adoção. Só Deus sabia o que havia acontecido com eles.

Sloan voltou a olhar para o celular e digitou uma curta resposta para
James.

Obrigada.

Com uma determinação renovada e senso de responsabilidade, Sloan
voltou para o notebook e entrou em seu perfil no site Your Lineage. Antes
de ter a oportunidade de acessar a árvore genealógica que James tinha criado
e encontrar o perfil de Nora Margolis, notou um círculo vermelho no canto
superior direito da tela indicando que outro usuário havia enviado uma mensagem para ela.

Um sentimento estranho lhe provocou um calafrio. Ela percorreu com os
olhos o seu apartamento escuro e precisou de um momento para espantar a
sensação de que não estava sozinha. Finalmente, clicou na mensagem.

Prezada Sloan,
O meu nome é Nora Margolis e estou assumindo um risco aqui... Eu
vi que o seu perfil correspondeu ao do meu marido, Ellis, indicando
que você é sobrinha biológica dele. Faço-lhe uma pergunta estranha,

mas levando em conta a informação que a polícia nos deu apenas
alguns dias atrás... Você é Charlotte?
Nora

Sloan se deu conta de que o seu perfil de DNA havia se tornado público.
Era a única opção que James tinha para configurar a conta para ver se ela
correspondia ao de outros usuários. Nora Margolis teria sido informada
acerca da conexão, como o site chamava, quando o perfil genético de Sloan
correspondeu à família Margolis. É provável que tenha sido o único resultado que Nora Margolis recebeu na última semana. E depois que o FBI informou à família que Charlotte Margolis havia sido encontrada, não seria
necessário um detetive experiente para entender como isso aconteceu, mas
apenas um usuário ativo de sites de ancestralidade, o que Nora Margolis era.

Sloan ficou olhando para a mensagem por vários minutos. Para onde a
situação estava se encaminhando, ela não fazia ideia. Ela só sabia que um
crescente senso de dever estava tomando conta dela, convocando-a para
investigar o que aconteceu com os pais biológicos tantos anos atrás.

Ela tirou o cartão de Eric Stamos da bolsa e enviou rapidamente uma
mensagem de texto.

Eric, sou eu, Sloan Hastings. Acho que encontrei um jeito de chegar
até a família Margolis.

19

Raleigh, Carolina do Norte
Domingo, 21 de julho de 2024

SLOAN PASSOU O DOMINGO NA BIBLIOTECA. ELA ESCOLHEU uma sala isolada com paredes de vidro, situada em um canto atrás de fileiras de livros onde ninguém a incomodaria. Na mesa diante dela estava a sua pesquisa: uma grande quantidade de páginas de artigos de jornais, matérias de revistas e fotografias arquivadas que ela havia extraído dos microfilmes da biblioteca tratando do desaparecimento de Preston e Annabelle Margolis, e da filha recém-nascida, Charlotte, em 1995. Todos os principais jornais do país cobriram a história. Não apenas com menções pontuais, mas com reportagens contínuas sobre as circunstâncias suspeitas que envolviam o desaparecimento da família. Conforme a investigação se arrastava e nenhum suspeito era encontrado, os artigos deixaram de tratar o fato como um crime e adotaram a hipótese de que a família Margolis havia desaparecido por conta própria. Especificamente, que Annabelle Margolis, por ser suspeita na morte por atropelamento de um morador de Cedar Creek na época do seu desaparecimento, tinha pegado a sua família e desaparecido para evitar a instauração de um processo judicial.

Sloan havia vasculhado ao máximo a história do atropelamento e fuga, mas havia poucos detalhes sobre o caso. Nessa questão, ela precisaria recorrer a Eric Stamos. Sloan mudou o seu foco para a família Margolis. O notebook estava no meio das pilhas de papel, exibindo diversos sites que detalhavam a história de Cedar Creek, a família Margolis e o seu reinado de poder sobre o Condado de Harrison, em Nevada, nos últimos cem anos. Quando recebeu o seu perfil de DNA, ela tinha realizado uma investigação superficial a respeito dos detalhes da família com James, o genealogista. Hoje, ela estava se aprofundando.

Horas de pesquisa traçaram um quadro elaborado do império dos Margolis. Os membros da família ocupavam várias cadeiras no conselho do condado, controlavam a Promotoria Distrital, e eram donos do maior escritório de advocacia de danos pessoais do condado, apropriadamente chamado

Margolis & Margolis. O maior empregador do Condado de Harrison era a Margolis Timber, uma madeireira que fornecia madeira serrada para grande parte da Costa Oeste. Uma análise dos registros do condado informou a Sloan que a maior parte das terras e vários prédios da cidade eram de propriedade da Margolis Realty, LLC. A família era a própria definição de um monopólio. Eles haviam adotado uma cidade pacata escondida nas encostas das montanhas da Serra Nevada e se apossado dela. Caramba, a família até era dona e mantinha a sua própria vinícola — a Mansão Margolis — localizada no Oregon, que produzia vinhos distribuídos ao redor do mundo. Sendo uma família tão poderosa, abastada e conhecida como os Margolis, não foi uma surpresa que o desaparecimento de membros da família tivesse atraído tanta atenção nacional.

Dentro das habilidades de pesquisa de Sloan, o desaparecimento dela e dos seus pais biológicos permaneceu no ciclo de notícias durante dezoito meses antes de finalmente desaparecer. Porém, a cada década, desde o desaparecimento em 4 de julho de 1995, algum setor da mídia revisitava o crime. Nos anos menos ativos, era um pequeno artigo no jornal local ou uma matéria na *Reno Gazette*. Para efemérides, como o vigésimo quinto aniversário, o *The New York Times* publicava uma reportagem. Esse último Quatro de Julho havia marcado o vigésimo novo ano do sumiço de Sloan e dos seus pais.

Sloan afastou o notebook para o lado e esfregou os olhos. Ela tinha se dedicado a isso por horas e precisava de uma pausa. Ao observar a grande quantidade de informações diante dela, ela se perguntou, não pela primeira vez desde que enviou a mensagem para Eric Stamos, se estava louca por acreditar que poderia ir a Cedar Creek e encontrar respostas para um mistério de décadas que havia frustrado tantos outros que o haviam investigado.

Exausta devido à pesquisa sobre a família Margolis, Sloan precisava descansar a mente. Ela foi para a academia. Agora, junto com outros dez praticantes de crossfit, Sloan sentiu o coração bater mais rápido diante da barra que possuía um disco de vinte quilos em cada lado. Com Aerosmith retumbando nos alto-falantes da academia, ela bateu palmas e uma nuvem de pó branco de giz flutuou no ar. Sloan se inclinou sobre a barra e, se agachando, agarrou-a com as mãos cobertas de pó de giz e a ergueu até a altura dos ombros. Após uma breve pausa, ela se impulsionou para sair do agachamento e sentiu a ardência dos quadríceps. Então, empurrou a barra sobre a cabeça e, ao mesmo tempo, deu um pequeno pulo para ficar com as pernas separadas. Ela segurou a barra bem alto no ar, travando os cotovelos para controlar o tremor nos braços enquanto firmava o seu centro, completando um movimento único de levantamento e arremesso. Sloan deixou cair a barra no chão, onde esta quicou até parar. Em seguida, ela repetiu o processo outras catorze vezes, quase não conseguindo travar os cotovelos na última repetição. Pela última vez, ela deixou a barra cair e se agachou sobre os joelhos, rendendo-se ao cansaço. Os quadríceps estavam saturados de ácido lático e os ombros estavam dormentes. O coração batia forte no peito e o suor cobria o seu corpo e gotejava do queixo.

Alguns outros praticantes de crossfit aplaudiram o esforço de Sloan, sabendo que ela tinha alcançado um recorde pessoal durante a última repetição da noite. Ela se encaminhou até a bicicleta ergométrica para se livrar de qualquer ansiedade restante. Com as pernas se movendo rapidamente e os braços em um movimento contínuo para a frente e para trás enquanto ela empurrava e puxava o guidão, Sloan pensou na semana que estava por vir. Ela tinha marcado um voo para Reno na tarde de sexta-feira e chegaria à Cedar Creek em algum momento da noite. Sloan havia comprado uma passagem só de ida, sem saber quando voltaria para Raleigh. Ela teria pelo menos um mês antes de precisar retornar ao Instituto Médico Legal para cumprir os exames de autópsia obrigatórios de agosto. Para compensar a sua licença prolongada, Sloan estava programada para trabalhar com Hayden Cox todos os dias da semana, o que lhe daria um pouco de folga para ir a Cedar Creek, encontrar a família Margolis e buscar respostas.

O cronômetro da bicicleta soou, mas com tantos pensamentos passando pela cabeça, Sloan apertou o botão para mais vinte minutos. Ela se entregou totalmente ao exercício, suando até ficar sem fôlego e com os músculos fatigados. Porém, mesmo o treino extenuante não foi suficiente para controlar o nervosismo que sentia a respeito da sua viagem para conhecer Nora Margolis.

20

Cedar Creek, Nevada
Sexta-feira, 26 de julho de 2024

SLOAN FEZ O VOO DE CINCO HORAS DE RALEIGH PARA RENO sem incidentes, encontrou o carro da locadora e saiu do Aeroporto Internacional de Reno no horário previsto. Cedar Creek se situava nas encostas das montanhas da Serra Nevada, a uma hora e meia ao norte de Reno. A maior cidade do Condado de Harrison, Cedar Creek era uma metrópole em miniatura ladeada pela Grande Bacia do Nevada a leste e pelos picos intransponíveis das montanhas da Serra Nevada a oeste. O riacho que deu origem ao nome da cidade nascia em um grande lago no Oregon, se juntava a afluentes que desciam dos picos nevados da Serra Nevada, e dividia a cidade ao meio antes de desaguar no lago Harmony, ao sul de Cedar Creek.

Quando Sloan alcançou o topo do penhasco, contemplou a vista aérea de Cedar Creek. A bucólica cidade se estendia abaixo dela, revelando belas casas margeando cada lado do riacho, e três pontes em arco — uma ao norte, outra ao sul, e a terceira exatamente no meio da cidade — que se erguiam sobre a água para ligar um lado da cidade ao outro. Se Sloan estivesse visitando por razões diferentes de se reunir com a família da qual foi sequestrada e tentar se inserir em seu bom convívio para encontrar respostas acerca do que aconteceu com os pais biológicos quase trinta anos antes, ela poderia ter achado o lugar bonito. Em vez disso, adotou uma abordagem científica em relação àquela cidade, da mesma maneira que fez a respeito das cinco autópsias que ajudou a fazer durante a semana anterior. Tal como os corpos e as pistas que ofereciam, Cedar Creek ocultava algo mais profundo do que a sua beleza. A cidade guardava segredos, e Sloan estava numa missão para desvendá-los de onde quer que se escondessem.

Por cem anos e três gerações, a família Margolis tinha comandado como um feudo esse pequeno recanto do país, controlado o governo local e conseguido estender a sua influência sobre atividades e agências estatais. Sloan não tinha certeza de que tipo de perigos espreitavam em Cedar Creek. Ela só sabia que, desde que descobriu que era a bebê Charlotte, uma menina que

101

havia desaparecido quando tinha dois meses e sido separada dos pais que a amavam, ela estava obcecada em encontrar respostas. À medida que Sloan se aproximava do vale em direção a Cedar Creek, sabia que estava indo para o único lugar no mundo onde poderia encontrá-las.

A estrada de mão dupla serpenteou por quase dois quilômetros até acompanhar o curso do riacho, que Sloan estimou ter a largura de dois campos de futebol americano. Na entrada da cidade, uma placa com uma mensagem de boas-vindas a recebeu em Cedar Creek: UM LUGAR ONDE OS SONHOS SE REALIZAM. Com base no que Sloan tinha tomado conhecimento até aquele momento a respeito das coisas que aconteceram ali, ela não tinha tanta certeza disso.

Sloan conduziu o carro para o norte com uma visão perfeita através da água, onde o sol poente iluminava as casas à beira do riacho com a luminosidade magnífica do anoitecer. Ao entrar no centro da cidade, ela dedicou alguns minutos para explorar o local, contornando uma série de rotatórias, até que a última a levou para o coração da cidade, um lugar conhecido como The Block. Sloan observou as lojas, galerias e os restaurantes que a pitoresca cidade exibia. No lado norte, ela atravessou a ponte Louis-Bullat — que recebeu esse nome, Sloan sabia por causa da sua pesquisa, em homenagem ao engenheiro que a projetou —, que se estendia sobre o riacho Cedar, levando-a para o lado leste da cidade. Ela virou em uma rua lateral e encontrou a casa que havia alugado até setembro num site de locação de imóveis. De repente, um mês pareceu insuficiente para descobriu o que tinha acontecido com os seus pais há trinta anos.

Sloan estacionou o carro na entrada da garagem e pegou a mala no banco de trás. Ela observou as montanhas a oeste, que lançavam longas sombras sobre a cidade à medida que o sol começava a se pôr atrás dos seus picos. De repente, ela se sentiu pequena e insignificante nesse vale no norte de Nevada, mas também como se fosse o seu destino estar ali. Como se o universo a tivesse levado a este lugar específico, naquele momento exato, para de alguma forma corrigir uma injustiça de décadas atrás. Para encontrar respostas para a família Margolis, para Eric Stamos e para ela mesma.

Sloan ouviu o guincho de um pássaro; um grito longo e agudo que ecoou pela noite. Ao se virar, ela viu um gavião-galinha equilibrado no alto de um pinheiro. Ele voltou a guinchar antes de alçar voo, batendo as poderosas asas e planando alto sobre a cabeça dela. Ela acompanhou o voo do gavião se dirigindo para o oeste, em direção ao sol poente, até que fosse apenas um pequeno ponto no horizonte antes de desaparecer.

O celular vibrou com uma mensagem de texto de Nora Margolis.

Você chegou bem?

Sloan encarou a tela do celular e procurou se acalmar. A sua ansiedade tinha alcançado um nível que dava medo.

Ela respondeu:

Acabei de chegar na casa que aluguei.

NORA: Estou literalmente tremendo de emoção. A que horas podemos nos encontrar?

SLOAN: Preciso de um tempinho para me recompor. Foi uma longa viagem.

NORA: Não se apresse. Posso ir até onde você está, ou você pode vir aqui. Estou no lado norte da cidade.

SLOAN: Endereço?

NORA: 378 Chestnut Circle.

SLOAN: Vejo você em breve.

NORA: Não vejo a hora!

Sloan respirou fundo. Agora não havia mais volta.

21

Cedar Creek, Nevada
Sexta-feira, 26 de julho de 2024

ÀS OITO DA NOITE, SLOAN TINHA DESFEITO A MALA E ENCHIDO as gavetas do armário do quarto com roupas suficientes para um mês. Ela tirou o traje de viagem e vestiu uma calça jeans e uma blusa regata branca. Dedicou um momento para pentear o cabelo e retocar a maquiagem. Em seguida, entrou no carro alugado e, sentindo uma taquicardia constante, dirigiu até a casa de Nora Margolis. Sloan seguiu o riacho para o norte até encontrar a Chestnut Circle e pegou o longo e sinuoso caminho coberto por galhos arqueados de pinheiros que margeavam cada lado até chegar à casa de Nora Margolis.

Era uma bela casa em estilo vitoriano de dois andares, com varanda envolvente e gramado impecável. Ao parar na entrada da garagem, Sloan sentiu uma descarga violenta de adrenalina. Para se acalmar, respirou fundo algumas vezes, saiu do carro e alisou a frente da sua calça, um gesto nervoso que tinha feito durante toda a sua vida — antes de exames importantes, antes do seu primeiro dia no necrotério, antes de se encontrar com alguém da sua família biológica. Sloan subiu os degraus da varanda e contemplou os vasos de plantas pendurados em fileiras em ambos os lados da porta da frente. Em seguida, tocou a campainha.

No momento seguinte, a porta se abriu, e levou apenas um instante para Nora Margolis começar a chorar.

— Ai, meu Deus — Nora disse, parada no vão da porta e sem tirar os olhos de Sloan. — Parece que estou vendo Annabelle.

Nora se aproximou para dar um abraço, e Sloan se sentiu obrigada não só a aceitar o gesto, mas a retribuí-lo. Ela não conseguiu entender completamente por que a emoção de Nora foi tão contagiante, mas antes que Sloan se desse conta, ela também estava chorando. Ela não tinha nenhuma relação emocional com essa família, mas entendia que por um curto período havia sido parte dela. E, assim, a reação de Nora Margolis ao se deparar com a sobrinha biológica do marido fazia sentido, e Sloan não estava disposta a lutar contra isso.

Nora livrou Sloan do abraço e a segurou à distância de um braço esticado, encarando-a.

— É incrível — Nora afirmou. — A semelhança.

Nos últimos dias, Sloan havia visto dezenas de imagens da mãe biológica e também tinha notado a assombrosa semelhança com Annabelle Margolis de trinta anos atrás.

— E você tem os olhos dele. Você tem os olhos de Preston.

Nora voltou a lacrimejar e enxugou o rosto com o dorso das mãos.

— Eu prometi a mim mesma que me manteria firme, mas aqui estou eu me descontrolando assim que ponho os olhos em você.

Sloan enxugou as próprias lágrimas.

— Está tudo bem. Eu entendo como isso deve ser chocante.

Sloan estimou que Nora Margolis tinha quase sessenta anos; aproximadamente a mesma idade que Annabelle Margolis teria hoje. Supondo que a sua mãe biológica ainda estivesse viva, Sloan pensou.

— Não só para nós — Nora disse. — Para você também.

Sloan sorriu.

— Foram semanas interessantes. E devo confessar que estou bastante nervosa agora.

— Não fique nervosa. Pelo menos não esta noite. Vamos ser só você e eu. Você vai conhecer o restante aa família amanhã. Entre. Achou o endereço com facilidade?

— Sim. A sua casa é muito bonita.

— Ah, obrigada. É uma casa em estilo vitoriano à moda dos Margolis — Nora disse.

Sloan seguiu a anfitriã até o hall de entrada.

— Estilo vitoriano à moda dos Margolis?

Nora deu um sorriso forçado.

— Não podemos fazer nada diferente. Como a casa foi comprada por meio do fundo fiduciário do meu marido, tinha que coincidir com todas as outras casas dos Margolis. Todas em estilo vitoriano, todas construídas pelo mesmo construtor, e todas projetadas por Tilly e Reid Margolis. Os meus sogros. Deus nos livre se construirmos a nossa própria casa — Nora disse e, frustrada, olhou em volta. — Já estou fofocando sobre a família e você acabou de chegar. Enfim, obrigada. Nós mesmos, Ellis e eu, cuidamos da decoração da casa e sempre gostamos muito dela. Quer beber alguma coisa? Vinho?

— Claro. Obrigada.

Sloan seguiu Nora até a cozinha, onde ela serviu duas taças de vinho branco.

— Pelo seu físico, acho que você é uma pessoa *fitness*, não? — Nora perguntou, entregando uma taça para Sloan.

— Pratico crossfit — Sloan respondeu, sorrindo.

Nora ergueu as sobrancelhas em sinal de dúvida.

— É um treinamento que combina levantamento de peso e exercícios aeróbicos. É uma atividade de alta intensidade. É um pouco sádico, mas também é viciante. Descobri isso na faculdade de medicina e estou meio que obcecada. Ajuda a clarear a minha mente quando fico com a cabeça bagunçada, o que é algo frequente.

— Você é casada?

— Não — Sloan respondeu, sorrindo novamente.

— Está namorando?

— Não tenho nada pra contar em relação a homens.

— Você é gay?

— Não. Só não estou pronta pra me prender a alguém ainda.

— Bem, acho que é assim hoje em dia. Me casei jovem com Ellis, mas a juventude de hoje está se casando bem mais tarde. Às vezes, nem casa.

— Na verdade, não estabeleci um prazo. Acho que ainda não encontrei o cara certo.

— Há muitos homens dando sopa por aí, e você é um ótimo partido. Então, vai acontecer quando for o momento certo. Além disso, você é médica, não é?

Havia um sentimento de orgulho nas palavras de Nora.

— Sim. Patologista.

— Isso é inédito. Os Margolis só são advogados ou políticos. Você é a primeira médica da família.

Sloan teve dificuldade em assimilar o fato de Nora Margolis a considerar parte da família. Nora fez perguntas a respeito da vida de Sloan durante uma hora: sobre a sua infância, os seus pais adotivos, a faculdade de medicina e a residência médica. Havia algo de gentil e agradável em Nora Margolis e em sua postura. Ela era dotada de um carisma que fez Sloan sentir como se a conhecesse há muito mais tempo do que uma hora.

— Me conte sobre seu interesse por genealogia — Sloan pediu. — Já que foi assim que tudo isso começou.

— É um hobby meu há anos. Tudo começou quando o meu filho precisou construir uma árvore genealógica para uma das matérias dele do ensino médio. Fiquei tão fascinada com a ciência e a história da genealogia que continuei com isso tudo mesmo depois da conclusão do trabalho escolar. Rastreei as minhas origens até o País de Gales. Diversas gerações. O processo foi cativante. Então, achei que seria interessante surpreender o meu marido fazendo a árvore genealógica da família dele: os Margolis. Estou tão envolvida nisso que não consigo parar. Pelo amor de Deus, veja o que aconteceu por causa disso.

— Então, deixa eu ver se a minha pesquisa está correta — Sloan disse. — O seu sobrenome de solteira é Davies, e você se casou com alguém da família Margolis?

— É isso mesmo. O meu marido é Ellis Margolis, o irmão de Preston. Vou te mostrar.

Nora abriu o notebook e acessou o site de genealogia. Enquanto tomava outra taça de vinho, Sloan ficou ouvindo Nora explicar as suas origens. Sem dúvida, ela era uma entusiasta da genealogia, e a sua busca para descobrir as origens dos seus ancestrais era algo mais do que um hobby.

Nora apontou para a árvore genealógica exibida na tela.

— Eu me casei com Ellis Margolis, que, junto com Preston, o seu pai biológico, eram os dois únicos descendentes de Reid e Tilly Margolis. Ellis e eu temos dois filhos, que ainda não nos deram netos. Preston se casou com Annabelle Akers, e tiveram uma filha… Evidentemente, essa parte você já sabe. Então, os meus filhos estão na parte inferior da árvore genealógica dos Margolis, mas eu rastreei os nossos ancestrais ao longo de mais de cem anos. E ainda continuo pesquisando.

Durante trinta minutos, Sloan ouviu Nora esmiuçar a árvore genealógica dos Margolis. Finalmente, em algum lugar do século XVII, ela parou.

— Desculpe, provavelmente estou te aborrecendo muito com tudo isso.

— De jeito nenhum. Faz parte do motivo pelo qual vim até Cedar Creek. Eu queria ver como um simples site de genealogia nos uniu depois de tantos anos.

— É incrível mesmo. Mas… — Nora começou a falar, mas hesitou. — Acho que a genealogia pode explicar *como* encontramos você depois de tantos anos, mas nunca será capaz de nos dizer o que aconteceu com você e os seus pais há tantos anos. Devo admitir que parte da razão pela qual entrei em contato com você foi egoísta. Tenho a esperança de que a sua história possa ajudar a esclarecer o que aconteceu com Preston e Annabelle.

Sloan sorriu.

— É isso, Nora. Eu não sei o que aconteceu comigo. Até algumas semanas atrás, achava que tinha tido uma infância bastante comum. Sabia que era adotada, mas isso simplesmente se tornou a minha existência normal. Fazia parte da minha identidade. Os meus pais me amavam, e eu os amava. Eles proporcionaram uma infância incrível pra mim. Era tudo o que eu sabia. Porém, depois do que descobri, espero descobrir mais sobre os meus pais biológicos e o que aconteceu com eles. Espero que você possa me ajudar, provavelmente tanto quanto você espera que eu possa te ajudar.

— É um mistério que já dura trinta anos o que aconteceu com você e os seus pais. Infelizmente, eu não sei mais do que você provavelmente sabe.

— Acho que não é bem assim, Nora. Você conhecia os meus pais biológicos, então só isso já te dá uma vantagem sobre mim. Podemos começar por aí? Você pode me falar sobre eles, os meus pais biológicos?

— Claro — Nora respondeu. — A sua mãe era uma amiga querida. Posso te contar tudo o que quiser saber.

Sua mãe.

Sloan se lembrou da mãe, que estava se recuperando em Raleigh de uma semana de interrogatórios pelo FBI. Era difícil encontrar espaço em sua mente para outra figura materna, mas de algum modo Annabelle Margolis tinha se enraizado em algum lugar dos seus pensamentos, transformando-se de uma estranha que ela tinha visto pela primeira vez na capa de um tabloide em algo mais. O que, exatamente, Annabelle representava para ela ainda não estava claro. Mas não era mais uma estranha.

— Você foi a luz da vida dela durante aquele verão — Nora disse. — Annabelle adorava ser mãe de primeira viagem, e estava completamente apaixonada por você.

Comovida, Sloan tentou engolir em seco, mas um nó se formou em sua garganta. Ela respirou fundo para controlar a emoção, mal contendo as lágrimas que lhe brotavam nos olhos.

— Você e a minha mãe biológica eram próximas?

— Foi uma amizade curta, mas intensa. Só nos conhecemos por cerca de um ano, mas nos tornamos melhores amigas durante esse tempo. Acho que principalmente porque éramos ambas *outsiders* no que dizia respeito à família Margolis. Quer dizer, quando Annabelle entrou em cena, eu já tinha me firmado o suficiente para ser aceita. Annabelle foi uma história diferente.

— A família não a aceitou?

— De jeito nenhum. E eu sabia exatamente o que ela estava passando porque enfrentei a mesma situação quando comecei a namorar o meu marido. Então, Annabelle e eu nos aproximamos. Eu era a pessoa em quem ela podia se apoiar quando as coisas ficavam tensas na família.

— Quando você diz que a família não a aceitava, de quem você está falando?

— Reid e Tilly.

— Por que eles não aceitaram Annabelle?

— Por muitos motivos. Mas o maior deles foi que Preston começou a namorar Annabelle quando estava noivo de outra mulher.

22

Cedar Creek, Nevada
Sexta-feira, 26 de julho de 2024

— O MEU PAI ESTAVA NOIVO QUANDO CONHECEU A MINHA MÃE?

Nora assentiu.

— De Stella Connelly. Ela era o par perfeito para Preston. Na teoria. Ela era totalmente aprovada por Reid e Tilly. Stella, assim como Preston, era uma jovem e promissora advogada em outro importante escritório de advocacia do Condado de Harrison. Por ela ser de uma família rica e poderosa, os pais de Preston gostaram dela imediatamente.

Em sinal de desconforto, Sloan cruzou os braços.

— O meu pai traiu ela com a minha mãe?

— Com certeza, Stella Connelly achava isso.

— E o que você acha?

— Acho que Preston e Annabelle se apaixonaram. Um amor muito mais profundo do que Preston sentiu alguma vez por Stella Connelly. Eu me aproximei de Annabelle por causa de tudo isto: o noivado desfeito de Preston, a gravidez da sua mãe, e a rejeição em geral que Annabelle sentiu por parte do resto da família. Eu sabia como aquela garota estava se sentindo porque já tinha passado por aquela situação.

— Eles também não aprovavam você?

— No início, não, mas eu tinha uma vantagem sobre Annabelle. Eu vinha de uma família que tinha dinheiro. Os meus pais, antes de morrerem, eram donos de uma rede de franquias de restaurantes. Quando os pais de Ellis ficaram sabendo que a minha família estava no ramo de *fast-food*, fui rejeitada. Porém, quando souberam que os meus pais possuíam mais de cem lojas e tinham ganhado uma fortuna, fui recebida de braços abertos.

— Só porque a sua família tinha dinheiro?

— Isso mesmo. Antes de eles saberem que os meus pais eram ricos, eu era apenas uma humilde fotógrafa que se envolveu com o filho deles para poder sugar a fortuna dos Margolis pelo resto da vida.

— Que horror. Eles falaram isso pra você?

— Não com essas palavras. Mas é o que eles pensavam. Sobretudo Reid. Ele cuida com unhas e dentes da fortuna da família, e está sempre atento para afastar aqueles que acredita que estão atrás dela. Ellis e eu costumávamos rir disso porque era muito absurdo. Ser um garoto Margolis significava ter poder e prestígio, mas também ter uma presença parental dominadora que corrompia todos os aspectos da vida; como que tipo de casa eles podem ter.

Nora abriu bem os braços para mostrar a sua adorável casa-padrão em estilo vitoriano que todo membro da família Margolis possuía.

— Enfim, quando Preston desistiu do noivado com Stella, isso causou um grande alvoroço. Quando ele começou a aparecer com Annabelle, o clima ficou péssimo. E quando eles anunciaram que Annabelle estava grávida de você... Bem, digamos apenas que as coisas ficaram feias. Cedar Creek é uma cidade pequena, e era ainda menor trinta anos atrás. Preston e Annabelle estavam no meio de muitos rumores antes de desaparecerem. E depois também.

— Que espécie de rumores?

— Ah, os habituais quando algo assim acontece. Quando um relacionamento termina e mais ou menos quando o outro começa. Annabelle era uma destruidora de lares. Annabelle era uma interesseira. Annabelle deu o golpe da barriga em Preston. Esse tipo de coisas. A pobre garota se meteu em apuros ao se casar com alguém da família Margolis, e eu me senti muito mal por ela. Além de Preston, eu era a sua única confidente quando se tratava de acontecimentos familiares. Como eu disse, foi por isso que ela e eu nos tornamos muito próximas tão rapidamente.

— E então ela desapareceu.

Nora deu um sorriso pesaroso.

— E então ela desapareceu.

Houve uma pausa na conversa e, em seguida, Sloan continuou.

— Eu li várias matérias sobre o desaparecimento dos meus pais biológicos. Uma das coisas que apareceram com frequência nos artigos foi a menção de que Annabelle era suspeita em uma investigação de atropelamento e fuga.

Nora confirmou com um gesto de cabeça.

— Esse foi outro grande boato por aqui. Ainda é, na verdade, porque de vez em quando o desaparecimento é ressuscitado e a cidade começa a falar de novo sobre isso. Eu tenho um estúdio fotográfico na cidade. Converso com muitas pessoas e ouço todas as hipóteses acerca do sumiço de Annabelle e Preston com a bebê Charlotte. O maior desses rumores é o caso do atropelamento e fuga.

— Você pode me falar algo a respeito?

— Aconteceu décadas atrás, então não me lembro de tudo. Mas, no verão de 1995, apenas algumas semanas antes do seu desaparecimento e dos seus pais, um dos sócios do escritório de advocacia de Reid Margolis foi atropelado na Rodovia 67. O carro de Annabelle foi encontrado no local, e se comprovou que foi o carro que atingiu e matou o homem. O nome dele era Baker Jauncey. O xerife estava investigando o caso. Ele interrogou Annabelle algumas vezes, e rumores se espalharam pela cidade de que ela estava prestes a ser presa por homicídio culposo.

— E então ela sumiu?

— Sim. Uma foto do carro saiu em todos os jornais, com o farol quebrado e o para-lama dianteiro amassado. Um dos rumores, naquela época *e* agora, é que Annabelle fugiu para evitar ser presa pela morte de Baker Jauncey, e ela convenceu Preston a fugir com ela. Eu sempre duvidei dessa hipótese, mas agora tenho certeza de que é falsa.

— Como você sabe?

— Porque você está sentada na minha frente. O FBI disse a Reid e Tilly que você foi entregue para adoção. E, embora eu não faça ideia de *como* isso aconteceu, sei que Annabelle e Preston não fariam isso. Você era tudo pra eles. Eles te amavam muito e nunca teriam te entregado voluntariamente.

Outro nó se formou na garganta de Sloan, feito de culpa e angústia. No decorrer de apenas algumas semanas, os seus pais biológicos se transformaram de figuras míticas, que cruzavam a sua mente apenas em efêmeros lampejos de pensamento, em pessoas com as quais ela sentia uma profunda ligação. O seu compromisso com eles era como uma bola de neve descendo encosta abaixo, ganhando velocidade e tamanho, e se tornando uma força implacável que só respostas poderiam deter.

— E se a hipótese a respeito da fuga de Annabelle e Preston estiver errada, só confirma aquilo que sempre temi — Nora disse.

— O quê?

— Que algo muito ruim aconteceu com eles.

23

Cedar Creek, Nevada
Sexta-feira, 26 de julho de 2024

— JÁ HOUVE ALGUM SUSPEITO?

— Sim — Nora respondeu. — Mas nenhum se revelou promissor. Com toda a cobertura da imprensa que o desaparecimento gerou, nunca houve muitas respostas. O xerife do Condado de Harrison, que investigou originalmente o caso, fornecia atualizações a cada um ou dois dias. Porém, quando a polícia estadual assumiu o caso, as atualizações acabaram.

— Por que a polícia estadual assumiu o caso?

— Acho que por várias razões. Era um caso importante, e o departamento do xerife aqui no Condado de Harrison não tinha lidado com muitos casos de pessoas desaparecidas. Com certeza, nenhum que fosse conhecido pelo público tanto quanto o seu. Mas também porque o xerife morreu logo depois de começar a investigação. Teve uma overdose de heroína e mergulhou com o carro no riacho Cedar.

Sloan se lembrou das palavras de Eric Stamos:

O meu pai nunca tomou uma gota de álcool na vida. Eu não acredito nem por um segundo que ele era usuário de heroína.

— Depois que a polícia estadual assumiu o caso, a investigação ficou muito formal e distante. A cidade recebia as atualizações pelos jornais. Eu fiquei sabendo de algumas informações adicionais porque a polícia estadual estava em contato com Reid e Tilly, e por consequência alguns detalhes acabaram chegando a mim por meio do Ellis.

— Stella Connelly foi interrogada alguma vez? Sem pensar muito, ela tinha bons motivos para querer prejudicar tanto Preston quanto Annabelle.

— Naturalmente, mas a riqueza dos pais e o escritório de advocacia da família a protegeram. Stella nunca foi considerada oficialmente suspeita ou alvo da investigação.

— O nome de mais alguém surgiu como ligado ao caso?

— Depende da pessoa para quem você pergunta. Houve uma grande divisão na cidade. Metade das pessoas achava que Annabelle e Preston tinha fugido para evitar serem acusados pela morte de Baker Jauncey. A outra metade suspeitava de crime. Nesse sentido, o único outro nome que surgiu foi o de Lester Strange.

Em dúvida, Sloan semicerrou os olhos. Em toda a sua investigação sobre o caso, ela nunca tinha se deparado com aquele nome.

— Quem era ele?

— O faz-tudo da família. Naquela época, ele era um rapaz que estava fazendo alguns trabalhos na casa de Preston e Annabelle, que ainda estava em construção quando todos vocês desapareceram. Havia rumores de que Lester tinha se apaixonado por Annabelle. Chegaram ao extremo de sugerir que os dois estavam tendo um caso tórrido.

— O que aconteceu com ele?

— Nada. Ele era um garoto na época, tinha dezenove ou vinte anos. Hoje ele tem por volta de cinquenta anos e ainda trabalha para a família. Os Margolis estão sempre construindo alguma coisa: casas, prédios, cercas, você escolhe. E o bom e velho Lester Strange ainda cuida de todos os projetos. Ele também trabalha muito na vinícola, a Mansão Margolis, que fica no Oregon. Às vezes, usamos a casa principal de lá como um refúgio. Lester é quem cuida da propriedade. É um trabalho em tempo integral.

Sloan fez um registro mental sobre Stella Connelly e Lester Strange. Seriam pistas que ela seguiria com Eric Stamos.

— Olha — Sloan disse, consultando o relógio. — Está ficando tarde e não quero tomar mais do seu tempo esta noite. Além disso, estou exausta depois de viajar o dia todo. Obrigada por todas as informações a respeito dos meus pais biológicos, e desculpe por fazer tantas perguntas.

— Imagina. Foi um prazer. E que bom que você decidiu vir para Cedar Creek. Reid e Tilly sabem sobre o nosso encontro de hoje. Eles não querem pressioná-la, mas queriam que eu transmitisse a mensagem de que gostariam muito de conhecê-la se você se sentir à vontade com isso.

— Claro. Eu também gostaria muito de conhecê-los.

— Tente não os julgar com muita severidade — Nora pediu. — Eu os critico muito, mas eles são boas pessoas. E são avós maravilhosos para os meus filhos.

Sloan sorriu.

— Não vejo a hora de conhecê-los.

— Amanhã? Eles estão ansiosos.

Sloan assentiu.

— Com certeza, seria maravilhoso.

— Que tal lá? — Nora perguntou, entregando um cartão de visita para Sloan. — É do meu estúdio fotográfico. Fica no centro da cidade, bem no meio do The Block. Passe lá amanhã à tarde. A sua mãe foi meio que a minha aprendiz. Ela e eu nos aproximamos também por causa do nosso amor pela fotografia. Eu estava ensinando a ela tudo o que eu sabia. Durante a gravidez, Annabelle se envolveu muito com a fotografia e, logo depois que você nasceu, tirou algumas fotos incríveis suas. Na verdade, ao longo de todo aquele verão. Tenho certeza de que ainda tenho as fotos que ela tirou. Se você quiser vê-las, vou procurá-las aqui em casa. Eu sei que as guardei em algum lugar.

— Eu adoraria vê-las.

Nora sorriu.

— Vou procurar hoje à noite.

Ela apontou para o cartão de visita na mão de Sloan.

— O endereço do meu estúdio está aí no cartão. À uma da tarde, amanhã? Vou pedir para Reid e Tilly nos encontrarem lá.

Sloan sorriu.

— Até lá.

— Sloan — Nora disse antes de sair pela porta —, não tenho certeza se algum dia vamos saber o que aconteceu com você e os seus pais, mas estou muito feliz por tê-la encontrado.

Sloan sorriu.

— Eu também.

Sloan acenou para Nora Margolis enquanto dava marcha à ré na entrada da garagem. Então, ocorreu-lhe que, sem muito esforço, ela tinha conseguido iniciar um relacionamento com a difícil família Margolis. Se haveria algo a ser descoberto uma vez que estivesse infiltrada nela, ainda viria a saber.

24

Cedar Creek, Nevada
Sábado, 27 de julho de 2024

NA MANHÃ SEGUINTE, ANTES DE O SOL NASCER, SLOAN SAIU para correr e conhecer melhor a cidade de Cedar Creek. Por quarenta minutos, até o sol despontar no horizonte, ela correu. Sloan seguiu pela trilha que margeava o riacho, fazendo uma pausa no meio da ponte Louis-Bullat que se arqueava sobre as águas. Abaixo dela, a superfície do riacho estava plácida e serena, refletindo as nuvens em forma de bolas de algodão, tingidas de cor de alfazema pelo sol nascente. Para o sul, ela viu as outras duas pontes que se curvavam sobre o riacho e ligavam cada metade da cidade. Para o oeste, as montanhas da Serra Nevada absorviam o brilho do nascer do sol. De sua posição privilegiada no alto da ponte, o tribunal branco era visível no centro da cidade, e Sloan retomou a corrida naquela direção.

Ela transpirou bastante e sentiu um ardor agradável nos pulmões e nas pernas ao se aproximar do centro da cidade. Acelerando o ritmo, subiu as duas dúzias de degraus do tribunal num *staccato* de elevações de joelhos que exauriram as últimas energias do quadríceps. Ao alcançar o alto da escadaria, colocou as mãos sobre a cabeça e encheu os pulmões com o ar da manhã. Então, começou a caminhar lentamente pela esplanada do tribunal, que era composta de duas portas enormes e arredondadas e que eram ladeadas por quatro colunas robustas de cada lado.

Após normalizar a respiração, Sloan contemplou uma placa próxima da porta da frente com os nomes do prefeito de Cedar Creek, do promotor distrital do Condado de Harrison e de vários membros do conselho do condado. Dos doze nomes, nove eram Margolis. De repente, enquanto estava em frente ao tribunal no centro da cidade, que era de propriedade e gerido pela família Margolis, ocorreu-lhe que a sua repentina reaparição tinha o potencial de virar Cedar Creek de cabeça para baixo.

Sloan voltou a percorrer com os olhos o The Block, depois desceu a escadaria saltitando e correu de volta para a casa que havia alugado. Uma hora depois, de banho tomado e roupa trocada, ela pegou o carro, dirigiu para fora de Cedar Creek e foi até as encostas das montanhas da Serra Nevada, seguindo o GPS rumo ao endereço que Eric Stamos tinha dado a ela. Levou trinta minutos para percorrer o sinuoso caminho cheio de curvas fechadas que ziguezagueavam pelas montanhas. Por fim, Sloan encontrou a ponte de madeira que atravessava a ribanceira abaixo, aquela que Eric havia dito que marcava a última etapa do percurso até a sua cabana.

Sloan virou à direita no final da ponte e, cerca de quatrocentos metros depois, deparou-se com o caminho de entrada da propriedade. A caixa de correio estava escondida, e o endereço estava quase apagado. Ela seguiu pelo caminho e passou sob a cobertura de folhagem das árvores até chegar à cabana e ver Eric sentado em uma cadeira na varanda. Com a mão, ele saudou Sloan, que estacionou o carro e saiu dele. A cabana triangular era cercada em três lados por uma mata densa e ficava encostada na ribanceira que ela tinha atravessado com o carro alugado. A ponte estreita de madeira, que dava passagem apenas para um veículo, estava visível ao longe, atrás da cabana. Era a própria definição de isolamento.

— Achou fácil? — Eric perguntou da varanda.

— Mais ou menos. Você gosta de morar aqui, tão longe da civilização?

— É a cabana da minha família. Entre. Eu vou mostrar o lugar pra você. Sloan subiu os degraus da varanda.

— Fico contente de te rever — Eric disse.

— Eu também. E prometo que dessa vez não vou usar spray de pimenta.

Os dois riram juntos. Eric estava plenamente recuperado do ataque com spray de pimenta, e Sloan conseguiu ver ambos os olhos dele hoje; ainda cor de calda de caramelo, o que realçava seu tom de pele moreno, evidência de uma vida passada ao ar livre. Eric usava uma camiseta justa sob a tensão dos ombros largos e revelava os músculos robustos dos antebraços, sugerindo que ele frequentava uma academia com tanta frequência quanto Sloan.

— O meu avô construiu essa cabana nos anos cinquenta — Eric disse enquanto Sloan o seguia. — Ele a usava como refúgio familiar e cabana de caça. Fica apenas a meia hora da cidade, mas parece que você está em outra dimensão.

— Com certeza.

— Eu herdei o lugar quando o meu avô morreu, no ano passado. Desde então, virou o epicentro da minha investigação acerca do que aconteceu com o meu pai.

Sloan seguiu Eric pela cabana. Tudo era de carvalho sólido e couro. O teto em forma de A alcançava quase dez metros de altura e era sustentado por grandes vigas de madeira. A mesa de jantar — uma pesada e larga tábua de carvalho polido com um banco comprido de um lado e quatro cadeiras do outro — estava coberta com caixas e papéis.

— Isso é tudo o que fui capaz de reunir sobre o caso do meu pai. Inclui tudo o que consegui encontrar relativo ao seu desaparecimento e dos seus pais, assim como ao antigo caso de atropelamento e fuga que foi vinculado à sua mãe biológica.

Sloan se aproximou da mesa e das pilhas de papéis sobre ela.

— Isso tudo é do gabinete do xerife?

— Não. Uma parte estava lá, e eu tirei cópias de tudo antes que o FBI aparecesse para coletar os papéis outro dia. Outra parte veio de pedidos que fiz segundo a lei de acesso à informação. Uma terceira parte consegui por meio de contatos que tenho na unidade de investigação da Polícia Estadual de Nevada. E muita coisa envolve materiais que o meu avô juntou ao longo dos anos enquanto buscava respostas para o que aconteceu com o meu pai. Tem me mantido ocupado desde que ele morreu. Já passei por longos períodos em que tudo o que faço no meu tempo livre é trabalhar no caso e ler os arquivos. Depois, faço uma pausa para descansar e não olho para essas coisas durante semanas. Porém, desde que o FBI me disse que Charlotte Margolis havia reaparecido, tenho estado totalmente imerso em tudo isso.

Tão discreto quanto Eric fora ao rastrear Sloan em Raleigh na semana anterior, não era de admirar que ele tivesse convertido a isolada cabana da família no centro da investigação a respeito da morte do pai.

Sloan consultou o relógio.

— Estou pronta pra entrar de cabeça em tudo isso. Preciso estar de volta à cidade até a uma da tarde. Vou me encontrar com os Margolis.

— Uau, que rápido! — Eric comentou, surpreso.

— Eu me encontrei com Nora Margolis ontem à noite. Tivemos uma boa conversa, e fiquei sabendo de algumas coisas. Vou me encontrar com Reid e Tilly Margolis hoje. Não acho que será um problema me integrar à família. Nora é basicamente a mulher mais doce que já conheci, e ela me disse que Tilly e Reid estão ansiosos para me conhecer. Ela também me deu algumas informações sobre os meus pais biológicos.

— Ah, é mesmo? — Eric disse e apontou para a mesa. — Tipo o quê?

Sloan sentou-se à mesa. Eric sentou-se em frente a ela.

— O meu pai estava noivo quando conheceu a minha mãe. Então, surgiram rumores de que, no verão em que eles desapareceram, a ex-noiva dele estava muito chateada. Naturalmente, estou interessada em investigá-la.

Eric estendeu a mão, alcançou uma pilha de papéis e os folheou.

— Stella Connelly. Encontrei algo nas anotações do meu pai a respeito dela. Ele e os seus subordinados fizeram algumas visitas à casa de Preston e Annabelle em chamadas por perturbação doméstica. Sempre era por causa de Stella Connelly, que aparecia e causava confusão.

Eric encontrou as páginas e as entregou para Sloan. Ela leu os boletins de ocorrência escritos à mão datados do verão de 1995. Eram quatro no total. Cada um descrevia um telefonema para a polícia feito da casa de Preston e Annabelle para relatar que Stella Connelly estava invadindo a propriedade e se recusando a sair dela. Cada ocorrência terminava com Sandy Stamos ou um dos seus oficiais escoltando Stella Connelly para fora do local. Nunca houve uma prisão, mas a última ocorrência, em 30 de junho de 1995, foi a mais próxima que o departamento do xerife do Condado de Harrison chegou de levar Stella Connelly para a cadeia. O seu pai, um proeminente advogado de Cedar Creek, foi chamado ao local para conter a filha sob a ameaça de prisão se ele não conseguisse acalmá-la. Quatro dias depois, em 4 de julho de 1995, Preston, Annabelle e a bebê Charlotte desapareceram.

Sloan tirou os olhos do boletim de ocorrência.

— Nora Margolis disse que Stella Connelly nunca foi considerada suspeita oficial no desaparecimento dos meus pais — ela disse e mostrou o boletim. — Ela seria a primeira pessoa que eu iria procurar.

— Stella ainda mora na cidade. Vamos encontrar uma maneira de falar com ela.

Sloan assentiu.

— Talvez eu ligue pra ela e peça para nos encontrarmos sob o pretexto de conhecer mais sobre o meu pai biológico.

— Acho que essa é a abordagem mais segura. O que mais Nora Margolis mencionou?

— Ela me falou sobre um faz-tudo que trabalhava para os Margolis naquele verão. Eles ainda o empregam, pelo que Nora disse.

— Lester Strange. O meu pai tinha um arquivo sobre ele, mas nunca fez qualquer progresso. Ele será mais difícil de abordar porque está muito ligado à família. Mas é aí que você entra, dependendo de quão fundo se infiltrar na estrutura dos Margolis.

— Nora disse que o sujeito ficou meio obcecado por Annabelle naquele verão. Vale a pena conversar com ele. Ou pelo menos investigar.

— Vou adicioná-lo à lista. O que mais?

— De Nora? Não muito, além de que Reid e Tilly Margolis não gostavam de Annabelle.

— Por qual motivo?

— A família de Annabelle não era rica, segundo Nora. Para Reid Margolis, ela estava enganando Preston para ter acesso ao dinheiro da família. O fato de ela ter engravidado de mim sem estar casada meio que reforçou essa hipótese. Novamente, tudo isso é segundo Nora Margolis, que, teoricamente, era e ainda é uma *pessoa de fora da família* com um ressentimento profundo pela maneira como Reid e Tilly a trataram quando ela começou a namorar Ellis. Eu acredito em tudo que ela me contou, mas é apenas o ponto de vista de uma pessoa.

Eric assentiu com a cabeça.

— Você mencionou que se encontrou com o FBI.

— Sim. Antes de sair de Raleigh, eu me encontrei com o agente que está chefiando a investigação.

— E?

— Pra começar, eles inocentaram os meus pais. Levou três dias, mas chegaram à conclusão de que os meus pais foram vítimas de fraude em adoção.

— Fraude em adoção?

— Os meus pais têm documentação de adoção legítima, ou uma documentação que parece ser legítima, redigida por um advogado contratado pela minha suposta mãe biológica. O único problema é que a mulher que alegou ser a minha mãe não era Annabelle Margolis.

— Quem era ela? — Eric perguntou, mostrando-se surpreso.

— Wendy Downing. Os agentes estão tentando localizá-la, mas não têm muita informação além do nome, e eles têm certeza de que era um nome falso. O FBI está trabalhando com a hipótese de que eu fui sequestrada dos meus pais biológicos e vendida no mercado clandestino de adoção. O advogado que negociou o acordo e criou a papelada se chama Guy Menendez.

Eric pegou um bloco de papel e anotou os nomes.

— O meu departamento aqui dispõe de alguns recursos, mas não é nada comparável ao poder do FBI. Poderíamos gastar muito tempo com esses dois e não chegar a lugar nenhum. Vamos deixar Wendy Downing e Guy

Menendez para os federais, e você e eu vamos nos concentrar nas pistas que temos aqui em Cedar Creek.

— De acordo. Ontem à noite, Nora também mencionou a investigação do atropelamento em que Annabelle estava envolvida.

— Sim. Eu encontrei algo estranho ao analisar os arquivos sobre isso.

Eric voltou a folhear as páginas sobre a mesa até encontrar a pilha que estava procurando.

— Dê uma olhada nisso.

Sloan pegou a página. Era um papel timbrado do Instituto Médico Legal do Condado de Washoe.

— Como o corpo de Baker Jauncey foi achado numa rodovia estadual — Eric disse e continuou —, e como a Polícia Rodoviária de Nevada estava envolvida, o corpo foi transportado para o necrotério do IML de Reno. Porém, depois de dois dias, foi transferido para o Condado de Harrison para a realização da autópsia.

— Se o corpo foi levado para Reno por formalidade, porque a Polícia Rodoviária de Nevada estava envolvida na investigação, por que transferi--lo para a realização da autópsia dois dias depois para um necrotério a mais de cento e cinquenta quilômetros de distância?

— Boa pergunta, Sloan. O meu primeiro palpite foi que Baker Jauncey era um sócio do escritório de advocacia Margolis, e alguém decidiu que a autópsia deveria ser feita por um médico que fosse controlável. Com certeza, o legista do Condado de Harrison se encaixaria nesse perfil. Não consegui encontrar nenhum documento sobre a transferência. Por que foi realizada ou quem a teria solicitado.

— Parece suspeito.

— É normal por aqui. Se os Margolis queriam controlar a narrativa, a autópsia deveria ser feita pelo médico deles.

— Controlar que narrativa? — Sloan perguntou.

— A de que um dos seus sócios havia sido morto. Eles queriam controlar a imagem daquilo e como se refletia na família e no escritório de advocacia. É o *modus operandi* deles por aqui. Trazer o corpo para Cedar Creek garantiu à família que a autópsia atendesse aos interesses dela.

— O que a autópsia disse?

— Que Baker Jauncey morreu devido a um traumatismo craniano causado pelo carro de Annabelle Margolis. Causa da morte: hemorragia cerebral decorrente de trauma. Tipo de morte: homicídio culposo.

— Se essa foi a conclusão da autópsia, por que o seu pai não prendeu Annabelle imediatamente?

— Outra boa pergunta, Sloan. Não sei como responder. Mas você percebe agora por que acho que esse caso de atropelamento e fuga está ligado ao desaparecimento dos seus pais?

Por um momento, Sloan pensou antes de responder.

— Mas se Preston estivesse preocupado que Annabelle fosse acusada pela morte de Baker Jauncey, ele teria usado a influência da família Margolis para pressionar o legista a encontrar uma maneira de explicar a morte de Baker como algo *diferente* do carro de Annabelle o ter matado.

— Exatamente — Eric disse. — Isso é o que eu não consigo entender. Se os Margolis estavam por trás da transferência não autorizada do corpo de Baker Jauncey para que só o médico deles pudesse realizar a autópsia e determinar a causa e o tipo oficiais da morte, então por que a autópsia afirmou tão inequivocamente que o carro de Annabelle Margolis o matou? A única resposta que me ocorre é que alguém queria que Annabelle levasse a culpa pela morte de Baker Jauncey. E precisamos descobrir quem é essa pessoa.

Sloan pegou a pasta do legista do Condado de Harrison. Ela continha o laudo oficial da autópsia de Baker Jauncey, assim como as fotos tiradas durante o exame e aquelas tiradas pelos investigadores antes de o corpo ser transferido para o necrotério.

— Vou dar um telefonema — Sloan informou. — Conheço uma pessoa que poderia analisar esse laudo em detalhes para nos informar a respeito de sua precisão.

— Quem?

— A diretora do meu curso em Raleigh, a doutora Lívia Cutty.

Confuso, Eric franziu a testa.

— Não é aquela médica que vejo sempre na televisão no *American Events*?

— Ela mesma. A doutora Lívia é especialista em patologia forense e será capaz de nos dizer se há algo errado com o exame *post mortem*.

Eric alcançou outra pasta que estava misturada com as pilhas sobre a mesa.

— Você pode pedir pra ela também dar uma olhada nisso? É o laudo da autópsia do meu pai.

Alguns minutos depois, voltando para a cidade, Sloan estava sobre a ponte de madeira em arco que ligava a cabana isolada de Eric ao restante do mundo. Os laudos das autópsias de Baker Jauncey e Sandy Stamos estavam no banco do passageiro.

25

Charlotte, Carolina do Norte
Sábado, 27 de julho de 2024

O AGENTE ESPECIAL JOHN MICHAELS ESTAVA SENTADO À SUA mesa na sede do FBI terminando o relatório que estava escrevendo sobre o caso de Charlotte Margolis. O seu supervisor havia pedido um sumário completo da evolução do caso, incluindo o plano de Michaels para a primeira fase da investigação. O agente especial dedicou uma boa parte do relatório a Wendy Downing e Guy Menendez, a dupla cujos nomes estavam na documentação de adoção fornecida pelos Hastings.

Michaels passou a semana revisando a investigação original acerca da família desaparecida, realizada inicialmente pelo gabinete do xerife do Condado de Harrison e depois assumida pela Polícia Estadual de Nevada e pelos detetives da unidade de investigação. Finalmente, Michaels leu na documentação, que agentes do FBI instalados em Reno se envolveram no caso. A reaparição de Charlotte Margolis foi o primeiro movimento que ocorrera em décadas, e as informações fornecidas por Dolly e Todd Hastings sobre a adoção foram a maior pista que o caso já teve. A investigação original havia se baseado em duas hipóteses: a primeira era que Annabelle Margolis tinha desaparecido com a sua família para evitar ser acusada pela morte de Baker Jauncey por atropelamento. A segunda era a possibilidade de um crime ter acontecido.

O surgimento de Sloan Hastings e a nova revelação de que a bebê Charlotte fora adotada por um casal insuspeito tornavam a segunda hipótese muito mais provável: Annabelle e Preston Margolis foram mortos, e a bebê Charlotte foi sequestrada por uma mulher que usava o nome de Wendy Downing e um cúmplice que atendia pelo nome de Guy Menendez. Michaels estava convencido de que a sua maior chance de descobrir o que aconteceu com a bebê e os seus pais era encontrar essas duas pessoas.

Ele terminou o relatório e o imprimiu. Pegou as páginas da impressora e as levou até a mesa da sua assistente.

— Encerrou o expediente por hoje, chefe? — Zoë Simpson perguntou.

— Encerrei, sim. E obrigado mais uma vez por vir trabalhar no sábado. Esse novo caso me sobrecarregou demais, e agradeço pelas horas extras que você tem feito nas últimas semanas.

Zoë Simpson era a nova assistente de Michaels, designada a ele depois que a sua assistente de longa data se aposentara no início do ano. Nancy havia trabalhado com ele tempo suficiente para ser chamada de *secretária* quando começou, e nunca gostou muito de ser chamada de *assistente executiva*. Michael adorava Nancy e ainda estava se acostumando com a sua substituta.

— Não tem problema — Zoë disse.

— Vou liberá-la para que você possa aproveitar o fim de semana, mas preciso de mais uma coisa.

Michaels entregou o relatório para Zoë.

— Você se importaria de fazer uma revisão pra mim? Farei as correções na segunda-feira antes de enviá-lo.

Nancy costumava ler todos os relatórios redigidos por ele e era especialista em revisão de texto. Escrever nunca tinha sido o ponto forte de Michaels, mas de alguma forma ele havia escolhido uma profissão em que quase todas as ideias que passavam por sua mente precisavam ser resumidas por escrito. Ele se sentia estranho em pedir a Zoë, uma garota de vinte e poucos anos, para corrigir os seus erros. Nancy tinha vinte anos a mais do que ele, e quaisquer correções ou sugestões que ela fizesse aos seus relatórios eram fruto de sabedoria e experiência.

— Vou cuidar disso — Zoë disse. — Bom fim de semana, chefe.

— Obrigado — Michaels agradeceu. — Até segunda.

Ele saiu da sede do FBI e decidiu tirar uma folga no domingo. Seria o seu primeiro dia de descanso desde a reaparição da bebê Charlotte Margolis.

Zoë Simpson terminou o e-mail que estava escrevendo, consultou o relógio e calculou que ficaria por mais quinze minutos para ter certeza de que o agente Michaels tinha saído do prédio antes de ela ir embora. Ela deveria permanecer no trabalho até às cinco da tarde, o que fazia quase todos os dias. Porém, quando o seu chefe saía mais cedo ou era chamado para fora da sede sem chance de retornar naquele dia, Zoë saía mais cedo. E trabalhar aos sábados era um sacrifício. Se ela soubesse que John Michaels era tão workaholic, teria pensado duas vezes antes de aceitar o emprego.

Zoë pegou o relatório de três páginas que Michaels tinha lhe dado para revisar. Pensou em colocá-lo na gaveta até a próxima semana, mas isso exigiria que ela acordasse mais cedo na segunda-feira. Então, decidiu que passaria os últimos quinze minutos da sua jornada de sábado o lendo. Algumas frases depois, ela ficou feliz com a sua decisão. A bebê Charlotte Margolis, desaparecida desde 1995, tinha reaparecido, e o agente Michaels estava comandando a investigação. Zoë conhecia bem o caso. Ela era aficionada por crimes reais e havia aceitado um emprego na sede do FBI — e suportado a longa série de entrevistas rigorosas e verificações de antecedentes — especificamente pela emoção de estar tão perto das investigações criminais. Agora, após três meses no trabalho, ela estava tendo um vislumbre do seu primeiro caso fora de série.

Zoë era bastante ativa em muitos sites sobre crimes reais e era ouvinte habitual do podcast *Mistérios*, com Ryder Hillier. Ryder havia relatado os assassinatos da Escola Preparatória de Westmont, em Indiana, alguns anos antes, e, desde então, tinha alcançado o status de celebridade no universo dos crimes reais. Ryder dependia dos seus ouvintes para fornecer pistas e dicas acerca dos casos que abordava em seu podcast. O caso da bebê Charlotte e da família Margolis desaparecida desde 1995 havia sido apresentado em *Mistérios*. Ryder Hillier prometeu manter o caso no topo da sua lista de assuntos, e relembrá-lo no trigésimo aniversário no próximo ano. Ryder também havia estimulado a sua grande e fiel audiência a entrar em contato com ela se descobrisse alguma nova pista ou detalhe sobre o caso. Zoë tinha se deparado com muito mais do que um detalhe. A bebê Charlotte havia reaparecido em Raleigh, e o seu chefe estava trabalhando no caso. Era uma mina de ouro.

Zoë não só estava em uma posição de fornecer uma nova pista para Ryder Hillier e *Mistérios*, como, se agisse com astúcia, poderia continuar a seguir o caso secretamente junto à sua mesa e sem que o seu chefe soubesse. Em sua empolgação, ela considerou enviar um e-mail para Ryder, mas reconsiderou. O FBI não tolerava vazamentos. Então, ela teria que tomar cuidado. Ela não deveria usar o computador do trabalho para entrar em contato com uma jornalista conhecida. Ela esperaria até estar em sua casa. Ou, melhor ainda, Zoë iria a uma cafeteria e se conectaria à sua rede wi-fi gratuita usando uma VPN segura. Então, ela divulgaria a história acerca do retorno milagroso da bebê Charlotte.

O PASSADO

CEDAR CREEK, NEVADA
QUARTA-FEIRA, 28 DE JUNHO DE 1995
SEIS DIAS ANTES...

Quatro dias depois de o corpo de Baker Jauncey ter sido arrebatado do necrotério de Reno na calada da noite, o *Harrison County Post* publicou uma matéria sobre a morte do proeminente advogado. Desde que Sandy havia chamado a Polícia Rodoviária de Nevada, ele fora deixado em segundo plano. Ele ainda estava conduzindo a sua parte da investigação no gabinete do xerife em Cedar Creek, mas obter detalhes a respeito da investigação estadual tinha se tornado cada vez mais difícil. Ele não tinha fontes confiáveis na Polícia Estadual de Nevada, e todas as pessoas que ele conhecia da Polícia Rodoviária haviam parado de falar sobre o caso.

Algo estranho estava acontecendo, e Sandy estava se esforçando para descobrir o que era. Ele havia ligado várias vezes para o consultório do dr. Rubenstein, o legista do Condado de Harrison, pedindo uma atualização e uma explicação dos resultados da sua autópsia. Sandy queria saber como o legista — que era médico de atenção primária por formação, mas havia sido eleito legista do Condado de Harrison pela máquina política dos Margolis — poderia realizar a autópsia em um corpo que já tinha passado por um exame *post mortem* em Reno. E Sandy estava interessado em ouvir como o dr. Rubenstein chegara a uma conclusão a respeito da causa e do tipo da morte que contradizia diretamente a análise da dra. Rachel Crane.

Nenhum retorno estava sendo dado às suas ligações. Então, Sandy precisou obter informações por meio do jornal. Ele abriu o *Post* e leu o artigo:

MORTE POR ATROPELAMENTO E FUGA REVELA NOVOS DETALHES

CEDAR CREEK — A investigação a respeito da morte por atropelamento e fuga de Baker Jauncey, um morador de Cedar Creek, foi assumida pela Polícia Estadual de Nevada. Baker Jauncey, sócio do escritório de advocacia Margolis & Margolis, foi encontrado sem vida na Rodovia 67 nas primeiras horas da manhã de 24 de junho. Os investigadores do acidente da Polícia Rodoviária de Nevada localizaram um carro próximo ao local que se supõe ter atingido a vítima. O carro estava registrado em nome de Annabelle Margolis, esposa de Preston Margolis, advogado do escritório Margolis & Margolis, e nora de Reid e Tilly Margolis.

Uma autópsia realizada pelo dr. Barry Rubenstein, legista do Condado de Harrison, confirmou que a morte de Baker Jauncey estava em consonância com ser atingido por um veículo em alta velocidade.

"Estamos considerando todas as possibilidades neste caso", Patrick O'Day, chefe da Polícia Estadual de Nevada, declarou.

Ao ser indagado se ele tinha reservas acerca do caso envolvendo a proeminente família Margolis, o chefe O'Day disse: "Nós vamos seguir as evidências, onde quer que elas nos levem. Annabelle Margolis é alvo de investigação, mas isso é tudo o que posso compartilhar neste momento".

Sandy dobrou o jornal e pegou o telefone da sua mesa. Rachel Crane atendeu no primeiro toque.

— Você já viu o *Post* hoje? — ele perguntou.

— Já.

— Rubenstein está dizendo que a sua autópsia mostrou que a morte de Jauncey é compatível com um atropelamento.

— O que significa que ele é ou totalmente incompetente, o que é possível, visto que ele é um médico de família que nunca teve um dia de formação em patologia forense, ou ele é um mentiroso descarado.

— Suspeito um pouco de ambos.

— Relatei a transferência do corpo para o meu chefe — a dra. Crane afirmou. — Ele me disse que a ordem veio dos superiores e que eu deveria deixar isso pra lá.

— Não se envolva nisso, doutora. É um problema meu e eu vou enfrentá-lo. Mantenha-se longe dos absurdos daqui. Você não precisa dessa dor de cabeça.

— Lamento não ter conseguido guardar o segredo, Sandy.

— Não é culpa sua. Estou curioso para saber como as coisas vão se desenrolar.

CEDAR CREEK, NEVADA
QUARTA-FEIRA, 28 DE JUNHO DE 1995

SEIS DIAS ANTES...

Marvin Mann foi investigador jurídico no Margolis & Margolis por mais de uma década. Segundo a política do escritório, após cinco anos os investigadores eram designados a um dos sócios. Marvin fora designado para Baker Jauncey, e os dois não só desenvolveram uma ótima relação de trabalho, mas também uma boa amizade. Havia uma diferença socioeconômica entre os dois que não podia ser negada. Branco, com cinquenta e dois anos, Baker Jauncey era sócio de um dos maiores escritórios de advocacia de danos pessoais de Nevada e ganhava quase um milhão de dólares por ano. Negro, com trinta e quatro anos, Marvin era um investigador que recebia trinta e seis mil dólares por ano. Porém, por mais diferentes que fossem, o seu chefe transmitia uma aura de decoro que atraía Marvin.

Baker Jauncey não era presunçoso ou prepotente, como eram, segundo Marvin, os outros sócios do escritório. Pelo contrário, Baker tratava Marvin de igual para igual, e nunca o fez se sentir incapaz. Baker havia convidado Marvin e a sua esposa para jantarem em sua casa; uma mansão nas encostas três vezes maior que a casa de Marvin na cidade. Algumas semanas depois, Marvin retribuiu o convite. Não foi nada requintado — hambúrgueres na grelha e cerveja no quintal —, mas todos se divertiram muito e terminaram a noite jogando cartas até de madrugada.

Uma amizade havia florescido, e Marvin descobriu que nunca tinha sido mais feliz do que nos anos em que trabalhou para Baker Jauncey. O Margolis & Margolis era um ambiente implacável, sobretudo antes de os investigadores serem designados aos sócios. Os novatos trabalhavam durante dois anos como prestadores de serviços autônomos ou freelancers, aceitando qualquer trabalho que o escritório oferecesse e fazendo tudo o que fosse necessário para se destacar e fazer um nome. Para os investigadores que superavam a fase inicial de dois anos, seguia-se um aprendizado de três anos que exigia que os investigadores novatos trabalhassem sob a supervisão dos investigadores experientes. Aqueles que persistiam e chegavam a esse ponto ganhavam o privilégio de serem designados como investigadores exclusivos dos sócios.

Marvin tinha passado por todas as etapas e cumprido sua obrigação. Mas agora ele estava órfão. A morte de Baker Jauncey havia abalado o pessoal do Margolis & Margolis. O assistente jurídico de longa data de Baker não tinha retornado ao trabalho desde que a notícia se espalhou, e Marvin viu a secretária de Baker chorando enquanto juntava as coisas da sua mesa depois de ter sido designada para outro sócio. Marvin ficava sentado à sua mesa, em um cubículo no primeiro andar, onde os investigadores passavam o tempo quando não estavam fora realizando tarefas. Ele estava receoso sobre o seu futuro na Margolis & Margolis. A morte de um sócio nunca havia acontecido anteriormente e, assim, não existia precedente para a sua situação.

Claro que alguns sócios já tinham se aposentado, mas àquela altura o advogado geralmente havia diminuído bastante o ritmo para que o seu investigador fosse designado a outro sócio. Marvin suspeitava que isso aconteceria em seu futuro. Mas se, em vez disso, os sócios indicassem que não havia lugar para ele no escritório, ele não ficaria desapontado. Marvin aceitaria suas verbas rescisórias, prepararia a sua esposa grávida e fugiria para bem longe de Cedar Creek. E levaria consigo os seus segredos, esperando que ninguém nunca viesse procurá-lo.

Marvin pegou o envelope pardo da sua mesa e o segurou nas mãos. Do seu ponto de vista, ele tinha duas opções: queimar o envelope e os documentos contidos nele, ir ao enterro de Baker e fazer de conta que não sabia de nada, essa era a opção mais segura. E a outra era entregar os documentos para o único homem honesto da cidade e que faria a coisa certa com eles.

CEDAR CREEK, NEVADA
QUARTA-FEIRA, 28 DE JUNHO DE 1995

SEIS DIAS ANTES...

Os anos como investigador aguçaram as suas habilidades de vigilância. Embora o trabalho costumasse levá-lo para fora do Condado de Harrison, houve muitas vezes em que Marvin Mann teve que seguir de perto um morador de Cedar Creek pela cidade. Era necessário um esforço hercúleo e uma habilidade considerável para permanecer anônimo ao seguir uma pessoa por uma cidade pequena. Ao longo dos anos, Marvin havia virado um mestre nisso. Ainda que seguir o xerife Sandy Stamos fora da cidade e na direção das encostas fosse arriscado, não era difícil. Ele sabia que a família Stamos possuía uma cabana isolada nas montanhas. Porém, os detalhes da localização nunca foram revelados publicamente.

Marvin não podia escolher onde encurralaria Sandy Stamos; ele só sabia que não poderia ser em Cedar Creek. O xerife estava investigando a morte de Baker Jauncey, e Marvin tinha certeza de que havia pessoas vigiando de perto Stamos. E ligar para ele não era uma opção. Marvin havia grampeado telefones demais para acreditar que os telefones do departamento do xerife não estavam sendo monitorados. Além disso, Marvin não era capaz de prever como Sandy Stamos reagiria se ele lhe contasse o que sabia pelo telefone. O xerife poderia aparecer na porta da sua casa para interrogá-lo, o que o colocaria em tanto perigo quanto Baker Jauncey tinha ficado antes da sua morte. Falar com Stamos na cabana isolada dele era a sua única opção.

Ao pôr do sol, enquanto o horizonte se tingia de roxo, iluminando por trás a Serra Nevada, Marvin viu os faróis do veículo do xerife Stamos se acenderem. Marvin manteve os faróis do seu carro apagados, ficou a uma distância segura e continuou a segui-lo.

CEDAR CREEK, NEVADA
QUARTA-FEIRA, 28 DE JUNHO DE 1995

SEIS DIAS ANTES...

A cabana de Stamos ficava escondida numa clareira nas encostas, do outro lado de uma ribanceira. O acesso era feito por uma ponte de madeira estreita que transpunha o precipício. Marvin manteve os faróis apagados e parou no acostamento, observando o utilitário Suburban de Stamos atravessar a ponte. Ele ficou paralisado pela indecisão. Queria passar a toda velocidade pela ponte, mas temia ser avistado agora que eles estavam longe da rodovia. Ele viu o carro virar à direita no final da ponte, esperou mais trinta segundos e então avançou.

O anoitecer estava tomando conta do céu e, quando Marvin atravessou a ponte, viu as lanternas traseiras do Suburban de Stamos. Marvin parou no meio da estrada e pegou um binóculo. O xerife desembarcou do seu carro e caminhou até uma caixa de correio do outro lado da via. Stamos apanhou a correspondência, voltou para o carro, virou no caminho de entrada da propriedade e desapareceu sob a cobertura de folhagem das árvores. Marvin parou no acostamento e esperou vinte minutos. Então, avançou devagar e encontrou o longo caminho que dava acesso à cabana de Stamos.

Já estava escuro naquele momento, com apenas um leve lilás tingindo o céu e um âmbar suave escapando das janelas da cabana. Marvin estava prestes a pegar o longo caminho de entrada quando ouviu três batidas no porta-malas do seu carro. Ao olhar pelo espelho retrovisor, ele viu Sandy Stamos apontando uma arma pela janela traseira.

Rapidamente, o xerife apareceu junto à porta do motorista, mantendo a arma apontada para Marvin.

— Coloque as mãos no volante! — Stamos gritou.

Marvin obedeceu sem hesitar. O xerife abriu a porta do carro.

— Fora! — ele ordenou. — De joelhos!

Marvin seguiu as ordens e saiu do carro, ajoelhando-se rapidamente.

— Não é o que você está pensando, xerife.

— De bruços, agora!

Marvin se deitou de bruços no asfalto. Ele sentiu o xerife apoiar um joelho no meio das suas costas e depois puxar as suas mãos para trás. No instante seguinte, Marvin estava algemado.

— Por que você está me seguindo? — Stamos perguntou.

Marvin fechou os olhos. Talvez o xerife não fosse uma pessoa tão boa quanto ele achava.

O xerife pressionou o cano do revólver contra a parte de trás da sua cabeça.

— Por quê?

— Porque eu preciso falar com você, e não podia arriscar fazer isso em Cedar Creek.

— Falar sobre o quê?

— Baker Jauncey. O atropelamento não foi um acidente.

CEDAR CREEK, NEVADA
QUARTA-FEIRA, 28 DE JUNHO DE 1995

SEIS DIAS ANTES...

Sandy Stamos estava sentado à mesa da cozinha da cabana da família. Marvin Mann estava sentado diante dele. Garrafas de cerveja pingavam gotas de condensação na mesa na frente de cada um deles. Sandy havia percebido o carro o seguindo logo ao norte da cidade e decidiu que tinha duas alternativas. A primeira era tentar despistar quem o estava seguindo. A segunda era atraí-lo para a cabana, onde Sandy conhecia bem o terreno e teria uma vantagem tática. Como ele tinha certeza de que, de uma forma ou de outra, quem o seguia estava envolvido no caso de Baker Jauncey — sobre o qual ele estava num impasse com os investigadores do estado de Nevada —, Sandy decidiu atrair quem o estava seguindo até as montanhas.

Ao chegar à cabana, Sandy acendeu as luzes da casa, saiu pela porta dos fundos e seguiu de volta pelas trilhas da mata que ele havia percorrido centenas de vezes. Encontrou um carro parado na estrada marginal pouco antes do caminho de entrada da sua propriedade. Agora, ele estava sentado junto à mesa diante do homem que o tinha seguido.

— Me conte o que você sabe — Sandy pediu.

— A morte de Baker Jauncey não foi um acidente.

Sandy tomou um gole de cerveja.

— Me conte algo que eu *não* saiba.

Surpreso, Marvin entreabriu os lábios.

— Você sabe que ele foi assassinado?

— Sim, mas é o máximo que consegui descobrir até agora.

— Sim, bem, quem o atropelou fez isso de propósito.

— Retiro o que eu disse — Sandy afirmou. — Eu sei um pouco mais do que foi divulgado pelos jornais. Baker Jauncey não morreu por causa de um atropelamento. Primeiro alguém acertou a cabeça dele com um taco de beisebol. Só *depois* de ele estar morto é que o atropelaram com um carro.

— O quê? Tudo o que li sobre o caso dizia que Baker morreu atropelado.

— Tudo o que você leu está errado. Eu me encontrei com a médica-legista em Reno, e a opinião não oficial dela é que Baker morreu por causa de uma hemorragia cerebral causada por um traumatismo craniano na parte posterior da cabeça. Todas as lesões decorrentes do atropelamento por um veículo aconteceram *depois* que ele estava morto.

— Meu Deus. É pior do que eu imaginava.

— Os policiais estaduais querem muito que isso seja um simples atropelamento e fuga, nada mais. Não consigo entender o motivo por trás disso. É por isso que você está na minha casa tomando uma cerveja, e não se esvaindo em sangue na estrada. Estou torcendo pra que você possa preencher algumas lacunas pra mim.

— Eis o que eu sei. Eu trabalho... Eu *trabalhava* para Baker Jauncey. Ele era sócio do escritório de advocacia Margolis & Margolis. Eu era o investigador judiciário dele. Alguns dias atrás, na noite anterior a sua morte, Baker me disse que havia descoberto irregularidades financeiras no escritório e estava investigando.

Atento, Sandy se inclinou para a frente na cadeira e apoiou os cotovelos na mesa. Isso era uma novidade.

— Que tipo de irregularidade?

— Alguém do escritório estava roubando dinheiro de acordo com os clientes. Uma quantia enorme.

— Como?

— Desviando. Eu não sei exatamente como estava sendo feito. Nem Baker sabia, mas ele me pediu para ajudá-lo a descobrir. No dia seguinte, ele estava morto.

Um emaranhado de pensamentos congestionou a mente de Sandy. Se alguém dentro do Margolis & Margolis tinha descoberto que Baker Jauncey estava prestes a descobrir fraudes financeiras no escritório, e o matou antes que ele pudesse fazer isso, como diabos o carro de Annabelle Margolis acabou na Rodovia 67?

— Comece do início — Sandy pediu.

— Acabei de fazer isso. Isso é o início, o meio e o fim. Isso é tudo o que sei.

— O que Baker fez a respeito?

— Ele examinou em detalhes as finanças do escritório. Ele era sócio, então tinha acesso. Assim que detectou a fraude e encontrou o rastro do dinheiro, começou a colher evidências. Imprimiu todos os detalhes sórdidos da falcatrua e criou um arquivo enorme. O problema era que Baker não conseguia descobrir o advogado ou advogados envolvidos, e como estavam fazendo isso. Baker percebeu que muito dinheiro estava sumindo, mas não conseguia entender como era roubado ou quem estava por trás do roubo. Havia empresas de fachada, entes ocultos e contas bancárias numeradas, mas nenhum nome ligado à fraude. Pelo menos não que ele fosse capaz de descobrir. Então, ele me pediu ajuda. Ele queria aproveitar as minhas habilidades investigativas e me pediu para encontrar provas de que um ou mais advogados do escritório estavam tendo um estilo de vida que extrapolasse sua renda. Baker já tinha as quantias de dinheiro que foram roubadas. Cabia a mim descobrir o destino desse dinheiro e no que ele foi gasto. Eu deveria investigar a vida privada de cada advogado do escritório, começando pelos sócios, e procurar por qualquer um que tivesse comprado barcos, casas de campo e de praia e viagens de luxo. Se eu fosse capaz de identificar alguém levando uma vida de extravagâncias, Baker adicionaria isso às evidências que já tinha reunido, reexaminaria os arquivos do escritório e tentaria descobrir quem, exatamente, estava desviando o dinheiro.

— O que você descobriu?

— Nada. Nunca tive a oportunidade de investigar. Baker me disse do que ele precisava um dia, e no dia seguinte estava morto. É por isso que estou aqui, xerife. Baker me entregou todas as evidências em papel que ele tinha retirado do escritório e me pediu para guardá-las em um lugar seguro. Ele foi morto no dia seguinte, e eu fiquei com todas as evidências que o mataram.

— Caramba!

— Entende agora por que eu não queria falar com você na cidade?

Perplexo, Sandy inclinou a cabeça.

— Agora me sinto péssimo por ter apontado uma arma para a sua cabeça.

— Eu teria feito a mesma coisa se alguém me seguisse até a minha casa.

— Você está com os papéis que Baker te deu?

— Estão no meu carro.

— Você deu uma olhada neles?

— Sim, mas sou um investigador jurídico, e não um contador forense. Não consigo entender nada disso. Mas se as pessoas certas analisarem os papéis, vão conseguir descobrir quem estava desviando o dinheiro. E quem quer que seja que roubou o dinheiro matou Baker e fez parecer um atropelamento.

— Você está disposto a entregar os papéis pra mim?

— Mal posso esperar pra me livrar deles, xerife.

CEDAR CREEK, NEVADA
QUINTA-FEIRA, 29 DE JUNHO DE 1995

CINCO DIAS ANTES...

Sandy passou a noite toda fazendo uma lista de todos os advogados que trabalhavam no Margolis & Margolis. Reid Margolis e o seu irmão Jameson eram os sócios majoritários. Havia outros vinte e dois sócios agora que Baker Jauncey tinha morrido, e quase cem associados. Era uma tarefa monumental tentar examinar minuciosamente os papéis que Marvin Mann havia entregado para determinar quem estava envolvido.

Sandy prendeu a lista de nomes com um clipe aos papéis que Marvin Mann havia entregado a ele na noite anterior. O xerife acreditava que alguém da lista tinha matado Baker Jauncey. Ele precisava de ajuda para descobrir quem era e não se atreveria a pedi-la para alguém da Polícia Estadual de Nevada. Sandy hesitava até mesmo em mencionar a pista para alguém do seu próprio departamento, temendo que, de alguma forma, vazasse a um membro da família Margolis. O seu plano envolvia esconder os papéis num lugar seguro até conseguir encontrar alguma ajuda de confiança. Ele tinha um velho amigo da faculdade que havia trabalhado na Receita Federal durante vinte anos antes de mudar para o setor privado. Agora ele cuidava do dinheiro de outras pessoas e era um gênio financeiro. Se alguém seria capaz de decifrar as páginas de evidências que Baker Jauncey tinha retirado do escritório de advocacia, era o seu amigo.

Sandy chegou à agência do Reno National Bank pouco depois das nove da manhã. Estacionou o carro e se virou para Marvin Mann, que estava no banco do passageiro.

— Pronto?

Marvin assentiu com a cabeça.

— Quanto antes eu me livrar desses papéis, mais seguro vou me sentir.

Os dois entraram na agência e Sandy disse à recepcionista que eles queriam contratar um cofre de aluguel. Ela os conduziu até os elevadores. Em seguida, desceram até o subsolo e preencheram os formulários. Por segurança, Sandy pediu que Marvin fosse o titular do cofre de aluguel e que ele fosse adicionado como a única outra pessoa autorizada a ter acesso.

Uma funcionária gentil pegou a papelada e entregou duas chaves. Em seguida, levou-os até a sala onde ficavam os cofres de aluguel. O deles era o cofre número 311. A mulher inseriu a sua chave mestra na fechadura superior, e Sandy inseriu a sua chave pessoal na inferior. Assim que a caixa deslizou para fora do lugar, a funcionária sorriu e os deixou sozinhos na sala. Marvin Mann pegou os papéis e os guardou na caixa. Poucos minutos depois, eles estavam voltando para Cedar Creek.

PARTE III
REENCONTRO

26

Cedar Creek, Nevada
Sábado, 27 de julho de 2024

SLOAN DESCEU DAS ENCOSTAS, ONDE TINHA PASSADO A MANHÃ analisando as pastas que Eric havia reunido sobre a morte do pai dele, o atropelamento que matou Baker Jauncey e o desaparecimento da bebê Charlotte e dos seus pais biológicos. Ela tinha um encontro marcado com Nora em seu estúdio à uma da tarde, e tinha apenas meia hora para se arrumar. Ela atravessou a ponte Louis-Bullat, entrou em sua tranquila rua sem saída e estacionou na entrada da garagem. Os laudos das autópsias de Baker Jauncey e Sandy Stamos estavam no banco do passageiro. Ela os pegou e entrou apressadamente.

Sloan abriu uma Dr. Pepper Diet, pegou o celular e enviou uma mensagem de texto.

> Bom dia, dra. Cutty,
> Você teria tempo de revisar dois laudos de autópsias para mim? Eles têm a ver com a minha pesquisa em genealogia forense. Me avise.
> Obrigada!

Sloan levou dez minutos para passar uma escova no cabelo e retocar a maquiagem. Enquanto aplicava uma nova camada de batom, percebeu o tremor em sua mão. Ela não fazia ideia do que Reid e Tilly Margolis esperavam dela no estúdio de Nora, mas tinha atravessado o país para descobrir. Terminou de tomar o seu refrigerante no caminho para o centro da cidade, encontrou o estúdio de Nora na esquina e estacionou o carro.

Uma olhada rápida no espelho retrovisor deveria acalmar os seus nervos. Ela passou vinte e nove anos como Sloan Hastings, nunca tinha pensado em si mesma de outra maneira nem por uma vez. Mas, agora, nas últimas duas semanas, a sua identidade havia se transformado. Ela se tornara parte — pequena ou grande, ela não tinha certeza — de outra família. Aceitação não era o que buscava. Ela estava em busca de respostas. Porém, parte dela entendia que para os avós que estava prestes a conhecer, ela não passava de muito mais que uma estranha. Eles já a tinham conhecido, mesmo que por um breve período de tempo, como Charlotte Margolis. Eles a tinham segurado e alimentado, e então aquela criança havia desaparecido. Agora, quase três décadas depois, ela estava retornando como outra pessoa. Por mais nervosa que Sloan se sentisse, ela só podia imaginar o que Tilly e Reid Margolis estavam passando. Sloan decidiu que respostas poderiam esperar. Esta tarde, ela simplesmente estaria presente.

Finalmente, saiu do carro e caminhou até a entrada do estúdio de Nora. Assim que abriu a porta, um grupo de pessoas gritou "Surpresa!".

Sloan ficou paralisada no vão da porta. Diante dela, estavam cinquenta estranhos, todos sorrindo e aplaudindo. Nora emergiu do grupo e a abraçou.

— Não foi ideia minha — Nora sussurrou no ouvido de Sloan. — Mas Tilly e Reid estavam realmente muito empolgados. Eles convidaram toda a família. Eu pus uma garrafa de vinho rosé para gelar para brindarmos depois que tudo isso acabar.

— Que Deus te abençoe. Fique por perto.

— Não vou sair do seu lado.

Nora desvencilhou Sloan do abraço e pegou a mão dela enquanto o recinto se aquietava. Sloan sentiu todos os olhares se voltarem para si.

— Pessoal — Nora disse em voz alta o suficiente para ser ouvida sobre os murmúrios que preenchiam o estúdio. — Esta é a Sloan. Sloan, esta é a família Margolis.

— A *sua* família — uma mulher gritou do fundo do estúdio.

— Isso mesmo! — um homem gritou, e a família voltou a aplaudir.

O mesmo homem saiu do grupo com uma mulher ao seu lado. Sloan percebeu imediatamente que estava vendo Reid e Tilly Margolis. Ela não sabia ao certo como havia imaginado a aparência dos seus avós biológicos, mas o casal diante dela não correspondeu à sua expectativa. Sloan tinha feito as contas e sabia que Reid e Tilly estavam na casa dos oitenta anos, mas o dinheiro, os privilégios e o que parecia ser uma quantidade enorme de botox os faziam parecer mais jovens. Reid estava usando uma impecável camisa branca de colarinho abotoado sob um blazer azul-marinho. Alto, com ombros largos, o seu cabelo era branco como neve e contrastava com a pele bronzeada. A calça cáqui e os mocassins conferiam-lhe a aparência de um homem que tinha acabado de desembarcar de um iate no Caribe.

Tilly era de estatura mais baixa do que Reid e mais doce na presença. Menos intimidadora, com certeza. Alta e esbelta, ela também ostentava cabelos brancos perfeitamente estilizados em um corte pixie. Os lábios tinham preenchimento e o rosto estava esticado, mas suavizado por um lifting feito há tempos. Apesar dos procedimentos estéticos, havia algo sincero na presença dela. Ao contrário do sorriso do marido, que era falso como de um boneco e provavelmente o mesmo que ele tinha estampado no rosto durante as inúmeras negociações comerciais ao longo dos anos, o de Tilly era amável e autêntico.

Tilly se aproximou e, sem hesitação, tocou o rosto de Sloan com uma das mãos.

— Minha querida Charlotte — Tilly conseguiu dizer antes de os olhos se encherem de lágrimas.

Pega de surpresa tanto pela manifestação emocional quanto por ser chamada de Charlotte, Sloan segurou a mão de Tilly, sentindo o excesso de flacidez da pele que denunciava a idade verdadeira dela, e a abraçou.

— Não chore — Sloan disse. — Porque eu vou chorar se você chorar.

Sob os aplausos da família, o abraço do reencontro durou um minuto inteiro. Finalmente, Tilly soltou Sloan e olhou da neta para o marido.

— Os olhos dela, Reid. Eu vejo ele nos olhos dela.

— É uma loucura, não é? — Nora disse. — Foi a primeira coisa que notei. Você tem os olhos de Preston.

— E o sorriso de Annabelle — Reid afirmou. — É muito bonito.

Em sinal de desconhecimento, Sloan ergueu os ombros.

— Só vi fotos nos jornais.

— Nós vamos resolver isso — Nora disse. — Pedi ao meu marido para procurar as fotos de Annabelle no sótão. Eu vou mostrá-las pra você. Elas são muito melhores do que as fotos de bancos de imagens que são usadas pela mídia.

— Eu adoraria vê-las.

— Acho que as apresentações são desnecessárias. Mas, Sloan, estes são Tilly e Reid Margolis.

— Olá — Sloan disse.

— Eu simplesmente não consigo acreditar — Tilly afirmou, ainda encarando os olhos que Sloan sabia que a lembravam do filho.

— Gostaria muito de contar tudo pra vocês — Sloan disse. — Como eu os encontrei, como Nora ajudou e, bem, vocês sabem, toda a história.

— Adoraríamos saber — Reid afirmou. — Nós estamos muito curiosos, como você pode imaginar.

Enquanto Sloan observava Tilly e Reid, houve uma pausa embaraçosa. Atrás deles, ela sentiu o restante da família a encarando.

— Muito bem — Nora disse a todos. — Não fiquem olhando boquiabertos para a garota como se ela estivesse em exposição num museu. Vou apresentar Sloan a cada um de vocês. Lembrem-se, vocês todos se conhecem e, nos últimos dias, vocês já sabiam sobre Sloan. No entanto, Sloan não conhece ninguém. Então, não vamos tornar isso mais assustador do que já é.

Pela primeira vez, Sloan notou os crachás: adesivos brancos escritos com tinta azul de pincel marcador e colados no peito de cada um.

— Deixe-me levar Sloan e apresentar a cada um — Nora disse a Tilly e Reid. — Depois vamos voltar para que vocês possam conversar.

Tilly voltou a estender a mão e tocar no rosto de Sloan.

— Ela não vai embora, Tilly.

Sloan sorriu e permitiu que Nora a levasse. Por duas horas de bastante agitação, ela conheceu a família Margolis: tias e tios, primas e primos de segundo grau. Cada um deles desempenhando algum papel no império familiar, seja nas propriedades imobiliárias, na madeireira ou no escritório de advocacia adequadamente chamado de Margolis & Margolis. Sloan ouviu, conforme a sucessão de pessoas vinha falar com ela, a lembrança de cada membro da família a respeito de Preston e Annabelle, desde breves comentários até longas histórias. Também a respeito de Sloan, quando recém-nascida, e o que lembravam sobre os seus curtos dois meses em Cedar Creek antes do desaparecimento da família.

Comida tinha sido providenciada, e eles almoçaram em mesas que foram postas ao redor do estúdio de Nora, como se todos estivessem em um chá de bebê. Às três horas, a quantidade de convidados começou a diminuir. Às quatro horas, o estúdio estava vazio, com mais ninguém a não ser Sloan e Nora sentadas com Reid e Tilly.

Sloan recontou a história do último mês da sua vida desde o começo; o envio da amostra de DNA para o site on-line, a descoberta de que era Charlotte Margolis, a revelação de que os seus pais biológicos ainda estavam desaparecidos, o interrogatório dos seus pais adotivos pelo FBI, o contato com Nora e o convite para ir até Cedar Creek. O que ela não mencionou foi a parte sobre Eric Stamos a procurando em Raleigh e a convencendo a se infiltrar na família Margolis como a única maneira de descobrir o que aconteceu com ela e os seus pais biológicos quase trinta anos atrás.

Tilly fez inúmeras perguntas. Reid ouviu, mas acrescentou pouco à conversa. Ao contrário, ele ficou recostado na cadeira observando e orientando as perguntas de Tilly de vez em quando como se fosse o seu advogado em um depoimento, presente apenas para garantir que ela não dissesse nada errado. O olhar implacável dele deixou Sloan nervosa, e somente quando o marido de Nora chegou é que Reid Margolis relaxou.

— Finalmente — Nora disse quando o marido entrou no estúdio.

— O garoto vai chegar atrasado até para o próprio funeral — Reid brincou.

Ellis Margolis entrou no estúdio puxando um carrinho com algumas caixas de papelão empilhadas.

— Desculpem o atraso. Fiquei preso no escritório e então Nora me pediu pra procurar essas fotos antigas no nosso sótão.

Sloan se levantou e Nora imediatamente segurou a mão dela.

— Querido, esta é Sloan. Sloan, este é o meu marido, Ellis.

— Prazer em conhecê-lo — Sloan disse.

Ellis, como quase todos os outros Margolis que Sloan havia conhecido naquela tarde, olhou para ela com uma expressão interrogativa. Ele tapou a boca com a mão e reprimiu as suas emoções.

— Caramba — Ellis exclamou, dando um sorriso estranho. — Você se parece com Preston.

— É o que estão dizendo.

— Sloan acabou de passar por duas horas de pessoas a olhando embasbacadas — Nora afirmou. — Você vai fazer a mesma coisa?

Ellis deu uma risada.

— Desculpe. Tenho certeza de que foi assustador.

— Não, foi… especial. Não sou capaz de lembrar o nome de todas as pessoas, mas fiquei comovida com o fato de todos terem vindo me conhecer.

— Sabe, ao longo dos anos, eu fiquei criticando Nora com essa coisa de genealogia. Quantas histórias de tataravôs e das suas fazendas eu ouvi? Mas acho que eu estava errado, porque Nora é que tornou isso possível — Ellis disse.

Sloan sorriu para Nora.

— Sim, foi ela, de fato.

Nora apontou para as caixas empilhadas no carrinho.

— Você encontrou as fotos?

Em dúvida, Ellis ergueu os ombros.

— Acho que sim. Não vi todas as caixas, mas essas tinham as fotos.

Nora se virou para Sloan.

— As fotos de Annabelle.

— Olhe essas — Ellis disse.

Ele abriu a caixa de cima e tirou um envelope cheio de fotos.

— Essa primeira caixa tem várias fotos de Preston. Veja.

Ellis pegou uma foto e a entregou para Sloan.

— Veja os olhos do meu irmão.

Sloan ficou observando a foto de Preston Margolis, sobretudo os olhos do pai biológico. Eles eram inquietantes, como se os olhos de Sloan tivessem sido adicionados digitalmente à imagem. Eles passaram uma hora examinando a primeira caixa e trocando fotos, relembrando a respeito das imagens que encontravam. Sloan ouviu histórias sobre Preston e Annabelle.

Finalmente, Ellis consultou o seu relógio.

— Já são mais de seis. Que tal irmos dar um passeio de barco? Está um fim de tarde lindo.

— Sim — Nora disse, reunindo as fotos e as recolocando na caixa. — Acho que Sloan precisa de um descanso — ela continuou e olhou para Sloan. — Você está a fim de um passeio curto em nosso barco? Podemos dar uma olhada no resto das fotos de Annabelle amanhã.

— Vamos mostrar a cidade pra você a partir do rio — Tilly disse. — É a melhor maneira de vê-la, e Ellis é um guia turístico maravilhoso.

— Vou levar a garrafa de vinho rosé — Nora afirmou.

Sloan sorriu.

— Seria incrível.

27

Indianápolis, Indiana
Domingo, 28 de julho de 2024

RYDER HILLIER ESTAVA SENTADA NO TERMINAL DO AEROPORTO
Internacional de Indianápolis. Ela era a apresentadora de *Mistérios*, o podcast de crimes reais mais conhecido do país. Ela lançava um novo episódio por semana, que era baixado milhões de vezes e ouvido por uma quantidade enorme de fãs entusiasmados. Geralmente, Ryder abordava obscuros casos não resolvidos, cujas vítimas os seus ouvintes nunca tinham ouvido falar anteriormente. Porém, de vez em quando, ela tratava de casos conhecidos, como o assassinato de JonBenét Ramsey e a trágica morte de Julian Crist, o estudante de medicina americano que morreu sob circunstâncias suspeitas em Santa Lúcia. Até agora, a sua maior reportagem tinha sido descobrir, relatar e, então, desempenhar um papel crucial na solução dos assassinatos na Escola Preparatória de Westmont em 2020. O assassinato de dois alunos dessa escola em Peppermill, Indiana, tinha causado um grande impacto no país. A solução do caso, devido às evidências descobertas por Ryder por meio do seu podcast, cativou a audiência e tornou Ryder Hillier um nome familiar. Pouco depois, e aproveitando uma onda de popularidade única na vida, Ryder assinou um lucrativo acordo com o maior serviço de streaming do mundo em troca de direitos exclusivos de *Mistérios*. Desde então, ela se tornou uma das maiores podcasters do país, e *Mistérios* não dava sinais de queda de audiência. Pelo contrário.

Junto com o grande contrato veio uma grande promessa: Ryder entregaria um conteúdo de tirar o fôlego e continuaria a solucionar casos arquivados. Ela havia percorrido um longo caminho desde o tempo em que escrevia artigos insossos para o *Indianapolis Star*. Porém, o seu sucesso não veio sem esforço. Ryder investiu todo o coração e a alma em seu trabalho, que era o motivo pelo qual ela estava sentada no terminal do aeroporto num domingo, trabalhando sem dormir e tomando o seu enésimo energético.

A popularidade e o fascínio de *Mistérios* residiam no fato de que Ryder contava com a ajuda dos ouvintes para solucionar os casos não resolvidos apresentados no podcast. Ela recrutava o seu exército de fãs, chamados de "viciados em Mistérios", para ajudá-la a encontrar respostas para crimes que eram considerados sem solução há muito tempo pela polícia e detetives. Ela recorria à audiência de detetives amadores para receber dicas sobre casos não resolvidos, e uma dica e tanto havia chegado na tarde anterior. Uma garota chamada Zoë Simpson tinha enviado uma mensagem direta para ela, contando uma história incrível acerca da família Margolis desaparecida na década de 1990. Tão incrível, na verdade, que Ryder não tinha acreditado. Porém, trinta e seis horas de checagem de fatos a fizeram mudar de ideia.

Zoë trabalhava na agência local do FBI em Charlotte, na Carolina do Norte. E o agente especial John Michaels era, de fato, o seu chefe. Ryder tinha confirmado essas informações e outras sobre Zoë Simpson, e então leu atentamente o relatório do FBI que a garota havia enviado a ela. Se fosse verdade — e até o momento, apesar de todos os esforços de Ryder para provar o contrário, parecia ser —, a bebê Charlotte Margolis, que desapareceu sem deixar vestígios com os pais quase trinta anos atrás e desencadeou uma das maiores tempestades midiáticas da história, tinha reaparecido em Raleigh como uma mulher chamada Sloan Hastings.

Ryder recebeu o seu contrato e os milhões de dólares inclusos no pacote porque prometeu revelar grandes histórias como esta. Contudo, uma história dessa magnitude não ficaria oculta por muito tempo, e Ryder estava determinada a ser a jornalista que daria o furo. Ela estava indo para Raleigh para encontrar Sloan Hastings, também conhecida como a bebê Charlotte, e convencê-la a participar do podcast.

A voz de um funcionário da companhia aérea soou pelos alto-falantes do portão. Os passageiros da primeira classe foram convidados a embarcar. Ryder se levantou do seu assento e caminhou em direção à ponte de embarque, preparada para dar o maior furo da sua carreira.

28

Cedar Creek, Nevada
Domingo, 28 de julho de 2024

NA MANHÃ DE DOMINGO, SLOAN SE DIRIGIU NOVAMENTE AO estúdio fotográfico de Nora. Apesar da recepção atordoante que ela recebera no dia anterior, e das emoções trazidas por isso, ela havia conseguido voltar a concentrar a sua energia assim que chegou de volta à casa alugada.

Trabalhando a partir da lista que ela e Eric tinham elaborado, Sloan fez uma busca on-line por Stella Connelly, a ex-noiva de Preston Margolis, e encontrou no site do escritório de advocacia em que ela atuava uma mensagem aos clientes informando que Stella havia recentemente tirado uma licença. Havia uma lista dos advogados do escritório que assumiram os seus casos em andamento. Sloan tinha conseguido encontrar o número do celular de Stella Connelly, mas quando ligou caiu direto na caixa postal. O timing era no mínimo estranho, e Sloan planejou falar com Eric a respeito disso no próximo encontro deles.

Sloan parou em uma cafeteria na cidade e comprou dois cafés e um saco de bagels. Ao se aproximar do estúdio de Nora, lembrou-se da tarde anterior quando, depois de abrir a porta, havia recebido uma ovação da família Margolis. Naquela manhã, ela ficou aliviada ao ver o estúdio vazio, não fosse Nora apoiada contra a bancada e consultando o celular.

— Trouxe café e bagels — Sloan disse ao entrar.

Nora desviou os olhos do celular.

— Ah, você é um anjo. Vamos nos sentar.

Nora apontou para uma mesa no canto do estúdio onde as caixas de papelão estavam empilhadas. Nora as tinha descarregado do carrinho que Ellis havia trazido na tarde do dia anterior.

— Estou animada para ver o restante das fotos — Nora afirmou. — Não mexo nessas caixas desde aquele verão.

— Todas as fotos foram tiradas por Annabelle?

— Sim.

— O verão…

— Sim, em que ela desapareceu.

Elas se sentaram à mesa e se esqueceram dos bagels.

— Eu disse a você que Annabelle e eu nos tornamos boas amigas no pouco tempo em que nos conhecemos. E que ela se apaixonou pela fotografia.

Nora abriu a tampa da primeira caixa.

— Naquela época, quando conheci Annabelle, eu tinha acabado de começar o meu negócio de fotografia e estava tentando me destacar no ramo.

Sloan percorreu com os olhos o enorme estúdio, que parecia ter todos os equipamentos fotográficos modernos existentes.

— Eu diria que você se saiu muito bem.

— Obrigada. Mas levou anos. E para o desgosto de Tilly e Reid, eu nunca permiti que Ellis financiasse o meu negócio. Tudo o que você vê aqui é meu, construído pouco a pouco do zero.

— Ontem à noite, em casa, depois de chegar do nosso passeio de barco, busquei o seu nome na internet. Você é praticamente o único estúdio fotográfico da cidade. Se as pessoas querem fotos ou retratos, ligam pra você.

— Eu gosto muito das pessoas dessa cidade, das famílias. Tirei fotos dos filhos dos meus clientes quando nasceram, quando se formaram no ensino médio e na faculdade, quando se casaram e, depois, quando esses filhos tiveram os próprios filhos.

— Deve ser especial fazer parte da vida deles desse jeito.

— É minha paixão.

Nora colocou a tampa de lado e puxou a caixa para o meio da mesa.

— Achei que você gostaria de ver essas fotos, porque nos poucos meses em que Annabelle e eu fomos amigas, a fotografia também se tornou a sua paixão. Ela estava ansiosa para que eu ensinasse tudo sobre essa arte. Não para fins profissionais. Annabelle nunca se interessou pelo lado comercial da fotografia, apenas pelo lado artístico. E ela era boa.

Nora tirou um envelope de fotos da caixa e o entregou a Sloan. O envelope estava cheio de fotos 10×15 em papel brilhante.

— Naquele verão, eu dei uma das minhas câmeras pra ela de presente de aniversário. Ela tirou centenas de fotos com aquela câmera. Fotos da cidade. Fotos do riacho. Fotos dos veleiros. Fotos dela e do Preston. Fotos da casa deles sendo construída. E, é claro, fotos suas.

Sloan sorriu e sentiu aquele mesmo nó na garganta ao pensar em sua mãe biológica tirando fotos dela quando bebê.

— Você é muito jovem, mas nos anos noventa a fotografia começou a fazer a transição da película para o digital. Porém, as primeiras câmeras digitais eram caras, e a mudança foi lenta. Em 1995, eu ainda estava fazendo quase tudo em filme de 35 milímetros. Você conhece?

— Fotografia com filme? Não muito. Eu sou da geração do smartphone.

Nora sorriu.

— Naquele tempo, você podia tirar vinte e quatro fotos com um rolo de filme, às vezes mais, dependendo da marca e do modelo da câmera e do filme. Não existiam smartphones. As pessoas não andavam por aí com uma câmera no bolso pronta para fotografar todos os eventos diários. Naquela época, você usava uma câmera de verdade, tirava várias fotos, e esperava registrar algo interessante.

— Esperava?

Nora sorriu.

— Uau, você é jovem. Sim, *esperava*. Você só sabia se tinha conseguido uma boa foto depois de revelar o filme, que era o que Annabelle mais gostava deste processo. O laboratório fotográfico.

— O laboratório fotográfico? Onde o negativo é revelado?

— Sim. Onde os negativos de um rolo de filme são ampliados e transformados nas fotos que você está segurando. O filme não pode ser exposto à luz ambiente, pois as imagens contidas nele serão queimadas. Então, você tem que entrar numa "câmara escura" — Nora disse, fazendo aspas no ar — para revelá-lo. Todas as fotos que você está segurando agora, e todas as que estão dentro dessas caixas, foram obtidas em uma câmara escura. Na *minha* câmara escura, na verdade, bem aqui no estúdio.

Nora apontou para trás dela.

— Ainda uso esse laboratório de vez em quando, principalmente por nostalgia. Eu gosto do processo. Mas Annabelle adorava e nunca ficava satisfeita.

— Explique mais sobre isso pra mim.

Nora sorriu e passou a explicar as nuances da fotografia para Sloan, que teve a impressão de que Nora sentia falta da sua velha amiga.

— Você tira uma foto hoje com a câmera do seu celular e obtém um retorno instantâneo. Você consegue dizer na hora se a foto está boa ou não. A mesma coisa acontece com as câmeras digitais modernas. Elas possuem uma tela de visualização que mostra se a imagem está nítida ou desfocada, superexposta ou perfeita, e uma centena de outros fatores, permitindo que você decida salvar ou excluir a foto. Mas, no passado, você tinha que clicar e torcer. Você olhava pelo visor da câmera, enquadrava a imagem, apertava o botão e rezava para que tudo desse certo. Porém, você só sabia quando o filme era revelado. A maioria das pessoas costumava deixar os filmes em lojas de fotografia para serem revelados. Alguns dias depois, as fotos eram entregues dentro de um envelope igualzinho ao que você está segurando.

— Parece algo arcaico — Sloan disse.

— Em comparação com a tecnologia atual, era. Mas também era emocionante. Para o consumidor em geral, era empolgante receber as fotos e ver como saíram. Para mim, e para Annabelle, ao entrar no laboratório, era uma obsessão. Na câmara escura, as imagens registradas no filme eram projetadas no papel fotográfico e só se tornavam visíveis quando o papel era mergulhado num banho de produtos químicos. Então, a imagem ia surgindo aos poucos como um ser vivo nascendo. E quando a foto era de algo especial ou magnífico, o processo era eletrizante. Como eu disse, Annabelle era apaixonada pelo laboratório fotográfico — Nora afirmou e sorriu. — Estou indo muito rápido? Te deixando muito entediada?

— Nem um pouco — Sloan respondeu. — Estou curiosa para saber mais sobre a paixão da minha mãe biológica.

Surpresa, Nora ergueu as sobrancelhas.

— Se você quiser, posso te mostrar.

— Como revelar um filme?

Nora assentiu.

— Sim. No laboratório.

— Seria incrível.

— Espere um pouco — Nora pediu.

Ela se dirigiu até a bancada e pegou uma câmera.

— Fique de pé — Nora solicitou ao voltar.

Sloan se levantou. Nora espiou pelo visor da câmera e apontou para Sloan.

— Sorria.

Sloan deu um sorriso largo para a câmera e ouviu o barulho do obturador quando Nora tirou a foto.

— Venha — Nora disse. — Vou mostrar pra você como costumávamos fazer.

29

Raleigh, Carolina do Norte
Domingo, 28 de julho de 2024

RYDER HILLIER PARTIU COM O CARRO DA LOCADORA DO
Aeroporto Internacional de Raleigh. Ela havia feito uma investigação e consultado as suas fontes. O endereço do apartamento de Sloan Hastings estava registrado no GPS. Após vinte minutos, ela chegou a uma rua arborizada e parou no estacionamento do prédio de três andares. Ryder levou um minuto para se preparar, prendendo o microfone no colarinho e configurando o vídeo em seu smartphone. Então, saiu do carro e subiu as escadas até o apartamento de Sloan Hastings.

Depois de bater três vezes na porta, Ryder apoiou as mãos e espiou pela janela ao lado da porta. As persianas estavam abertas, e ela podia ver o interior do apartamento. As luzes estavam apagadas e não havia sinal de atividade lá dentro. Ela voltou para o carro para esperar. Depois de algumas horas sem que a bebê Charlotte aparecesse, Ryder entendeu que precisava passar para o plano B.

30

Cedar Creek, Nevada
Domingo, 28 de julho de 2024

UMA LÂMPADA VERMELHA NO CANTO DA ÁREA DE TRABALHO proporcionava um tom carmesim à câmara escura.

— A luz ambiente danifica o papel fotográfico e destrói as imagens registradas no filme — Nora disse. — A lâmpada vermelha é segura. Então é ela que usamos aqui dentro pra trabalhar.

Sloan ficou ao lado de Nora. Diante delas, havia uma longa bancada cheia de equipamentos fotográficos e de revelação.

— Este é o ampliador — Nora informou, ajustando o aparelho na frente dela. — O filme da câmera é colocado no porta-negativos aqui.

Sloan ficou observando Nora colocar o rolo do filme no aparelho.

— Então, o ampliador projeta a imagem registrada no filme em um papel fotográfico que colocamos aqui.

Nora prendeu uma folha de papel fotográfico brilhante no suporte abaixo do ampliador e, em seguida, usou uma lupa de foco para verificar a nitidez da imagem projetada.

— Após a imagem passar por vários segundos de exposição, que a imprime invisivelmente no papel fotográfico, passamos o papel por uma série de produtos químicos.

O processo de exposição levou quase um minuto. Então, Nora soltou o papel fotográfico ainda em branco do suporte e o mergulhou em uma bandeja com um líquido por meio de um par de pinças.

— A primeira bandeja contém o revelador. Deixamos o papel nela por cerca de sessenta segundos.

Sloan se aproximou de Nora e observou por cima do ombro dela.

— Em seguida, mergulhamos o papel no banho interruptor — Nora explicou, usando um conjunto diferente de pinças. — Fica aqui apenas por alguns segundos. Em seguida, transferimos para a última bandeja, que contém o fixador.

— Ainda não vejo nada — Sloan disse, sem tirar os olhos do papel fotográfico que repousava sob a superfície do líquido.

— Leva alguns minutos. Continue olhando.

Finalmente, após três minutos na bandeja, uma imagem começou a se formar no papel. Fraca a princípio, e depois mais vívida, Sloan observou a imagem de si mesma sorrindo para a câmera surgir, desenvolvendo-se aos poucos em uma foto vibrante.

Nora usou as pinças para retirar a foto, que ela prendeu em um varal de secagem. Enquanto a foto gotejava, o rosto de Sloan ficou completamente nítido.

— Aí está. Uma bela foto de uma jovem muito bonita. Leva um bom tempo e requer muito trabalho em comparação ao mundo de gratificação instantânea de hoje em dia.

— Sim — Sloan disse. — Mas consigo entender por que você gosta tanto disso. Eu sabia que a minha imagem estava no filme, e estava ansiosa pra ver como ficou.

Nora sorriu e o rosto se iluminou na luz vermelha do laboratório fotográfico.

— A sua mãe também adorava.

De volta ao estúdio, Sloan e Nora chegaram ao fim da primeira caixa. Passaram a manhã examinando as fotos tiradas por Annabelle no verão em que desapareceu. Nora deu explicações detalhadas de cada parte da cidade registrada nas fotos, e explicou as técnicas usadas por Annabelle com tanta habilidade. Segundo Nora, Annabelle estava se tornando uma fotógrafa bastante talentosa. Depois de algumas horas, decidiram deixar as outras duas caixas para uma próxima vez.

— Foi uma manhã muito especial pra mim — Sloan disse. — Obrigada por me mostrar as fotos de Annabelle. De alguma maneira, sinto que essas fotos me ajudaram a me conectar com a minha mãe biológica.

Nora sorriu.

— E ainda temos mais duas caixas. Podemos examiná-las essa semana.

— Mal posso esperar.

— Estou ocupada nos próximos dois dias com sessões de fotos, mas depois estou totalmente disponível.

— Tilly e Reid queriam voltar a me ver essa semana. Ligo pra você na quarta ou na quinta pra combinarmos, está bem?

— Está ótimo.

Um minuto depois, Sloan estava sentada ao volante do carro alugado. Antes de dar a partida, pegou o celular e procurou por *Nora Margolis* em seus contatos. Clicou no botão de editar e alterou a informação para *Tia Nora*.

31

Raleigh, Carolina do Norte
Segunda-feira, 29 de julho de 2024

A REPUTAÇÃO DE RYDER HILLIER COMO REPÓRTER E PODCASTER de crimes reais tinha se baseado, em parte, em sua capacidade de fornecer à sua audiência novos detalhes sobre alguns dos casos não resolvidos mais desafiadores do país. Porém, Ryder não só divulgava notícias, mas também encontrava respostas. E, em breve, depois que ela revelasse a história da reaparição da bebê Charlotte Margolis, a grande mídia entraria na onda e Ryder estaria competindo com figurões como Dante Campbell e Avery Mason, e as equipes de reportagem das redes de TV que tinham orçamento ilimitado e uma quantidade enorme de pessoas para investigar a história. Ryder havia passado a noite no carro no estacionamento do prédio de Sloan. As luzes do apartamento dela permaneceram apagadas a noite toda. Se Ryder quisesse encontrar Sloan Hastings, ela precisaria ser criativa.

Numa reviravolta estranha na história, Ryder havia descoberto que Sloan Hastings estava estudando sob a orientação da dra. Lívia Cutty, que era consultora médica da NBC, da HAP News e de diversas outras redes de TV, o que significava que esses veículos de comunicação teriam informações privilegiadas que Ryder não tinha. A pressão estava aumentando. Conseguir a primeira entrevista com Sloan Hastings, mesmo que fosse apenas um vídeo mambembe em seu celular, seria excelente para o *Mistérios* e geraria milhões de visualizações em seu canal do YouTube. Se Ryder fosse capaz de registrar a primeira aparição da bebê Charlotte, a sua voraz audiência ficaria empolgada.

Os riscos eram altos para fazer isso acontecer, e acontecer logo. Foi esse fato que levou Ryder ao Centro de Odontologia e Ortodontia da Família Hastings sob o pretexto de um dente molar com cárie.

Ela estava deitada na cadeira agora, com uma luz intensa em seus olhos e a boca bem aberta enquanto a dra. Dolly Hastings examinava o segundo molar superior direito de Ryder.

— Vire-se para mim — a dra. Hastings pediu, com a voz abafada por uma máscara cirúrgica. — A radiografia do seu dente não mostra nada de anormal. Não vejo cárie, retração ou corpo estranho. Também não há abscesso.

A dra. Hastings se afastou da cadeira, colocou o espelho na bandeja e removeu a lupa. A dentista pisou em um pedal e ergueu a cadeira na posição vertical. Enquanto isso, Ryder enxaguava a boca.

— A dor não está vindo do seu dente. Pode ser um problema nos seios paranasais e, se não melhorar com anti-histamínicos e descongestionantes, então você precisará fazer uma tomografia para examinar com mais detalhes o seio maxilar.

— Vou cuidar disso — Ryder afirmou. — Entrarei em contato com o meu clínico geral se eu ainda estiver sentindo dor daqui a alguns dias.

— Posso enviar um relatório se o seu médico precisar.

— Obrigada.

No momento em que a dra. Hastings estava se preparando para sair, Ryder entregou o seu cartão de visita do podcast *Mistérios*.

— Doutora Hastings, só mais uma coisa. Eu sou apresentadora de um podcast de crimes reais, e gostaria de fazer uma proposta a você.

Ryder percebeu o ar de espanto da dentista e sabia que tinha apenas poucos segundos para fazer a proposta.

— Tenho certeza de que você sabe que a história da sua filha está prestes a se tornar conhecida nacionalmente. Quando isso acontecer, os repórteres de todas as principais redes de TV vão dar as caras por aqui. Quero te oferecer uma oportunidade de evitar todo o absurdo que está por vir. Gostaria de entrevistá-la em meu podcast. Na entrevista, não haverá os exageros e o sensacionalismo que as principais redes tentarão impor a você, ao seu marido e a Sloan. Será uma entrevista cara a cara onde você poderá contar a sua história sem influência empresarial e sem a grande mídia moldando a narrativa.

— Não estou interessada — a dra. Hastings disse, devolvendo o cartão para Ryder.

Ryder se recusou a pegar o cartão de volta.

— Entendo perfeitamente que você não esteja pronta para conceder uma entrevista — Ryder disse sem perder tempo. — Mas eu gostaria muito de falar com Sloan e lhe dar a oportunidade de contar a história dela. Novamente, assim que a história for revelada, a grande mídia vai exercer muita pressão sobre ela para conseguir a primeira entrevista. Eu estou aqui pra ajudar, doutora Hastings. Estou aqui pra aliviar a pressão sobre a sua família. Se você puder me dizer onde Sloan está, ou me colocar em contato com ela, eu prometo que conseguirei afastar os repórteres mais agressivos do encalço da sua filha, dando grande destaque à primeira entrevista de Sloan em meu podcast.

A dra. Hastings colocou o cartão de visita de Ryder sobre o braço da cadeira odontológica.

— Acho melhor você sair do meu consultório.

— Sloan pode contar a sua história com as próprias palavras, ou ela pode deixar a mídia contar por ela. Uma será verdadeira. A outra vai estar cheia de fofocas e detalhes sensacionalistas. A sua filha está na posição privilegiada de decidir que rumo ela quer que as coisas tomem. E, confie em mim, você não vai receber a mesma oferta das grandes redes. Elas vão moldar a narrativa para aquilo que traz mais telespectadores e mais anunciantes, e se essa narrativa for que você e o seu marido desempenharam alguma papel nefasto no desaparecimento de Sloan, elas vão promover essa versão.

O fato de a dra. Hastings aparentemente ter desistido de sair do consultório fez Ryder perceber que estava conseguindo influenciá-la.

— O número do meu celular está no cartão. Não é o da minha assistente, tampouco do meu produtor executivo. É o meu. Peça para Sloan me ligar. Eu falarei com ela diretamente e garantirei que ela conte a história que quer contar, e não outra coisa.

— A minha equipe vai buscar informações a seu respeito — a dra. Hastings disse e saiu do consultório.

Ryder notou que ela tinha pegado o cartão de visita do braço da cadeira antes de ir embora.

32

Raleigh, Carolina do Norte
Terça-feira, 30 de julho de 2024

RYDER HILLIER PASSOU A NOITE DE SEGUNDA-FEIRA NOVAMENTE no estacionamento do prédio de Sloan. As luzes do apartamento voltaram a permanecer apagadas durante toda a noite, fazendo Ryder ter certeza de que a garota não estava lá. Agora, Ryder estava no Instituto Médico Legal de Raleigh com um plano diferente. Por meio de sua investigação, Ryder ficou sabendo que Sloan estava sob a supervisão de um estudante do segundo ano chamado Hayden Cox. Ela conseguiu uma foto do dr. Cox no site do IML e ficou olhando para um homem que tinha saído do prédio e estava indo em direção a um carro. Ryder acelerou o passo pelo estacionamento.

— Doutor Cox?

Hayden Cox interrompeu a abertura da porta do seu carro. Desconfiado, ele olhou para Ryder.

— Sim.

— Olá. Sou amiga de Sloan Hastings, mas não moro aqui. Estava querendo vê-la antes de ir embora, mas não consigo encontrá-la.

O dr. Cox sorriu, mas manteve a expressão facial de desconfiança. Ou era de suspeita? Os olhos semicerrados e o sorriso contido tornavam difícil de dizer.

— Por que você não liga pra ela?

Ryder sorriu.

— Estou tentando fazer uma surpresa pra ela. Nós estudamos juntas na faculdade.

— Em Chapel Hill?

Sloan Hastings havia estudado na Universidade Duke. O dr. Cox a estava testando.

— Sloan disse que você era o seu colega do segundo ano. Que ela estava estudando sob a sua supervisão.

— Ela está.

— Então por que você não sabe em qual faculdade ela estudou? — Ryder perguntou, dando uma risada falsa nervosa.

O dr. Cox fez um gesto negativo com a cabeça.

— Desculpe, eu me confundi — ele disse. — Foi na Duke, é claro. Sloan não está na cidade. Eu sei disso porque na semana passada ela antecipou todas os seus turnos cirúrgicos para poder se ausentar por um tempo.

— Turnos cirúrgicos?

— Quando ela me ajuda em uma autópsia. Ela precisa participar de um certo número de casos por mês. Ela cumpriu toda a cota em uma semana porque algo aconteceu e ela teve que sair da cidade, sem saber quando voltaria. A história não ficou muito clara pra mim.

— Puxa. Eu realmente queria vê-la. Bem, acho que vou ligar pra ela agora e dizer que estou com saudades. Obrigada.

— De nada.

O dr. Cox entrou em seu carro e Ryder o observou ir embora. Ela não perdeu tempo. Sloan Hastings não estava hospedada na casa dos pais ou em qualquer outro lugar em Raleigh. Assim que Ryder se sentou no carro alugado, abriu o aplicativo da companhia aérea e reservou uma passagem para Reno para o dia seguinte. De acordo com outro aplicativo que ela consultou, Cedar Creek, em Nevada, ficava a uma hora e meia de carro ao norte do Aeroporto Internacional de Reno.

Na noite de terça-feira, Ryder Hillier estava sentada em seu quarto de hotel e não tirava os olhos da câmera de vídeo montada em um tripé. Na manhã seguinte, ela estava indo para Cedar Creek com a séria suspeita de que Sloan Hastings tinha viajado para lá para se reunir com a família Margolis. No entanto, ela não tinha certeza, mas estava desesperada para vencer as redes de televisão em relação à história. Para garantir que isso acontecesse, era hora de contar com a ajuda dos seus milhões de ouvintes e convocá-los em sua busca pela bebê Charlotte.

Ryder pegou o controle remoto, pressionou o botão de gravar e falou diretamente para a câmera.

— Boa noite, viciados em *Mistérios*. Aqui é a Ryder Hillier falando de um quarto de hotel em Raleigh, na Carolina do Norte, com notícias de última hora e um pedido urgente de ajuda.

33

Cedar Creek, Nevada
Quarta-feira, 31 de julho de 2024

A SEGUNDA IDA ATÉ A CABANA DE ERIC FOI MAIS FÁCIL DO QUE a primeira. Sloan atravessou a longa ponte de madeira, virou à direita no final e, logo depois, encontrou o caminho de entrada da propriedade. Ela estacionou ao lado do Toyota 4Runner prateado de Eric. Parecia que fazia muito tempo que ela o tinha atacado com spray de pimenta do lado de fora do seu apartamento em Raleigh. Desde então, ela tinha concordado em trabalhar secretamente com ele para ver se juntos poderiam descobrir segredos sobre o verão em que os seus pais biológicos desapareceram e o pai dele morreu. E ela tinha conhecido Nora, que estava se tornando tanto uma amiga quanto uma confidente, além de ser um meio pelo qual Sloan estava conhecendo Annabelle Margolis.

Depois do domingo, quando Sloan e Nora examinaram as fotos tiradas por Annabelle no verão do seu desaparecimento, Sloan passou as tardes de segunda e terça-feira com Tilly e Reid, almoçando na casa deles e trocando histórias. Embora Reid continuasse distante, Sloan descobriu que Tilly Margolis era completamente diferente do que Nora havia descrito. Talvez o passar dos anos a tivesse suavizado. Tilly e Reid perguntaram a respeito da infância de Sloan e abordaram com cuidado, mas de forma deliberada, como os seus pais adotivos tinham agido para encontrá-la em 1995. Os dois dias em que ela passou com Tilly e Reid foram emocionantes e exaustivos, e Sloan estava feliz em dar um tempo da família Margolis e seguir para as encostas para encontrar Eric.

Depois que ela desligou o motor do carro, a porta da frente se abriu e Eric desceu rapidamente os degraus.

— Há algo errado? — Sloan perguntou ao abrir a porta do carro.

— Encontrei uma coisa nos papéis — Eric disse. — Tem a ver com o que a polícia estadual descobriu na casa de Annabelle e Preston.

Sloan seguiu Eric para o interior da cabana e se sentou diante dele junto à grande mesa de carvalho maciço coberta com caixas contendo informações a respeito do desaparecimento dela e dos seus pais. Eric abriu um fichário e folheou algumas páginas.

— Depois que a polícia estadual entrou no caso para investigar o desaparecimento dos seus pais, de acordo com o que o meu avô me disse, ela ficou muito reservada sobre a investigação e parou de compartilhar informações com a imprensa e o público. Ao examinar o prontuário do caso, encontrei isso.

Eric empurrou um papel pela mesa para Sloan ler.

— O que é isso? — ela perguntou.

— Um resumo das descobertas dos peritos na cena do crime e no interior da casa de Annabelle e Preston. Veja o último parágrafo.

Sloan passou os olhos pelo papel.

— Os investigadores da cena do crime realizaram um teste de luminol na casa de Annabelle e Preston — Eric revelou.

— Para procurar vestígios de sangue?

— Sim. Os investigadores da cena do crime usam spray de luminol para procurar sangue diluído. O luminol é bastante sensível para detectar sangue mesmo que alguém tente limpá-lo para esconder a sua presença. Os peritos pulverizam uma superfície, esperam alguns minutos e depois iluminam a área com luz negra. Se a área brilhar sob a luz negra, os peritos ficam sabendo que havia sangue ali e foi limpo.

Sloan continuou a ler.

— Encontraram sangue na cozinha da casa?

— E não era pouco — Eric respondeu. — *Muito* sangue. Aqui, dê uma olhada nas fotos.

Eric empurrou outro papel para Sloan.

— O meu contato no Departamento da Polícia Estadual de Nevada não conseguiu me mandar as fotos originais, mas ele copiou essas pra mim. E elas são coloridas. Você pode avaliar como essa descoberta foi espetacular.

Sloan puxou o papel para perto dela, no qual o contato de Eric havia xerocado seis imagens em uma única página. As imagens eram da cozinha da casa. No chão, via-se um grande círculo que brilhava intensamente sob a luz negra, indicando onde alguém havia limpado o sangue que tinha se acumulado ali. Sloan estimou que a circunferência da área que brilhava na foto tinha um metro e meio de diâmetro.

— Isso tudo era sangue? — ela perguntou.

— Segundo os peritos, sim. Sangue que alguém tentou limpar e esconder.

— De quem era o sangue?

Eric apontou para a parte inferior da página e o olhar de Sloan se moveu para lá. O sangue pertencia a Annabelle Margolis.

34

Cedar Creek, Nevada
Quarta-feira, 31 de julho de 2024

SLOAN PRECISOU DE UM MINUTO PARA SE ACALMAR E PARA A sua mente processar o que Eric estava lhe dizendo. Ela conhecia a sua mãe biológica apenas pelos artigos sensacionalistas que havia lido, pelas histórias que ouvira durante o curto tempo passado com a família Margolis e pela única caixa de fotos que tinha examinado no estúdio de Nora. Porém, durante essas interações limitadas, Sloan tinha descoberto que Annabelle era uma fotógrafa promissora, uma esposa dedicada e uma mãe zelosa que amava a filha recém--nascida. Foi o suficiente para que uma ligação, por mais frágil que fosse, se desenvolvesse. E, agora, ao ficar sabendo que o sangue de Annabelle fora detectado na cozinha da casa dela, foi uma notícia de cortar o coração.

— A polícia fez algo com essa evidência?

— Não sei como foi a investigação. Só tenho o que está aqui na nossa frente, e não consegui localizar ninguém que tenha trabalhado no caso naquela época. Porém, consigo imaginar o impacto causado por essa descoberta.

— Como assim?

— Acredito que a polícia estadual, por mais influenciada que possa ter sido pela família Margolis, suspeitou que Preston tinha algo a ver com isso.

— Preston? — Sloan exclamou com ar de espanto.

— É a conclusão mais lógica e, em geral, a primeira à qual chegamos sempre que uma esposa desaparece ou é encontrada morta. O marido é o principal suspeito. Neste caso, com todo esse sangue limpo descoberto, os detetives que investigavam o caso tinham que acreditar no pior, ou seja, que Annabelle tinha morrido. E com o marido e a filha desaparecidos, provavelmente suspeitaram que Preston teria matado Annabelle e fugido com a filha recém-nascida.

— Por quê? Qual seria o motivo? De tudo que fiquei sabendo acerca dos meus pais biológicos, eles estavam muito apaixonados.

— Não sei. E isso é simplesmente especulação, mas pelo que sei sobre aquele verão, tudo aconteceu muito rápido entre Preston e Annabelle. Você sabe disso pela sua conversa com Nora Margolis. Talvez Preston tenha se sentido encurralado. Talvez ele tenha se arrependido e quisesse voltar com Stella Connelly, a sua antiga noiva. Olha, Sloan, não sei o que os investigadores pensaram na época, mas se eu consigo encontrar dois possíveis motivos trinta anos depois, tenha certeza de que eles encontraram alguns naquela ocasião.

— Mas, agora, em retrospecto, temos novas informações — Sloan disse. — Eu estou viva, e sabemos que fui entregue para adoção. Os meus pais adotivos me disseram que só conheceram a mulher que fingia ser a minha mãe biológica: Wendy Downing. Eles disseram que o meu pai não estava mais presente na minha vida.

— O FBI te disse que um advogado que atende pelo nome de Guy Menendez ajudou Wendy Downing a intermediar a adoção. Considerando o que temos, Preston Margolis era esse advogado.

— Não — Sloan disse. — Eu não acredito nisso. *Não posso* acreditar nisso.

— Então precisamos continuar investigando. Vamos examinar o restante dos papéis e ver o que mais encontramos. Especificamente, temos que descobrir como o seu desaparecimento está ligado à morte de Baker Jauncey. A hipótese de que Annabelle e Preston sumiram para evitar que ela fosse processada pela morte de Baker se baseia no fato de a casa deles ter sido esvaziada e desocupada — Eric afirmou.

Eric escorregou outro papel pela mesa. Nele, estavam cópias de fotos dos guarda-roupas de Preston e Annabelle, que estavam vazios, exceto por alguns cabides sem roupa e itens aleatórios: um sapato desacompanhado, um moletom amontoado, uma bolsa de maquiagem no chão.

— Os armários estavam vazios — Eric prosseguiu. — Como se eles tivessem feito as malas pra pegar a estrada.

— Mas o sangue de Annabelle… Se Preston a matou, por que ele também levou as coisas dela?

— Subterfúgio? Pra parecer que todos desapareceram juntos? — Eric disse e apontou para as caixas sobre a mesa. — Deve ter mais coisas nos papéis que nos ajudarão a entender o que aconteceu.

— Mãos à obra — Sloan disse, assentindo.

Porém, antes que pudessem começar a procurar, o celular dela tocou. Ao olhar o identificador de chamada, Sloan viu que era a dra. Cutty. Ela ergueu um dedo pedindo um momento de espera a Eric e atendeu a ligação.

— Alô.

— Sloan? Aqui é Lívia Cutty. Consegui dar uma olhada nos dois laudos de autópsia que você me mandou. Você está com tempo para revisá-los?

— Sim. Obrigada por retornar. Você encontrou algo interessante?

— Muito mais do que interessante. Em minha humilde opinião, os dois laudos estão bastante imprecisos.

— Por quê?

— Baker Jauncey não morreu em um acidente de automóvel, e Sandy Stamos não morreu afogado.

35

Cedar Creek, Nevada
Quarta-feira, 31 de julho de 2024

SLOAN COMBINOU UMA VIDEOCHAMADA COM A DRA. CUTTY E posicionou o celular na cabeceira da mesa de carvalho, para que Eric e ela ficassem no campo de visão. Apresentações foram feitas, e Sloan e Eric explicaram por que precisavam da qualificação e experiência da dra. Cutty acerca dos dois laudos de autópsia enviados a ela por Sloan.

— Entendo — a dra. Cutty disse. — Então é provável que o legista que realizou essas autópsias estivesse politicamente comprometido, ou pelo menos motivado a apresentar resultados que se encaixassem numa determinada narrativa?

— Sim, isso é perfeitamente possível nesta cidade — Eric respondeu.

A dra. Cutty assentiu.

— Então isso e o fato de ele ser um legista, e não um patologista especializado, poderiam explicar as discrepâncias.

— O que você descobriu? — Sloan perguntou.

— Comecemos com Baker Jauncey. Fica claro, a partir dos resultados documentados do exame, que ele não foi morto por um automóvel, mas por um golpe na cabeça que causou uma hemorragia cerebral — a dra. Cutty respondeu.

— Mas a causa da morte oficial foi registrada como hemorragia cerebral decorrente de traumatismo sofrido em um acidente de atropelamento e fuga — Eric afirmou.

— Sim. A causa e o tipo da morte oficiais foram registrados com um breve sumário dos resultados do exame. Para um leigo, seria difícil de encontrar a verdade. Foi só depois de analisar minuciosamente os registros *post mortem* e revisar as fotos do exame que consegui determinar que a causa da morte estava incorreta.

— A lesão na cabeça que Baker Jauncey sofreu não poderia ter sido causada pelo carro que o atingiu? — Eric perguntou.

— *Uma* lesão na cabeça? Sim. Essa lesão *específica* na cabeça? Impossível. Há diversos fatores que invalidam a hipótese de que um veículo causou a lesão que ele tinha na cabeça, mas o principal é que os ferimentos que o veículo produziu no corpo desse homem foram causados *post mortem*.

Eric apoiou os cotovelos sobre a mesa de carvalho para se aproximar do celular de Sloan.

— Ele estava morto *antes* de o carro atingi-lo?

— Sim, isso é o que os resultados da autópsia indicam. Exceto a lesão na cabeça, todos os outros ferimentos foram causados depois que ele estava morto. E a lesão na cabeça é incompatível com um acidente automobilístico. Pelo que pude ver nas fotos e nos registros do legista, era impossível um carro ter causado aquela lesão.

A dra. Cutty passou vários minutos explicando as complexidades de uma colisão entre uma pessoa e um veículo e os resultados da autópsia que são obtidos em tais circunstâncias.

— Se Baker Jauncey não foi morto pelo carro que o atropelou, como ele morreu? — Sloan perguntou.

— Eu examinei atentamente as fotos da fratura no crânio, junto com as medições que foram feitas, e a minha suposição mais sólida seria que um objeto de madeira arredondado tenha sido utilizado para golpear Baker Jauncey na parte posterior da cabeça. O golpe causou uma hemorragia cerebral que o matou.

Sloan e Eric se entreolharam. Eles não precisaram verbalizar o que estavam pensando: *de alguma forma, Sandy Stamos tinha descoberto que Annabelle Margolis não era responsável pela morte de Baker Jauncey, o que explicava o motivo pelo qual Sandy nunca a havia prendido. E se Sandy sabia que alguém tinha matado Baker ao golpeá-lo na cabeça e depois encenado o atropelamento, e isso provavelmente resultou em sua morte? Será que a mesma pessoa que matou Baker Jauncey também havia matado Annabelle Margolis?*

— Obrigada, doutora Cutty — Sloan disse, trazendo a sua mente de volta ao presente. — Você deu uma olhada no outro laudo?

— Sim — a dra. Cutty respondeu. — Era do seu pai, xerife?

— Sim, era.

— E a versão oficial foi que o seu pai se afogou quando o carro dele caiu em um curso de água?

— O laudo oficial declarou que o meu pai estava sob o efeito de heroína, perdeu o controle da viatura, caiu no riacho Cedar e se afogou.

— O seu pai não se afogou, xerife. Isso é certo.

Nervoso e inseguro, Eric semicerrou os olhos e engoliu em seco diante da revelação. Em apoio, Sloan estendeu o braço e colocou a mão no antebraço dele.

— Como você sabe disso? — Eric perguntou finalmente.

— Porque não havia água em seus pulmões. Se o corpo foi encontrado submerso na água, e se o seu pai ainda estava respirando naquele momento, tinha que haver água nos pulmões. A triste realidade das mortes por afogamento é que as vítimas prendem a respiração pelo maior tempo possível. Contudo, por fim, elas inspiram. E ao fazer isso, água entra nos pulmões. A ausência de água nos pulmões do seu pai significa que ele não inspirou depois de estar sob a água.

— Surgiu uma teoria de que ele tivesse conseguido respirar por meio de um bolsão de ar que ficou preso no carro. Isso não é possível? — Eric perguntou.

— Receio que não — a dra. Cutty respondeu. — Se, ao ficar preso em um veículo submerso, ele tivesse conseguido respirar por meio de um bolsão de ar, tinha que haver evidências de intoxicação por dióxido de carbono e asfixia subsequente. Isso se chama síndrome hipoxêmica em espaço confinado. Sloan está bem familiarizada com isso.

Sloan olhou para Eric e deu uma explicação.

— Se o seu pai tivesse respirado por meio de um bolsão de ar ao ficar preso na viatura submersa, com o tempo esse bolsão teria ficado cheio de dióxido de carbono exalado por ele. Depois que todo o oxigênio do bolsão de ar fosse consumido, ele teria sufocado. E, quando isso acontece, há sinais claros na autópsia, incluindo hipercapnia e acidose respiratória. Basicamente, o sistema circulatório dele teria ficado saturado com dióxido de carbono, e os pulmões teriam se enchido com sangue espumoso, o que é típico na intoxicação por dióxido de carbono.

Sloan voltou a olhar para a dra. Cutty.

— Estou supondo que os pulmões estavam limpos.

— Exato — a dra. Cutty afirmou. — E não havia uma quantidade exagerada de dióxido de carbono na corrente sanguínea.

Sloan percebeu que Eric estava tendo dificuldade para lidar com a informação e manteve a sua mão no antebraço dele.

— Então, o que isso significa? — ele finalmente perguntou.

— Significa que a última respiração do seu pai foi uma respiração regular, de ar com um teor normal de oxigênio. Significa que o seu pai já estava morto quando o carro caiu na água. Ou seja, o seu pai já estava morto antes de a água envolvê-lo completamente.

— O que o matou? Como ele morreu?

— Uma quantidade enorme de heroína — a dr. Cutty respondeu. — Tão grande, na verdade, que é impossível que ele mesmo a tenha injetado.

A dra. Cutty folheou alguns papéis enquanto examinava as suas anotações.

— Com base na heroína metabolizada em seu organismo, parece que a droga foi aplicada em duas doses. A questão é que a primeira dose foi tão grande que teria deixado o seu pai em estado de coma. Inconsciente, pelo menos. A segunda dose o matou. Então, xerife, a minha pergunta é a seguinte: se a primeira dose deixou o seu pai inconsciente, como a segunda dose conseguiu entrar em sua corrente sanguínea? Porque com certeza ele não a injetou por conta própria.

36

Cedar Creek, Nevada
Quarta-feira, 31 de julho de 2024

SLOAN ESTAVA NO QUINTAL DA CABANA DE ERIC COM OS PICOS das montanhas da Serra Nevada se projetando ao longe. A revelação de que o sangue de Annabelle fora descoberto na casa dela, e o que isso significava para o destino da sua mãe biológica, a deixou abalada. As informações que a dra. Cutty havia dado sobre a causa da morte de Sandy Stamos tinham virado o mundo de Eric de cabeça para baixo. Sloan agora entendia que havia uma parte de Eric que fora cética a respeito das histórias que o seu avô enfermo contava antes de morrer. Eram narrativas de corrupção e encobrimento que envolveram o seu pai ao descobrir algo bastante sinistro durante a investigação sobre Baker Jauncey e os Margolis desaparecidos, e que levaram à sua morte. Eric havia continuado em busca de respostas para satisfazer os desejos do seu falecido avô. Mas, agora, com a interpretação da autópsia de Sandy Stamos pela dra. Cutty, ficou claro que a busca de décadas do avô de Eric pela explicação a respeito da morte do filho não fora a loucura de um homem moribundo em busca de uma teoria da conspiração.

Ambos precisavam desanuviar a mente e acalmar os nervos. Quando Sloan mencionou um treino — a maneira habitual como recarregava o seu cérebro —, Eric mostrou-lhe o seu quintal. Ele havia montado um percurso completo de crossfit com trenó de carga, cordas de escalada, barra de pull-up, kettlebells e pesos livres. A simples visão do equipamento permitiu que a mente de Sloan se distraísse do destino provável de Annabelle Margolis.

De short e regata, que pegou do carro, Sloan se aproximou do enorme pneu de trator que estava no meio do quintal de Eric. O sol estava alto no céu sem nuvens e inclinado para o oeste, lançando um brilho âmbar intenso nas montanhas. Sloan se agachou, estendeu as mãos sob a borda do pneu e mobilizou os quadríceps e os glúteos para virá-lo. O pneu pousou a alguns metros de distância, e Sloan deu uma corridinha até ele, voltou a se agachar e repetiu o processo — levantar, puxar, empurrar, levantar, puxar, empurrar — até completar vinte e cinco repetições. Depois que ela terminou, Eric atacou o pneu. Então, Sloan pulou corda para manter a frequência cardíaca elevada, enquanto Eric completava as suas repetições. O relógio dela apitou assim que Eric terminou o seu último movimento. Sloan se dirigiu rapidamente até o pneu, e eles trocaram de lugar.

Após quinze minutos, ambos estavam ofegantes e incapazes de falar. Eric apontou para as cordas de escalada: duas cordas grossas, cada uma com cerca de seis metros de comprimento e presas em argolas aparafusadas no chão. Sloan agarrou a ponta de cada corda e começou a balançar em um movimento ascendente e descendente, com o braço direito para cima e o braço esquerdo para baixo, ziguezagueando as cordas por dois minutos seguidos até os ombros doerem e o peito arfar. Em seguida, Eric foi para as cordas e Sloan tratou de se recuperar. Eles se revezaram nas cordas de escalada em sessões de dois minutos até completarem dez repetições e ficarem estendidos no chão.

Eles esvaziaram uma garrafa de água e seguiram para o kettlebell para completar um circuito desafiador de levantamentos e agachamentos. Ao terminarem, caminharam ao redor do quintal com as mãos sobre a cabeça e ofegantes.

— Estou vendo que você lida com o estresse tão bem quanto eu — Sloan disse.

— É isso ou o álcool — Eric disse. — E isso é muito mais saudável.

Eric estava transpirando tanto que o tecido da camiseta grudava em sua pele, revelando a musculatura esculpida dos ombros e do peito.

— Acho que você também não é muito chegada a bebidas, não é? — Eric perguntou.

— Só Dr. Pepper Diet e uma taça de vinho de vez em quando. Normalmente, elimino a minha ansiedade na academia. Obrigada por me deixar participar do que suponho que seja geralmente um espetáculo solo.

— Você está brincando, não é? Isso foi ótimo. Você me motivou mais do que eu me motivaria sozinho. E me fez esquecer do que a sua chefe me contou sobre o meu pai.

Sloan abriu outra garrafa e tomou mais um gole de água.

— Então, se o mesmo legista que fez a autópsia de Baker Jauncey fez a do seu pai, e os dois laudos foram claramente incorretos, ou ele era um charlatão ou...

— Ou alguém o influenciou para que o seu laudo não revelasse a verdade.

Sloan tomou outro gole de água. O suor escorria do seu corpo, fazendo os ombros e os braços brilharem ao sol.

— Então, temos a confirmação de que alguém matou Baker Jauncey e depois tentou fazer parecer um atropelamento. O fato de o carro de Annabelle ter sido deixado no local indica que quem matou Baker queria incriminá-la. A descoberta do sangue dela em sua casa e a tentativa de limpá-lo demonstram que houve uma armação — Eric disse. — E alguém injetou heroína suficiente em meu pai, a pessoa que investigava os dois crimes, para colocá-lo em coma ou perto disso. E uma segunda dose o matou. Então, se estou ligando as coisas corretamente, o assassino empurrou a viatura dele até o riacho Cedar para que parecesse um acidente.

— O que pareceu para todos, exceto para o seu avô.

— E para a sua chefe.

Sloan assentiu.

— Então, temos três assassinatos: Baker Jauncey, Annabelle Margolis e o seu pai. Alguém quis que a morte de Baker Jauncey parecesse um atropelamento, e a do seu pai parecesse uma overdose. E como o seu pai estava investigando o desaparecimento dos meus pais biológicos e o meu naquela época, é lógico concluir que os três crimes estão ligados. A questão é: de que forma?

Um pássaro guinchou alto, e Eric e Sloan levantaram os olhos e viram um gavião-galinha de cauda preta pousado no telhado da cabana. Assim que o avistaram, o gavião alçou voo, planando sobre eles antes de mergulhar no precipício atrás da cabana.

Após o treino, ambos tomaram banho e voltaram ao trabalho junto à mesa de carvalho. Durante horas, eles examinaram os prontuários do caso em busca de qualquer pista que as páginas pudessem conter para ajudá-los a desvendar o mistério. Eles trabalharam até meia-noite sem parar, lendo página após página de registros do detetive, revisando transcrições de interrogatórios e pesquisando a lista de evidências coletadas na casa de Annabelle e Preston. Examinaram as fotos da cena do crime da casa, da viatura de Sandy Stamos pingando água após ter sido retirada do riacho Cedar, e do carro de Annabelle e do corpo de Baker Jauncey tiradas pelos investigadores de acidentes da Polícia Rodoviária do Estado de Nevada. Apesar dos seus esforços, quando a meia-noite chegou, elas não estavam mais perto de encontrar respostas do que quando tinham começado.

Sloan levantou os olhos do relatório que estava lendo.

— Alguma coisa?

Eric fez um gesto negativo com a cabeça.

— Não. E sinto que estou bloqueado. Nem sei se o que estou lendo está sendo registrado em minha mente neste momento.

— Sim, eu também estou bastante cansada.

Sloan olhou para o celular.

— Nossa, já é meia-noite!

Eric consultou o seu relógio.

— Caramba. O tempo passa voando quando estamos tentando resolver três crimes de trinta anos atrás.

Sloan sorriu.

— Esses não são os assuntos mais agradáveis, mas consigo pensar em maneiras piores de passar o dia. Hoje, foi esclarecedor.

— Pra dizer o mínimo.

Sloan se levantou e se espreguiçou.

Eric também se levantou.

— Obrigado de novo por conseguir a ajuda da sua chefe na autópsia do meu pai.

— Desculpe se confirmou o que você temia.

— É melhor saber do que viver na dúvida.

Sloan assentiu e deu um sorriso melancólico.

— Acho que é verdade. Melhor eu ir andando.

— Não vou deixar você dirigir nessas estradas de montanha tão tarde da noite. Nenhumas delas é iluminada e fica perigoso no escuro.

Sloan olhou pela janela e se imaginou tentando dirigir pelas estradas íngremes e sinuosas tão tarde.

— Posso te levar pra cidade — Eric disse. — Mas você teria que deixar o seu carro aqui e pegá-lo amanhã. Ou… — Ele fez uma pausa. — Você pode passar a noite aqui. O quarto de hóspedes está arrumado. As roupas de cama estão limpas, e você já sabe que tenho toalhas limpas no banheiro.

— Você tem certeza? — Sloan perguntou, virando-se para Eric.

— Claro.

Eles arrumaram a mesa e empilharam as caixas cheias de papéis que tinham passado toda a noite lendo. Eric a acompanhou até o andar de cima e lhe mostrou o quarto de hóspedes. Ele pegou dois travesseiros na prateleira superior do guarda-roupa, colocou as fronhas e os ajeitou na cama.

174

— O banheiro você já sabe onde é — Eric disse, apontando para ele. — Tem água na geladeira lá embaixo. E eu estou do outro lado do corredor, se precisar de alguma coisa.

Sloan sorriu.

— Obrigada. E obrigada por me deixar ficar.

— Não foi nada.

— Sinto muito novamente — Sloan disse, caminhando até ele. — A respeito do seu pai. Eu sei que já faz muito tempo e você era uma criança, mas tenho certeza de que não é fácil ouvir essas coisas.

Eric assentiu.

— Não, não é, mas é por isso que estou em busca de respostas. O meu avô sentiria orgulho de mim por eu ter chegado até aqui.

— Estou ao seu lado na busca.

— Eu sei e fico muito grato — Eric disse, se aproximou e beijou Sloan no rosto. — E vou continuar na busca até que nós dois tenhamos respostas sobre o que aconteceu naquele verão.

Sloan apoiou a mão no peito dele. Em uma ocasião diferente, em que eles não tivessem passado a noite analisando prontuários que tratavam da morte do pai de Eric e do desaparecimento dos pais biológicos de Sloan, algo mais poderia ter acontecido entre eles. Mas, nesta noite, eles eram parceiros com um objetivo em comum e nada mais.

— Boa noite — ela finalmente disse.

— Até amanhã.

O PASSADO

LAGO TAHOE, NEVADA
SÁBADO, 1º DE JULHO DE 1995

TRÊS DIAS ANTES...

Sandy conduziu o seu antigo Suburban pelo longo caminho de entrada da cabana da família Stamos, virou à esquerda e atravessou a ponte curvada sobre o precipício atrás da propriedade. Ele seguiu pelas sinuosas estradas de montanha até chegar à Rodovia 67, onde rumou para o sul e ignorou a saída para Cedar Creek. Estava indo para o lago Tahoe.

O trânsito estava terrível devido ao feriado do Dia da Independência, e foram necessárias mais de duas horas para Sandy chegar a Incline Village, no lado norte do lago. Ele encontrou uma estrada secundária chamada Beverdale Trail e reduzia a velocidade a cada casa que passava. O endereço que ele estava procurando estava rabiscado em um pedaço de papel e colado com fita adesiva no painel do carro. Ao avistar o número na caixa de correio, pegou o caminho de acesso à propriedade.

— Sandy Stamos!

Sandy ouviu a voz do seu velho amigo assim que abriu a porta do motorista.

— Tom Quinn — Sandy disse com um sorriso. — É um prazer te ver.

Sandy tinha crescido com Tom Quinn. Ao contrário de Sandy, Tom havia ido embora de Cedar Creek e do Condado de Harrison assim que pôde. Ele cursou a faculdade em Los Angeles e agora morava na pequena cidade de Danville, na região de East Bay. Ele possuía uma casa de veraneio no lago Tahoe e tinha combinado de se encontrar com Sandy ali por causa de um assunto urgente.

Os dois trocaram um longo abraço.

— Caramba, Cedar Creek deve estar tratando você bem. Você está ótimo, cara — Tom disse e passou um braço em torno do bíceps de Sandy. — Você está forte como um touro.

— Dando um duro danado — Sandy afirmou. — Você também está ótimo. E essa casa! É linda.

— Obrigado. Elaine e eu adoramos isso aqui.

— Obrigado por me receber e por fazer isso em um fim de semana prolongado. Estou numa sinuca de bico. Caso contrário, não teria pedido.

— Não se preocupe. Está tudo bem. Vamos entrar. Vamos ficar no terraço de trás. Tem uma vista incrível do lago.

Alguns minutos depois, Sandy estava sentado diante do amigo de infância e observava o lago Tahoe por cima dos altos pinheiros que cobriam a encosta das montanhas. Os dois estavam tomando uma cerveja gelada.

— Você não estava brincando — Sandy disse, apreciando a vista. — Estou impressionado.

— Obrigado, cara.

Tom Quinn havia estudado finanças e contabilidade na Universidade do Sul da Califórnia, e tinha passado dez anos a serviço do governo realizando auditorias para a Receita Federal. Em seguida, ele tinha criado a sua própria empresa de planejamento financeiro. Tom Quinn possuía a mente financeira mais aguçada que Sandy conhecia, e Sandy precisava da ajuda dele.

— Então, o que está acontecendo em Cedar Creek que fez o xerife pedir favores a um cara de finanças?

Sandy sorriu.

— As pessoas vêm e vão, mas Cedar Creek nunca muda.

Tom assentiu.

— Isso significa que você está medindo forças com o clã Margolis.

— Tentando não fazer isso, mas parece inevitável neste caso em particular.

— O que está acontecendo?

— No começo desse verão, um dos sócios da Margolis & Margolis morreu no que aparentava ser um atropelamento na Rodovia 67.

— Que aparentava ser?

— Isso fica entre nós, mas parece que alguém na verdade golpeou o cara na cabeça com um taco de beisebol e o matou. Em seguida, colocou o corpo na estrada e o atropelou com um carro.

— Uau! O que aquele "buraco" virou?

Para enfatizar, Sandy levantou as sobrancelhas.

— Fica ainda melhor. O carro que atropelou o sócio já morto da Margolis & Margolis estava registrado no nome da nova esposa de Preston Margolis.

Espantado, Tom Quinn assobiou.

— Você se meteu em uma verdadeira encrenca.

— Nem me fale. Mas espera, tem mais.

— Está parecendo um comercial de televendas.

— Sim, bem, essa última parte é o motivo pelo qual eu liguei pra você. O sócio da Margolis & Margolis que foi morto se chamava Baker Jauncey. Alguns dias atrás, o investigador jurídico dele me procurou. Um cara chamado Marvin Mann. Ele me disse que Baker tinha farejado uma fraude financeira no escritório de advocacia dos Margolis e pedido para Marvin investigar. No dia seguinte, Baker foi morto.

— E o investigador dele acha que Baker foi morto porque estava investigando a firma dos Margolis?

Sandy assentiu.

— E aqui está o pulo do gato. Na véspera da sua morte, Baker entregou a Marvin uma pasta cheia de documentos que ele tinha juntado da Margolis & Margolis, detalhando a fraude financeira. Jauncey era sócio e, assim, ele tinha todo o acesso necessário se estivesse procurando nos lugares certos. Ele entregou os papéis para Marvin por precaução e foi morto no dia seguinte. Marvin compartilhou tudo comigo. Eu examinei os papéis, mas não sou especialista em finanças. Não consegui entender nada. Preciso que você dê uma olhada e me explique o que está acontecendo na Margolis & Margolis.

— Eu descobri muitos golpes durante os meus anos de trabalho na Receita Federal. Deixe-me dar uma olhada.

— Eu tenho a documentação completa guardada em um cofre de aluguel de um banco porque não quero correr nenhum risco com isso. Mas fiz cópias dos papéis que acredito serem relevantes. Tenho tudo no meu carro.

LAGO TAHOE, NEVADA
SÁBADO, 1º DE JULHO DE 1995
TRÊS DIAS ANTES...

Sandy ficou sentado no terraço da casa do amigo, tomando cerveja e contemplando o lago Tahoe. Tom Quinn tinha se transferido para o escritório para se debruçar sobre os documentos trazidos pelo xerife. Sandy estava admirando dois veleiros singrando o centro do lago quando Tom abriu as portas corrediças da cozinha. Ele segurava duas long necks de cerveja geladas entre os dedos da mão esquerda, as pastas na mão direita e o notebook encaixado sob o braço.

— Pegue — ele disse, entregando as garrafas de cerveja para Sandy.

— Conseguiu entender alguma coisa?

Tom assentiu.

— Quase tudo. É uma fraude numa escala enorme, Sandy. Muito dinheiro e muitas leis sendo violadas. Não é à toa que esses papéis tenham custado a vida daquele cara.

Tom colocou as pastas sobre a mesa do terraço, com o seu bloco de anotações por cima delas. Posicionou o notebook ao lado das pastas e voltou para o interior da casa, retornando um momento depois com uma extensão elétrica. Ele se sentou e ligou o computador.

— Isso é o que está acontecendo — Tom disse, tocando no teclado. — Em resumo, estão roubando dinheiro dos clientes, mas de um jeito muito esperto. Estão pegando os cheques dos acordos referentes aos casos que o escritório ganhou a causa na justiça ou negociou com sucesso, depositando o valor integral numa conta fantasma, ou seja, basicamente uma empresa de fachada ligada ao escritório de advocacia dos Margolis, e depois emitindo um cheque de acordo formal para a Margolis & Margolis, que é depositado em uma conta de custódia. O ponto crucial é que esse pagamento formal na conta de custódia é menor do que o valor do acordo real. Digamos que um acordo de cinco milhões de dólares aconteça. O cara deposita os cinco milhões na conta fantasma, depois transfere quatro milhões e novecentos mil para a conta de custódia do escritório. É fácil não perceber cem mil quando você está lidando com essas somas enormes e, pelo que posso ver, o Margolis & Margolis costuma fazer isso. O cliente então recebe o pagamento da conta de custódia. A matemática se complica porque o escritório fica com trinta e três por cento, mais as despesas. O cliente recebe o saldo restante. O escritório esconde a fraude nas despesas. Nesse exemplo de um acordo de cinco milhões de dólares, os cem mil desviados foram justificados por meio de uma longa lista de despesas fictícias, e nenhum cliente nunca percebeu. Até que esse cara, Baker Jauncey, farejou a fraude. Apenas uma vez, de acordo com o que está nesses papéis, um cliente contestou o valor que recebeu. E, nesse caso, a inconsistência foi atribuída a um erro contábil e foi corrigida. Nenhum outro cliente reclamou. Os golpes vêm ocorrendo há anos, de acordo com as datas registradas nos papéis.

Tom empurrou um dos documentos para que Sandy pudesse ver.

— Aqui está um exemplo óbvio. O escritório de advocacia dos Margolis entrou com um processo em nome de Janet Romo, em 1993, contra uma rede de supermercados onde ela escorregou e caiu, lesionando o quadril e as costas. O caso foi resolvido fora do tribunal por cento e cinquenta mil dólares.

Tom apontou para a página.

— Está vendo? Está claramente especificado o valor do acordo de cento e cinquenta mil dólares bem aqui, e isso corresponde ao valor depositado na conta fantasma bem aqui.

Sandy seguiu o dedo indicador de Tom deslizando entre os dois números correspondentes.

— Mas aqui — Tom disse, virou a página e apontou para um novo número — mostra que um cheque de acordo foi emitido para o Margolis & Margolis no valor de cento e *vinte e cinco* mil.

— Vinte e cinco mil a menos?

— Exatamente. Os cento e vinte e cinco mil vão para a conta de custódia, os vinte e cinco mil são contabilizados como despesas, e o cheque do saldo restante é emitido para a cliente. E esse é apenas um caso. Há dezenas de outros exemplos nas pastas, e os valores variam de dez mil a cem mil dólares.

— Todo o dinheiro desviado?

Tom assentiu.

— Sim. Ainda não terminei de examinar todas as pastas, mas o total até agora passa um pouco de cinco milhões de dólares. O suficiente para matar alguém que tivesse descoberto isso e ameaçado expor os envolvidos.

Sandy assentiu lentamente.

— Quem são os advogados envolvidos?

— Esse é o problema. Para cometer esse nível de fraude, foram criadas empresas de fachada e contas numeradas. Uma empresa principal em que os cheques de acordo originais eram depositados, e diversas outras nas quais o dinheiro roubado era lavado. Eu elaborei uma lista de todas as empresas. Além dessas empresas, há apenas dois outros entes mencionados nesses papéis. O primeiro é o escritório dos Margolis. O segundo é o cara que assina os cheques que foram emitidos mais à frente para o escritório após o desvio de uma porcentagem.

— Quem é o cara? — Sandy perguntou.

— Ele está registrado em todos os documentos como Guy Menendez.

— Guy Menendez?

— O nome não soa familiar pra você?

— Não.

— Não me surpreende — Tom disse e abriu o notebook. — Você está familiarizado com a internet?

— Um pouco. O gabinete do xerife tem um site, mas foi todo configurado pelos caras de TI do condado.

— O Margolis & Margolis possui um site — Tom disse, digitando. — E, no site, há uma lista de todos os advogados do escritório. Cento e dezesseis no total — Tom comentou e virou o notebook para Sandy. — Nenhum deles se chama Guy Menendez.

— Então, quem é ele? — Sandy perguntou.

— Um nome falso, eu acho. Mas se você descobrir quem é esse cara, tenho certeza de que você vai saber quem matou Baker Jauncey.

PARTE IV
NAS SOMBRAS

37

Reno, Nevada
Quinta-feira, 1º de agosto de 2024

ÀS ONZE DA MANHÃ, MARGOT GRAY PEGOU DOIS PRATOS DE café da manhã no balcão e os levou apressadamente para a mesa número oito. Assim que os dois caminhoneiros terminassem a refeição, o seu turno felizmente terminaria. Ela tinha feito uma jornada dupla, trabalhando catorze horas seguidas, menos as pausas para banheiro e cigarro, e meia hora em algum momento da noite para comer um bagel com cream cheese e tomar um energético para mantê-la acordada. Os seus joelhos doíam e os tornozelos estavam inchados como resultado de tantas horas em pé.

Margot empurrou os pratos na frente dos seus dois últimos clientes com um sorriso agradável que ela nem sequer percebia mais que oferecia. Ela tinha estampado o sorriso no rosto por tantos anos que ele aparecia sem pensamento consciente.

— Querem mais alguma coisa?

— Café, por favor — um dos caminhoneiros pediu.

Margot rumou apressadamente até o balcão de café, pegou uma jarra e tornou a encher as canecas na frente de cada homem.

— E a conta — o caminhoneiro disse. — Temos que pegar a estrada. Vamos comer rapidinho.

Margot sorriu, tirou a conta do bolso da frente do avental e a deixou na mesa. Ela passou vinte minutos somando as contas do seu turno e separando as gorjetas. Um total de cento e treze dólares. Sempre havia a tentação de calcular de quantas horas da sua vida ela abria mão em troca do dinheiro que ganhava, mas ela já tinha seguido por esse caminho antes e isso a levava a lugares sombrios que ela preferia não voltar a visitar. Ela era uma garçonete de cinquenta e dois anos sem outras habilidades. Não bastava querer algo diferente neste mundo. Ela precisava de talento se quisesse mudar de vida, e Margot havia decidido que o único talento que possuía era um sorriso falso e a capacidade de passar horas em pé, correndo de mesa em mesa.

Quando Margot terminou de fechar o caixa, os caminhoneiros já tinham ido embora. Após catorze horas, não havia mais ninguém para servir. O restaurante estava num raro momento de calma, aquele período tranquilo entre o público do café da manhã e do almoço. Ela se despediu de duas outras garçonetes, sendo que nenhuma delas era mais do que uma conhecida. Elas eram mais jovens que Margot e todas pensavam da mesma maneira: que não havia a menor possibilidade de estarem trabalhando neste restaurante, ou em qualquer outro lugar parecido, quando estivessem na casa dos cinquenta anos. Margot sabia que as garçonetes de vinte e poucos anos pensavam assim porque já tinha sido uma delas. Aos vinte e cinco anos, ela também estava convencida de que servir mesas em um restaurante era apenas um trabalho temporário. Margot havia se convencido de que as coisas melhorariam, que outras oportunidades surgiriam e que, quando estivesse "mais velha", as coisas estariam melhores. Uma década depois, quando estava na casa dos trinta anos, ela contou para si mesma a mesma história. Porém, a sua convicção na história diminuiu, assim como sua crença nela. Ao entrar na casa dos quarenta anos, aquela vozinha em sua cabeça tinha se tornado fraca e silenciosa. De vez em quando, ainda sussurrava que a vida era mais do que trocar horas por dólares, que as coisas ainda podiam mudar, e que, em algum momento, ela começaria a viver a vida em vez de apenas sobreviver. Porém, Margot não havia ouvido essa voz desde que fez cinquenta anos. Principalmente porque ela tinha tanta certeza acerca da permanência dessa vida agora que estava na casa dos cinquenta como tinha tido acerca da sua natureza temporária quando estava na casa dos vinte anos. Contudo, outra razão para ter silenciado aquela voz era porque doía demais ouvi-la.

No estacionamento, Margot entrou em seu velho Mazda, sentiu o apelo dos cem dólares de gorjeta no bolso e pensou por um instante em parar na loja de bebidas e jogar na máquina caça-níqueis. Ela tinha dobrado o seu dinheiro fazendo isso uma vez, e aquela única vitória a ajudou a esquecer todas as outras vezes em que trabalhou dez horas seguidas, mas as máquinas caça-níqueis roubavam tudo em menos tempo do que os caminhoneiros levavam para esvaziar uma jarra de café.

Resistindo ao impulso, Margot decidiu que precisava dormir mais do que qualquer outra coisa. Ela entrou no condomínio de casas móveis, estacionou na frente do seu trailer e entrou. Pegou um refrigerante na geladeira e abriu o notebook; um computador antigo que milagrosamente funcionava sempre que ela o abria. Margot não tinha televisão e não poderia pagar um serviço de TV a cabo mesmo que tivesse. A sua conexão com o mundo era por meio da internet, e se o seu velho notebook pifasse, ela ficaria desconectada do mundo, só restando ouvir os grunhidos da CNN e da Fox nos televisores nos cantos do restaurante.

Margot abriu o aplicativo do YouTube e clicou no canal *Mistérios*, a sua dose favorita de crimes reais, apresentado por Ryder Hillier. Margot era viciada em *Mistérios* havia muito tempo e adorava o jeito que Ryder abordava as histórias relatadas em seu podcast. Ela apresentava os fatos de um crime, e em seguida convidava o seu público para ajudar a resolver os casos não solucionados narrados por ela. A razão pela qual o seu podcast era tão popular era porque o método de Ryder funcionava. Ao longo dos anos, Margot a tinha visto resolver vários casos que os detetives haviam desistido ou considerado muito difíceis de desvendar. E ela tinha feito isso pedindo ajuda ao público. *A união faz a força*, Ryder sempre dizia.

Margot tomou um gole de refrigerante e clicou no botão de reprodução para assistir ao último vídeo de *Mistérios*. O rosto de Ryder Hillier ocupou a tela do computador.

Boa noite, viciados em *Mistérios*. Aqui é Ryder Hillier, trazendo para vocês notícias de última hora e um pedido urgente de ajuda, diretamente de um quarto de hotel em Raleigh, na Carolina do Norte.

Hoje, tenho uma história que vai deixar todos vocês enlouquecidos, viciados em *Mistérios*. Tenho certeza de que todos em casa estão familiarizados com o caso da família Margolis que desapareceu em 1995.

Margot se acomodou na cadeira e trouxe o notebook para perto dela. Ela conhecia o caso.

No passado, já abordei a história do desaparecimento da família Margolis no podcast e realizei diversas atualizações. No entanto, para aqueles que não estão familiarizados com a história, vou fazer um resumo.

Preston e Annabelle Margolis, juntamente com a filha de dois meses de idade — uma linda recém-nascida que o país conhecia como bebê Charlotte —, desapareceram de Cedar Creek, em Nevada, no feriado de Quatro de Julho de 1995. Preston era filho do conhecido advogado Reid Margolis e um jovem talento em ascensão no escritório de advocacia dos Margolis. A família Margolis é muito rica e de renome no Condado de Harrison, onde Cedar Creek está situada. Apesar de uma investigação de grande envergadura e meses de ampla cobertura da mídia, nunca nenhum suspeito foi responsabilizado pelo desaparecimento da família, e o caso ficou sem solução durante décadas.

Mas eis a reviravolta, viciados em *Mistérios*. As minhas fontes me informaram que a bebê Charlotte Margolis apareceu quase trinta anos depois do desaparecimento da família. Vocês me ouviram corretamente, viciados. Charlotte Margolis está vivendo como uma mulher chamada Sloan Hastings, em Raleigh, na Carolina do Norte. Segundo as minhas fontes, a bebê Charlotte foi adotada em novembro de 1995, apenas quatro meses após o seu desaparecimento. Os pais adotivos — Todd e Dolly Hastings — chamaram a bebê de Sloan, e ela tem levado uma vida tranquila há quase trinta anos. De acordo com as minhas fontes, não há indícios de que Preston ou Annabelle Margolis tenham aparecido, mas com certeza é a maior descoberta que alguém já viu em décadas.

As autoridades estão investigando a forma pela qual a bebê Charlotte foi entregue para adoção, e me disseram que o casal que adotou Charlotte Margolis, repito para todos os meus viciados em *Mistérios*, não é suspeito do sumiço da bebê. Por favor, respeitem a privacidade desse casal que fez a adoção, pois tenho certeza de que a vida deles foi virada do avesso pela notícia.

Porém, eu tenho uma missão pra vocês. As minhas fontes me dizem que o foco principal da investigação do FBI é a mulher que fingiu ser a mãe biológica da bebê Charlotte durante o processo de adoção fraudulenta. Uma mulher, fiquei sabendo, chamada Wendy Downing. Ela teve a ajuda de um advogado chamado Guy Menendez.

Aqui é onde mostramos o nosso valor! Estou convocando todos os viciados em *Mistérios*! Preciso da ajuda de vocês. Preciso que vocês encham a minha caixa de entrada com todas as informações possíveis sobre essas duas pessoas, Wendy Downing e Guy Menendez. Essa é uma reportagem em desenvolvimento, e precisamos agir rapidamente, viciados!

Estou indo para Cedar Creek, em Nevada, esta semana para encontrar e entrevistar Sloan Hastings, também conhecida como a bebê Charlotte Margolis. Se Sloan estiver ouvindo, ou se algum viciado em *Mistérios* souber onde posso encontrá-la, mande uma mensagem pra mim. Espero ter mais informações pra vocês em breve.

Isso é tudo por enquanto, mas não deixem de conferir diariamente. Vou fazer atualizações sobre esta história aqui, e em breve gravarei o primeiro episódio de uma série de podcasts. Até breve... E se cuidem, viciados.

O rosto de Ryder Hillier desapareceu da tela e foi substituído pelo logotipo de *Mistérios*. Vagarosamente, Margot se levantou da cadeira e fechou o notebook. Ela mal podia acreditar no que tinha ouvido. Cedar Creek ficava a apenas uma hora de Reno. Após um instante de reflexão, Margot empurrou a cadeira até a geladeira e subiu nela. No armário acima da geladeira, estava a sua reserva para "algum dia". Escondidos em um antigo pote de café estavam mil e quinhentos dólares que ela tinha conseguido economizar ao longo dos anos. Algum dia, ela os usaria para tirar férias. Algum dia, ela os usaria para comprar um computador novo. Algum dia, ela os usaria para dar de entrada num carro novo. Havia tantas coisas para fazer algum dia que Margot perdeu a conta de todas elas. Mas sempre houve uma coisa que ela sabia que faria algum dia, e esse dia tinha chegado.

Margot pegou o dinheiro do pote de café e desceu da cadeira. Nos últimos anos, ela tinha começado a acreditar que o destino era algo fictício inventado por pessoas que tinham uma boa vida. Margot percebeu que o destino nunca era discutido por pessoas com empregos sem futuro e vidas miseráveis. O destino só entrava em cena quando coisas boas aconteciam para sortudos em ascensão. A vida de Margot nunca tinha entrado em contato com a coisa mítica chamada destino. Desde o nascimento, ela estava em um declínio constante.

Em toda a sua vida adulta, Margot tinha pulado de galho em galho pelo país atrás de empregos de garçonete e da fantasia de uma vida melhor. De alguma forma, ela acabou em Reno, servindo caminhoneiros em uma pocilga. A última década tinha propiciado pouco em termos de estabilidade e havia esgotado qualquer esperança de um futuro mais brilhante. Mas, apesar de décadas de provas de que isso não existia, o destino era a única maneira de explicar por que ela estava planejando ir até Cedar Creek com a esperança de endireitar um erro que foi se perpetuando ao longo dos anos.

38

Cedar Creek, Nevada
Quinta-feira, 1º de agosto de 2024

NA MANHÃ DE QUINTA-FEIRA, AO ABRIR OS OLHOS, SLOAN levou um instante para lembrar que tinha dormido na cabana de Eric. O cheiro de café fresco a tirou da cama. Ela desceu a escada no momento em que ele estava servindo uma xícara.

— Bom dia — ela disse, alisando o cabelo com a mão com certo constrangimento.

— Bom dia. Café?

— Sim, por favor. O cheiro está maravilhoso.

Eles se sentaram à mesa da cozinha. Sloan nunca se sentiu tão feliz por ter resistido à tentação da noite anterior. Se ela tivesse cedido aos seus impulsos, o relacionamento entre ela e Eric seria diferente esta manhã. Ela estaria distraída e confusa. Em vez disso, estava completamente focada na tarefa em mãos. Ela teve um sonho vívido com a sua mãe biológica durante a noite. Annabelle tinha tirado fotos da filha recém-nascida e então ia para o laboratório para revelar o filme e ampliar as imagens. Quando Annabelle saiu do laboratório, com a foto na mão, a bebê Charlotte tinha desaparecido. Na névoa do sonho, Annabelle olhou para Sloan e perguntou para onde a sua filha tinha ido. Sloan acordou assustada. Uma hora depois, quando ela finalmente voltou a dormir, fez isso com uma determinação feroz de encontrar respostas ao acordar.

— Desculpe por fazer você ficar acordada até tarde ontem à noite — Eric disse.

— Quem dera tivéssemos encontrado algo útil nas pastas. Acho que temos mais perguntas do que respostas nesse momento.

— Já liguei pra um dos meus contatos na Polícia Estadual de Nevada. Estou tentando localizar um dos detetives que trabalhou no seu caso e ver se ele pode me dar mais detalhes sobre a cena do crime e o sangue que encontraram. Qual é o seu plano para o resto da semana?

— Hoje vou me encontrar com Nora Margolis para ver as caixas com fotos que Annabelle tirou no verão em que desapareceu.

— Que tipo de fotos?

— Annabelle era fotógrafa amadora. Pode-se dizer que ela era pupila de Nora Margolis. Annabelle passou o verão e o início da maternidade tirando fotos.

— De quê?

— De tudo. Da cidade, de mim quando bebê, da casa que ela e Preston estavam construindo. Fiquei com a impressão pelas fotos de que Annabelle se sentia só. Ela tinha Preston e a filha recém-nascida, eu, mas fora isso estava sozinha. Afora a Nora, a família Margolis não era muito acolhedora e afetuosa com ela. As fotos que ela tirou são... Não sei, são fascinantes, porque oferecem um vislumbre da vida dela, mas também são inquietantes e tristes.

Sloan tomou um gole de café.

— Enfim, tenho planos de examinar o restante das fotos de Annabelle com a Nora.

— Caso eu consiga localizar o detetive que conduziu o caso, te aviso. Foi há trinta anos, então ele pode não ter nada de novo ou útil pra oferecer.

— Vale a pena tentar. Você se importa se eu tomar um banho antes de ir embora?

— Fique à vontade. Vou preparar o café da manhã.

Quinze minutos depois, Sloan saiu do quarto de hóspedes com o cabelo molhado e encontrou Eric sentado à mesa da cozinha. Ele segurava um exemplar do *Harrison County Post*. Sloan viu a sua imagem na primeira página.

— O que é isso?

Ela foi às pressas até Eric e pegou o jornal, passando os olhos no artigo.

— O FBI disse que estavam mantendo a história em segredo — Sloan disse.

— Bem, vazou. E você está por toda a internet.

Eric virou o notebook. Outra imagem de Sloan a encarava de volta.

— Pelo amor de Deus!

— Parece que Ryder Hillier divulgou a história em seu podcast *Mistérios*.

— Inacreditável.

O celular de Sloan tocou, e ela viu que era uma ligação da dra. Cutty. Nervosa, fechou os olhos antes de atender.

— Alô.

— Sloan, aqui é Lívia Cutty. Você sabe que está em todos os jornais do país?

— Soube disso só agora.

— As...

A voz da dra. Cutty sumiu e Sloan olhou para o celular.

— Alô?

— Desculpe — Eric disse. — Às vezes, o sinal aqui fica ruim. Não é estável, na melhor das hipóteses. Em geral, na varanda pega melhor.

Sloan se apressou até a porta da frente e saiu.

— Sloan?

— Sim. Desculpe. Estou nas montanhas, e o sinal aqui não é bom.

— As histórias são verdadeiras?

— Sim. Eu descobri quando fiz uma busca on-line do meu DNA para o projeto de genealogia forense.

— Putz! — a dra. Cutty exclamou. — Peço desculpas que o projeto tenha se transformado nisso.

— Se serve de consolo, poderá resultar em uma ótima dissertação se eu conseguir chegar até lá.

— Você precisa de alguma coisa?

— Você já ajudou muito dando seu parecer sobre aqueles laudos de autópsia. Eles estão relacionados com a minha história.

— Como?

— Estou empenhada em descobrir isso.

— Espero receber notícias sobre isso em breve.

— Com certeza.

— Escute, Sloan, só pra alertá-la. Hoje de manhã havia furgões de reportagem estacionados do lado de fora do IML. Tenho certeza de que estavam esperando pegar você entrando no prédio. Recebi ligações da NBC e da HAP News. Vazou que você está estudando sob a minha orientação.

— Desculpe por causar tantos problemas.

— Por favor. Nada disso é culpa sua. Vou lidar com a confusão por aqui. Você precisa cuidar de si mesma. Eu disse às redes de TV que não tenho nenhum comentário sobre a história, e não vou me envolver a menos que você precise da minha ajuda.

— Obrigada. Ainda não sei do que eu preciso, mas ligarei pra você quando descobrir.

— Eu tenho contatos, Sloan. Assim, quando você quiser contar a sua história, posso colocá-la em contato com as pessoas certas. Essa história fisgou a atenção do público quando aconteceu, e as pessoas se interessarão por ela até terem respostas. Você poderia tomar a iniciativa e dar uma entrevista para a pessoa certa. Avery Mason ou Dante Campbell. Eu poderia cuidar disso, e isso impediria um estouro da boiada.

— Obrigada. Com certeza vou pensar nisso. Assim que eu tiver algumas respostas pra dar.

— Claro. Mais uma coisa — a dra. Cutty prosseguiu —, Hayden Cox me disse que outro dia uma mulher o abordou no estacionamento e perguntou a seu respeito. Ela falou que era uma antiga amiga sua do ensino médio e que estava tentando te localizar. Hayden respondeu que você estava fora da cidade. Ele agora suspeita que a mulher era Ryder Hillier. É plausível supor que ela será a primeira jornalista a ir até Cedar Creek para tentar te encontrar.

— Droga! — Sloan exclamou.

Sloan não tinha planejado ter que se esquivar da imprensa enquanto buscava respostas sobre o que aconteceu com os seus pais biológicos.

— Obrigada, doutora Cutty.

— Mantenha-me informada e me avise se precisar de alguma coisa.

— Farei isso.

Assim que Sloan desligou, recebeu uma nova ligação. Era a sua mãe. Ela olhou para Eric através da porta de tela e levantou o celular.

— Desculpe, preciso atender — ela disse para ele.

Ela se virou e desceu os degraus da varanda.

— Alô?

— Você viu os jornais? — a mãe perguntou.

— Acabei de ver.

— Está no *The New York Times*.

— Que ótimo...

— Escute, Sloan. Na segunda-feira de manhã, algo estranho aconteceu no consultório.

Após um breve instante de silêncio, Sloan percebeu que a ligação tinha caído.

— Droga!

Rapidamente, ela refez a ligação e logo a mãe atendeu.

— Desculpe. O sinal aqui é terrível. O que aconteceu na segunda-feira?

— Uma paciente perguntou a seu respeito — Dolly respondeu.

— Uma paciente?

— Ela fingiu que estava com dor de dente e chegou pedindo um encaixe. Quando eu fiquei sozinha no consultório com ela, ela disse que era jornalista e queria falar com você. Ela me deu o cartão dela, e agora vi que é a apresentadora do podcast.

— Ryder Hillier?

— Sim, ela mesma.

— Meu Deus! Por que você está me contando isso só agora, mãe?

— Eu não queria te preocupar. Achei que ela fosse uma repórter local em busca de informações. Eu não sabia quem ela era. Então você já ouviu falar dela?

— Sim, mãe. Ela tem o podcast de crimes reais de maior audiência do país, com milhões de ouvintes. Foi ela quem divulgou a história.

— Como? O agente Michaels disse que estava mantendo a investigação em segredo.

— Não faço ideia de como ela ficou sabendo. Você disse alguma coisa pra ela?

— Não. Mas agora os furgões da imprensa estão estacionados ao lado de casa.

— Meu Deus — Sloan disse. — Isso está saindo do controle. Sinto muito, mãe. Eu sou a responsável por toda essa confusão.

— Nossa única preocupação é com você. Você está bem?

— Sim. Ninguém me procurou aqui. Quer dizer, nenhum jornalista ou repórter. Mas parece que é apenas questão de tempo.

— Tome cuidado, querida. E se você precisar que a gente vá até aí, nós iremos.

— Não precisa, mãe. Mantenha a sua rotina diária. Vá trabalhar. Diga aos repórteres que você não tem comentários a fazer por enquanto. Vou tentar resolver isso ainda hoje e te ligo mais tarde.

— Está bem, querida. Nós te amamos.

— Obrigada, mãe. Também te amo.

Sloan retornou à cabana.

— Furgões de reportagem estão estacionados do lado de fora da casa dos meus pais em Raleigh, e também estão me esperando do lado de fora do prédio do IML.

— Quanto tempo você acha que vão levar pra chegar a Cedar Creek? — Eric perguntou.

— Não muito. Mesmo que ainda não tenham descoberto que estou aqui, vão querer encontrar Tilly e Reid Margolis para conseguir declarações deles. É melhor eu avisá-los, e também a Nora.

— Você pode ficar aqui o tempo que precisar — Eric disse. — Ninguém vai te encontrar nessa cabana.

Sloan pensou na oferta e concordou que não havia melhor lugar para se esconder da imprensa do que a cabana isolada de Eric.

— Obrigada. Preciso ir encontrar a Nora e contar pra ela o que está acontecendo. Depois vou falar com Tilly e Reid. Vamos bolar um plano, e depois eu ligo pra você.

— Ok. Vou esperar o seu contato.

Pouco depois, Sloan estava percorrendo o longo caminho de entrada da cabana para voltar a Cedar Creek. Ela temia que Ryder Hillier estivesse à espreita em algum lugar, mas não estava de modo algum preparada para o que a aguardava na casa alugada.

39

Cedar Creek, Nevada
Quinta-feira, 1º de agosto de 2024

MARGOT GRAY ESTAVA SENTADA NA CAFETERIA CEDAR CREEK com um exemplar do *Harrison County Post* aberto à sua frente. Ela tinha saído de Reno logo cedo naquela manhã. Desde a veiculação do vídeo de Ryder Hillier dando detalhes das últimas notícias sobre o retorno da bebê Charlotte, fotos de Sloan Hastings tinham vazado. Naturalmente, no estilo típico de Ryder Hillier, ela havia criado uma página "bebê Charlotte" no site de *Mistérios* e inserido fotos de Sloan, comparando-as com as imagens de progressão de idade que pipocaram ao longo dos anos, e especulando como Charlotte Margolis poderia parecer quando criança, adolescente e adulta. Mas agora possuíam a coisa real, e as fotos de Sloan estavam por toda parte. As redes de TV pegaram carona no "furo" e Sloan Hastings tinha se tornado famosa.

Margot observou a foto em preto e branco de Sloan Hastings no jornal e leu o artigo. Sloan era médica — patologista — e estava cursando uma especialização em patologia forense em Raleigh, na Carolina do Norte, para se tornar médica-legista. Margot pensou que, apesar das adversidades que a garota enfrentou, ela tinha se saído bem.

Margot tomou um gole de café e abriu o notebook. Ela digitou *Sloan Hastings* no mecanismo de busca e viu a tela se encher de links. Margot clicou em um artigo do *The New York Times*, passando os olhos nos detalhes até chegar a outra imagem de Sloan. Ela a estudou por vários minutos e depois observou as outras fotos que haviam aparecido na internet: Sloan Hastings em seu baile de formatura do ensino médio; Sloan Hastings na fraternidade da faculdade; Sloan Hastings na formatura da faculdade de medicina; e, a mais recente, Sloan Hastings como estudante do Instituto de Medicina Legal da Carolina do Norte.

Quando terminou de tomar o seu café, Margot estava convencida de que tinha visto uma quantidade suficiente de fotos de Sloan para reconhecê-la se a visse, esse era o plano. O celular de Margot tocou e ela atendeu.

— Alguma novidade?

— Ela está alugando uma casa em Cedar Creek.

— Você tá falando sério?

O trabalho de garçonete de Margot a colocou diante de um elenco interessante de personagens ao longo dos anos. Um deles, um cliente habitual do restaurante, era Wiley Wagner, um cara de TI de meia-idade, que sabia mais de computadores do que qualquer pessoa que Margot já tinha conhecido. Eles ficaram amigos com o passar dos anos, e até mais do que amigos de vez em quando. Margot tinha pedido um favor a Wiley: usar as suas habilidades em computação para encontrar Sloan Hastings.

— Sim — Wiley respondeu. — Uma casa em Cedar Creek, em nome de Sloan Hastings, alugada em um site de locação de imóveis. O contrato começou em 26 de julho e vai terminar em 31 de agosto.

— Você tem o endereço?

— Claro.

Wiley passou o endereço e Margot o anotou na margem do jornal.

— Ela está em todos os noticiários — Wiley disse.

— Eu sei. Estou lendo um artigo sobre ela enquanto você está falando.

— Por que você está tão interessada nela? É por causa daquele podcast pelo qual você é obcecada?

— Eu te devo uma, Wiley — Margot disse em vez de responder. — O café é por minha conta quando eu voltar pra Reno.

— Nossa, obrigado. Eu estava esperando por um jantar e um filme.

— Vou pensar a respeito.

Margot encerrou a ligação, guardou o notebook, rasgou o endereço de Sloan Hastings da margem do *Harrison County Post* e jogou o jornal no lixo ao sair da cafeteria. Entrou em seu velho Mazda e deu a partida. O motor engasgou, exigindo diversas partidas na chave antes de finalmente pegar. Ela colocou o carro em movimento e partiu para encontrar a casa alugada onde Sloan Hastings estava hospedada.

40

Cedar Creek, Nevada
Quinta-feira, 1º de agosto de 2024

SLOAN PASSOU PELA PLACA DE BOAS-VINDAS A CEDAR CREEK no extremo norte da cidade e contornou as rotatórias até atravessar a ponte Louis-Bullat. Ela virou na rua lateral, observando com cuidado em busca de repórteres ou furgões da imprensa. Não viu nenhum. Porém, ao fazer a última curva para chegar à casa alugada, viu um Mazda antigo estacionado na entrada da garagem. Ao se aproximar da casa, notou uma mulher sentada na varanda fumando um cigarro.

Sloan pensou em dar meia-volta, mas havia algo na mulher que despertou o seu interesse. Ela embicou o carro alugado na entrada da garagem e estacionou ao lado do Mazda. Nesse momento, a mulher se levantou. Sloan saiu do carro, mas não fechou a porta. Ela deixou o motor ligado caso precisasse bater em retirada.

— Posso ajudá-la? — Sloan perguntou da entrada da garagem.

— Você é Sloan Hastings?

— Quem é você?

— O meu nome é Margot Gray.

Margot desceu da varanda e caminhou até a entrada da garagem. Ela ficou olhando para Sloan por cima do teto do Mazda, que estava entre as duas.

— Sou Sloan Hastings, sim. O que você quer?

Sloan viu o que achou serem lágrimas brotando nos olhos da mulher.

— Preciso falar com você e contar algumas coisas.

O sotaque sulista da mulher fez Sloan se lembrar de casa. Não era a fala fanhosa da Carolina do Norte, mas a fala arrastada do Alabama. Com certeza, diferente da fala do norte da Califórnia e de Nevada.

— Falar comigo sobre o quê?

— Sobre o que aconteceu com você quando era uma bebê.

Sloan sentiu um arrepio percorrer a espinha.

— Você é uma daquelas viciadas em crimes reais?

Hesitante, Margot balançou a cabeça para a frente e para trás, e depois deu de ombros.

— Sim, sou, mas não é por isso que estou aqui.

— O que você sabe sobre o que aconteceu comigo quando eu era bebê?

— Talvez não tanto quanto eu deveria, levando tudo em consideração. Mas com toda certeza alguma coisa.

Sloan permaneceu parada junto à dobradiça da porta aberta do carro, pronta para voltar ao banco do motorista e arrancar rapidamente da entrada da garagem se fosse necessário.

— Como você sabe *algo* sobre o que aconteceu comigo?

As lágrimas que tinham se acumulado nas pálpebras inferiores de Margot finalmente transbordaram e rolaram pelo seu rosto.

— Porque eu fui a mulher que te entregou para adoção.

41

Cedar Creek, Nevada
Quinta-feira, 1º de agosto de 2024

COM O CORAÇÃO AOS PULOS, SLOAN COMEÇOU A SUAR FRIO E achou que fosse desmaiar. Ela se segurou na porta do carro em busca de apoio.

— Você… — ela balbuciou e semicerrou os olhos tentando entender melhor a situação. — *Você* me entregou para adoção?

— Não me orgulho disso — Margot respondeu, ainda de pé do outro lado do Mazda. — Eu procurei não sentir culpa dizendo a mim mesma que tudo o que fiz foi ajudar uma recém-nascida a encontrar pais amorosos. Mas uma parte de mim sabia que havia algo de errado. Ao longo dos anos, eu dizia para aquela parte de mim que, mesmo que a bebê tivesse sido sequestrada dos seus verdadeiros pais, ela não notaria nenhuma diferença. Ela ainda ia ser amada. Eu nunca tive pais que me amassem durante a minha infância e adolescência. Assim, convenci a mim mesma de que eu realmente não estava fazendo nenhum mal a você. Você ainda ia ser amada por aquele casal que queria tanto uma bebê. Eu vi o casal nas notícias esta manhã, Dolly e Todd. Ainda me lembro do nome deles.

Margot enxugou o rosto com o dorso das mãos.

— Enfim, eu me esforcei muito pra acreditar na mentira que contei pra mim mesma. Que eu não tinha feito nada de errado. Eu precisava muito do dinheiro naquela época. Droga, eu teria acreditado em qualquer coisa que eu contasse a mim mesma.

— Como você chegou até mim?

— Naquela época?

— Não… Bem, isso também. Mas comece por hoje. Como você me encontrou aqui, em Cedar Creek?

— A história está em todos os noticiários. Além disso, eu acompanho o podcast *Mistérios,* e Ryder Hillier foi a primeira que divulgou a história sobre a bebê Charlotte que apareceu depois de quase trinta anos. Eu já tinha ouvido a história anteriormente. Quer dizer, todo mundo sabia sobre o caso quando aconteceu. Mas eu nunca fiz a conexão até ouvir o nome da mulher que entregou você para adoção.

— Wendy Downing.

— Sim. Esse foi o nome que o advogado me disse pra usar.

Piscando, Sloan se esforçou para entender o que essa mulher estava lhe dizendo.

— Você é Wendy Downing?

— Não, eu sou Margot Gray. Porém, em 1995, um advogado chamado Guy Menendez me pagou dez mil dólares para fazer de conta que o meu nome era Wendy Downing, para que ele pudesse, como ele me disse na época, garantir que uma menininha fosse adotada por um casal que a merecesse.

Sloan olhou ao redor da tranquila rua sem saída e finalmente desligou o motor e fechou a porta do carro.

— Como você me achou aqui em Cedar Creek?

— Tenho um amigo que manja muito de computadores. Ele invadiu um sistema ou sei lá o que ele fez, e descobriu que você alugou essa casa. Descobriu até o período de locação e tudo mais. Assim, decidi ficar sentada nessa varanda esperando você aparecer.

Se essa mulher tinha conseguido encontrá-la, Sloan sabia que não demoraria muito para que Ryder Hillier e o resto da imprensa aparecessem. Ela esperava ter pelo menos tempo suficiente para ouvir a história de Margot Gray.

— Vamos conversar lá dentro.

Alguns minutos depois, Sloan e Margot estavam sentadas à mesa da cozinha.

— Comece desde o início — Sloan pediu. — Como você conheceu Guy Menendez?

— Eu tinha vinte e três anos em 1995 e trabalhava em um restaurante em Mobile.

— Alabama?

— Sim. Esse cara começou a frequentar o restaurante todas as manhãs. Ele sempre se sentava no meu setor. Ele era muito simpático e educado, e sempre deixava gorjetas generosas. Achei que ele talvez fosse me convidar pra sair ou algo assim, mas ele nunca fez isso. Em vez disso, ele quis saber se eu poderia fazer um favor pra ele.

— Qual era o favor? — Sloan perguntou depois de ouvir Margot atentamente.

— Ele me disse que era advogado. Me deu um cartão de visita e tudo mais. Falou que trabalhava para uma agência de adoção e que havia um problema com uma adoção que ele estava supervisionando. O problema envolvia contornar a burocracia e entregar uma bebê para um casal que a queria. Ele me disse que precisava que eu cuidasse dela por alguns meses até ele conseguir finalizar o processo de adoção. Ofereceu-me quinze mil dólares pra isso. E mais dez mil se eu fingisse ser a mãe da bebê quando o processo fosse concluído. Naquela época... Quer dizer, droga, até hoje, era muito dinheiro. E eu realmente precisava daquele dinheiro. Então eu disse pra ele que topava.

— E então você cuidou de mim?

— Sim, por cerca de quatro meses, até ele conseguir finalizar o processo.

— O que aconteceu depois dos quatro meses?

— Para legalizar a adoção, ele precisava tirar fotos minhas e mostrá-las para o casal que queria adotar a bebê. Então, ele me fotografou algumas vezes de pé na frente de um fundo branco. Algumas semanas depois, voltamos a nos encontrar, e ele me mostrou uma carteira de motorista e um passaporte com a minha foto neles. Mas os documentos não estavam em meu nome. Estavam em nome de Wendy Downing. Ele me disse que, para a minha proteção, eu precisava esconder a minha verdadeira identidade durante o processo de adoção. Claro que isso me deixou nervosa. E desconfiada. Tipo, talvez a coisa toda não fosse tão legal quanto eu pensava. Porém, quando ele me deu o passaporte e a carteira de motorista com o nome daquela mulher, ele também me entregou mais cinco mil dólares, e me deu o restante do dinheiro após a conclusão do processo.

Sloan viu Margot Gray olhar para o teto. Algumas lágrimas voltaram a surgir em seus olhos.

— Eu sabia que estava fazendo algo errado, mas também sentia que não tinha outra saída. Depois que peguei a primeira metade do dinheiro, me senti... Não sei, obrigada, ou algo assim, a seguir em frente. Depois que conheci o casal que queria adotar você, disse a mim mesma que havia coisas piores no mundo do que ajudar um casal simpático a encontrar uma bebê para amar. Simplesmente meio que bloqueei os pensamentos a respeito de onde o senhor Menendez tinha conseguido você. Bloqueei a ideia de que você talvez já pertencesse a pais amorosos.

— Quando isso aconteceu? — Sloan perguntou. — Quando você conheceu o advogado?

— Em julho de 1995. Me lembro da data porque era o meu aniversário quando conversamos pela primeira vez. Só em novembro realmente concluímos o processo. Em setembro e outubro daquele ano, conheci o casal que ia te adotar. Nós nos encontramos duas vezes pra almoçar, e fiz a eles várias perguntas que o senhor Menendez escreveu antes pra mim, mais ou menos como se eu estivesse os entrevistando.

Curiosa, Sloan inclinou lentamente a cabeça.

— Eu estava... Com você? Quando você encontrou o casal?

— Sim — Margot respondeu, encolhendo os olhos. — Eu deveria ser a sua mãe. Então, é claro que você estava comigo.

Tensa, Sloan engoliu em seco. Ela se forçou a pensar com clareza, como se estivesse de volta ao laboratório de anatomia da faculdade de medicina seguindo a trajetória de um nervo craniano pelo cérebro. Ela se obrigou a se concentrar e superar o surto de adrenalina que veio com a surpresa inesperada do que era sem dúvida a maior descoberta do caso em décadas.

— E você não fazia ideia de como o senhor Menendez tinha conseguido a minha guarda?

— Não, não fazia, além de ele ter dito que trabalhava para uma agência de adoção.

— Então, como você descobriu que eu era a bebê Charlotte Margolis?

— Naquela época, eu não descobri. Nunca associei uma coisa à outra. Eu me lembro do desaparecimento daquela família. A história estava em todos os jornais. Mas da maneira que a imprensa noticiou, parecia que toda a família tinha desaparecido. Nunca imaginei que o que eu estava fazendo para o senhor Menendez estivesse relacionado com o sumiço da família Margolis. Quando tudo acabou, eu peguei o dinheiro que faltava e fui embora pra bem longe de Mobile. Tentei me esquecer de tudo que tinha acontecido. Mas não consegui. No início, aquilo realmente me incomodava, e eu fiquei deprimida com o que tinha feito. Até pensei em procurar a polícia. Alguns anos se passaram, e a culpa meio que desapareceu. Por algum tempo, achei que havia sumido pra sempre. Mas esse tipo de culpa não desaparece. Simplesmente meio que se torna parte de você. Então, outro dia, acessei o podcast de Ryder Hillier, e ela divulgou essa história sobre a bebê Charlotte dos anos noventa que acabara de ressurgir após ter ficado desaparecida por quase trinta anos. Então ouvi o nome da mulher que tinha entregado Charlotte para adoção: Wendy Downing.

Impotente, Margot encolheu os ombros.

— Foi quando juntei todas as peças e entendi que tinha que me encontrar com você. Precisava contar a verdade a respeito do que eu tinha feito.

— Esse homem, Guy Menendez. O advogado. Você sabe mais alguma coisa sobre ele?

— Um pouco. Ele tem mantido contato ao longo dos anos. A cada dois anos, mais ou menos, ele aparece. Mesmo se eu me mudo pra outro estado, e fiz isso muitas vezes, ele de algum jeito me encontra.

— Como ele te encontra?

— Às vezes, ele me telefona. Outras vezes, ele aparece pessoalmente pra saber como estou. Ele já me ajudou com dinheiro algumas vezes.

Sloan notou que os dedos e as mãos estavam frios, como se todo o seu sangue tivesse se direcionado para o córtex cerebral para ela tentar entender o que estava acontecendo. De repente, ela percebeu que Guy Menendez era a peça que faltava no quebra-cabeça que ela vinha montando. E Margot Gray era o elo com ele.

— Quando foi a última vez que você falou com ele?

— Um ano, aproximadamente. Ele me deu o número do celular dele se eu precisasse de algo.

— Você me daria o número dele?

— Acho que tudo bem — Margot respondeu, encolhendo os ombros.

Margot revirou a bolsa até encontrar o celular e então arrastou o dedo pela tela para acessar o número. Ela mostrou o celular para Sloan, que deu uma olhada na tela e viu que era um código de área 530. O mesmo código da tia Nora.

Guy Menendez estava no Condado de Harrison. Provavelmente, ele estava em Cedar Creek.

42

Cedar Creek, Nevada
Quinta-feira, 1º de agosto de 2024

— ESCUTE — SLOAN DISSE, LEVANTANDO-SE DA MESA DA cozinha ansiosa para contar a Eric o que Margot Gray tinha lhe dito. Caramba, ela considerou ligar para John Michaels no FBI. Ela tinha o número do celular de Guy Menendez. Com certeza, um deles poderia rastrear o número e encontrar o cara. — Nós não podemos ficar aqui por muito mais tempo. Quer dizer, você me encontrou por meio de uma busca nos registros da minha reserva no site de locação de imóveis. Então, não vai demorar muito pra imprensa aparecer. Eu ainda não estou pronta pra falar com eles.

— Sim — Margot disse. — Faz sentido. Ryder Hillier disse que estava vindo pra Cedar Creek pra investigar.

— Eu tenho um amigo que é policial. O nome dele é Eric Stamos. Ele é o xerife aqui em Cedar Creek. E também conheço o agente do FBI que está investigando o meu caso desde que descobri que eu era Charlotte Margolis. Você estaria disposta a falar com eles?

Sloan percebeu uma mudança nos olhos de Margot.

— Eu… Eu não tenho certeza a respeito disso. O FBI? Eu não me meteria numa enrascada? Quer dizer, provavelmente eu fiz algo que pode me causar problemas, não é?

— Eu não sei — Sloan respondeu, e percebeu imediatamente pela expressão de Margot que deu a resposta errada. — Olha, vamos esquecer o FBI. Nós só vamos falar com o meu amigo.

— O xerife?

— Sim.

— Acho que ainda preciso pensar mais sobre isso. Só queria contar pra você o que fiz pra poder, sei lá, desabafar. Nunca planejei contar nada disso para a polícia.

— Eu entendo. E sou grata por você ter vindo me encontrar, Margot. Sou muito, *muito* grata. Mas as autoridades vão querer conversar com você. Provavelmente, você representa o maior avanço que esse caso já teve.

Confie em mim, as autoridades não estão atrás de *você*. Se você contar pra eles tudo o que acabou de me contar, tenho certeza de que eles vão te ajudar.

Margot deu um sorriso nervoso.

— Me ajudar de que maneira?

— Eu não sei, Margot. Eu não sou policial. Mas confie em mim, a polícia e o FBI têm interesse no que você tem a dizer a eles.

— Eu não quero ir para a cadeia.

— Você não vai para a cadeia — Sloan disse. — Provavelmente há um prazo de prescrição para o que você fez. Nesse ponto, você é útil para o FBI por causa das informações que pode dar, só isso.

— O FBI me assusta.

Sloan assentiu.

— Também me assusta. Então vamos começar com o meu amigo. Ele será capaz de nos ajudar a descobrir o que fazer em seguida.

Margot concordou com um gesto vagaroso de cabeça.

— Tudo bem. Acho que vou falar com ele.

— Ótimo. Onde você está hospedada?

— Em nenhum lugar. Pretendia voltar pra Reno hoje mesmo.

Sloan pensou rapidamente na melhor maneira de manter Margot Gray calma e próxima.

— Vamos fazer o seguinte. Vou reservar um quarto pra você em algum hotel da cidade.

— Um hotel? Preciso voltar pra Reno para o meu turno de trabalho amanhã à noite.

— Entendi. Mas você está de folga hoje à noite, não está?

— Eu diria que sim.

— Perfeito. Vamos reservar um quarto pra você passar a noite aqui. Podemos ir pra um hotel agora, e depois eu trago o meu amigo pra você conversar com ele. Será uma conversa privada.

Margot olhou ao redor e finalmente concordou com um gesto de cabeça.

— Tudo bem. Vou fazer isso.

Sloan buscou o telefone do Cedar Creek Inn no celular, ligou e reservou um quarto. Em seguida, pegou o seu carro e dirigiu para a cidade, com Margot a seguindo em seu Mazda. Elas fizeram o check-in na recepção e receberam dois cartões-chave para o quarto número 303. O elevador as deixou no terceiro andar e Sloan passou o seu cartão-chave para abrir a porta.

— Não saia do quarto — Sloan disse, parada no vão da porta enquanto Margot entrava no quarto com a sua mochila e se sentava na cama. — Volto daqui a uma hora, mais ou menos.

— Promete que o seu amigo não vai me prender?

Nervosa, Margot friccionava as mãos enquanto se balançava na beira da cama.

— Eu prometo — Sloan disse, embora não soubesse se estava falando a verdade ou mentindo audaciosamente para ela. Os seus anos de faculdade, que foram dedicados ao estudo da criminologia, diziam-lhe que não havia como Margot Gray escapar ilesa desse problema. Porém, naquele momento, Sloan diria qualquer coisa para essa mulher, porque sabia que Margot era uma ligação com o seu passado, através da qual todas as perguntas sobre o desaparecimento dos seus pais biológicos poderiam ser respondidas.

Poucos minutos depois, Sloan estava indo em direção à cabana de Eric. Ela tentou ligar para o celular dele de novo, como tinha feito a caminho do hotel, mas a ligação caiu direto na caixa postal. Sem sinal. Em um mundo ideal, Sloan teria convencido Margot a acompanhá-la até a cabana de Eric. Contudo, ela sabia que a garçonete, assustada como estava, nunca concordaria com isso. Deixá-la para trás era um risco. Mas mesmo que Margot fugisse, ela não iria longe. Ainda assim, Sloan esperava ter sido convincente o suficiente para que Margot ficasse no quarto do Cedar Creek Inn, sã e salva.

43

Cedar Creek, Nevada
Quinta-feira, 1º de agosto de 2024

MARGOT GRAY CONTINUOU SE BALANÇANDO NA BEIRA DA cama depois que Sloan Hastings saiu. Ela procurava os sentimentos que deveriam estar tomando conta de si naquele momento. Esperava o alívio que pensou que sentiria depois de finalmente ter revelado o seu segredo. Tentava perceber o peso de um fardo de trinta anos sendo retirado dos seus ombros. Antevia a alegria de finalmente ter feito a coisa certa. Buscava o orgulho que deveria estar sentindo tanto por ter juntado as peças do que acontecera há tantos anos, como também pela virtude de procurar Sloan Hastings para contar a verdade. Procurava a paz interior que deveria estar do lado oposto a três décadas de mentiras. Porém, ela não sentia nenhuma dessas emoções. O medo era a única emoção presente.

Margot não tinha muito conhecimento a respeito da lei, mas era difícil imaginar que ela não enfrentaria algum tipo de problema pelo que tinha feito há tantos anos. Mesmo que a polícia acreditasse em sua história — que ela não sabia que a bebê fora sequestrada na época e que entrou de gaiata na história da adoção —, ela ainda tinha fingido ser a mãe da bebê. Isso, por si só, provavelmente era algum tipo de crime.

Margot roeu a unha do polegar até sentir o amargor ferroso do sangue da cutícula. Ocorreu-lhe a ideia de fugir. Entrar em seu carro e dirigir para bem longe de Cedar Creek. Mas para onde ela iria? E até onde ela iria? Ela tinha dito o seu nome verdadeiro para Sloan Hastings, e não seria difícil para a polícia encontrá-la, independentemente de onde ela fosse. Além disso, todo o dinheiro que ela tinha estava em seu bolso, e talvez durasse uma semana.

Margot se levantou da cama e tirou o celular do bolso. O número do sr. Menendez ainda estava exposto na tela, de quando ela o compartilhara com Sloan. Pensou em algo que fazia sentido. Em algum momento desse processo, ela precisaria de um advogado.

Margot olhou para o número do sr. Menendez e pressionou o botão *ligar*. Ele atendeu depois do terceiro toque.

— Sou eu. Margot. Preciso da sua ajuda.

44

Cedar Creek, Nevada
Quinta-feira, 1º de agosto de 2024

SLOAN ATRAVESSOU A PONTE LOUIS-BULLAT SOBRE O RIACHO Cedar, contornou a rotatória, rumou para o norte e procurou não exceder o limite de velocidade ao entrar na Rodovia 67. Ela voltou a ligar para Eric, mas a ligação caiu direto na caixa postal. Continuou tentando, mas sem sucesso, e desistiu quando saiu da rodovia e entrou nas estradas sinuosas junto às encostas. Sloan já tinha deixado duas mensagens de voz e enviado diversas mensagens de texto pedindo um retorno.

Em algum lugar recôndito da sua mente, Sloan sentiu a ansiedade de uma contagem regressiva que lhe dizia que Margot Gray não ficaria no quarto do hotel por muito tempo. Depois de trinta minutos, ela finalmente atravessou a ponte de madeira que transpunha o precipício atrás da cabana de Eric e pegou o longo caminho de entrada. Eric estava arrumando a sua mochila na parte de trás do 4Runner e se virou quando ouviu os pneus do carro de Sloan triturando o cascalho do acesso da propriedade.

— Surgiu um imprevisto — Sloan disse pela janela aberta, parando ao lado dele. — Preciso que você vá para a cidade agora mesmo.

— O que aconteceu?

— Eu encontrei Wendy Downing.

45

Cedar Creek, Nevada
Quinta-feira, 1º de agosto de 2024

NO QUARTO DO HOTEL, MARGOT FICOU ANDANDO DE UM LADO para outro e continuou a roer a unha do polegar até que finalmente ouviu uma batida na porta. Margot percorreu rapidamente o quarto, observou pelo olho mágico e viu Menendez parado no corredor. Ele usava um terno, como todas as outras vezes em que aparecera do nada, fosse no apartamento dela ou em qualquer restaurante em que ela estivesse trabalhando. Menendez só precisou de quinze minutos para chegar ao hotel, e Margot tentou entender por que ele também estava em Cedar Creek, mas não se deu ao trabalho de perguntar se ele morava na cidade, se a tinha seguido até lá, ou se estava em Cedar Creek — como ela — porque a história da reaparição da bebê Charlotte estava em destaque nos noticiários.

Ela abriu a porta e Menendez entrou no quarto, transportando uma grande mala atrás dele.

— Você está sozinha? — ele perguntou.

— Sim — Margot respondeu e fechou a porta. — Eu não sabia para quem mais ligar. Estamos em todos os noticiários.

— Você fez a coisa certa.

— Você viu, não é? A história da bebê Charlotte?

— Eu vi — Menendez respondeu, assentindo.

— Wendy Downing? Eles sabem quem eu sou. Ou, pelo menos, sabem o nome que eu usei.

— Como você chegou *aqui*? — Menendez perguntou, batendo o dedo indicador no armário do quarto de hotel. — A essa cidade e a esse quarto de hotel?

Exasperada, Margot bufou, com o ar ricocheteando em seu lábio inferior e fazendo a sua franja esvoaçar.

— Você vai ficar bravo — ela respondeu.

— Me diga, Margot.

— O podcast de crimes reais que eu acompanho noticiou que a bebê Charlotte tinha reaparecido. Eu me lembrava da história. Era dos anos noventa. Assim, fiquei interessada nos detalhes. Então, ouvi que a bebê Charlotte foi entregue para adoção por uma mulher chamada Wendy Downing, e que o FBI estava procurando por ela. Sou *eu*, senhor Menendez. Esse é o nome que você me fez usar nos documentos que me deu.

Margot esperou por uma resposta.

— Continue — ele disse.

— Enfim, quando juntei os pontos, a minha consciência pesou. Pedi ajuda a um amigo, e ele descobriu onde Sloan Hastings estava hospedada em Cedar Creek. Então, vim de Reno pra conversar com ela.

— Você se encontrou com ela?

— Sim. Ela é a bebê que você e eu entregamos para adoção, não é?

Menendez não respondeu.

— Eu sei que é ela. Eu não sou idiota. O que nós fizemos tem me incomodado há trinta anos. Você disse que ela precisava de pais amorosos, e foi isso que fiquei dizendo a mim mesma ao longo dos anos. Mas você nunca me disse que a *tirou* de pais amorosos. Você nunca me disse que a sequestrou!

Menendez olhou para o outro lado do quarto, para a porta fechada. Ele colocou um dedo nos lábios como se estivesse pedindo silêncio para Margot.

— O que você disse pra ela, Margot?

— Para Sloan?

— Sim. O que você disse pra ela?

— Eu contei tudo. Quer dizer, tudo o que eu sei.

Margot viu Menendez fechar os olhos.

— Você não devia ter feito isso, Margot.

— Sim, bem, estou começando a me arrepender de ter feito isso. Mas vi a história nos noticiários e precisei desabafar.

Margot fez uma pausa e, em seguida, fez uma pergunta a Menendez.

— Você sequestrou a bebê?

Ele se manteve calado.

— Porque agora eu estou encrencada. As autoridades estão procurando Wendy Downing. Não vão encontrá-la porque ela não existe. Mas vão me encontrar, e eu preciso de ajuda. Vão achar que eu sequestrei a menina, senhor Menendez, e eu preciso saber o que dizer a eles. Após tudo isso ter acontecido comigo, a única coisa que me veio à mente foi ligar pra você.

— Onde está Sloan Hastings agora?

— Ela foi buscar um amigo. Disse que ele era o xerife. Stamos, acho que foi esse o nome que ela disse. Ela vai trazê-lo até aqui pra eu contar a ele o que eu disse a ela. Comecei a pensar sobre isso, e decidi que queria um advogado ao meu lado antes de falar com qualquer xerife.

Menendez puxou a cadeira da escrivaninha para o meio do quarto e a virou para a janela.

— Eis o que nós vamos fazer, Margot. Sente-se.

Ela se levantou da beira da cama e se sentou na cadeira enquanto Menendez andava de um lado para o outro em frente à janela. Ele parou para olhar pela janela. Margot imaginou que ele estivesse olhando para o riacho enquanto tamborilava os dedos no peitoril da janela e pensava no próximo passo. Finalmente, ele estendeu a mão até o bolso interno do paletó e atravessou o quarto. Imerso em pensamentos, segundo Margot.

— Acho que sei como lidar com isso — Menendez disse ao passar por ela.

— Como? — Margot perguntou, repentinamente se sentindo estranha sentada numa cadeira no meio do quarto.

Menendez se inclinou por trás de Margot e sussurrou em seu ouvido.

— Você se sente melhor depois de ter desabafado e revelado o nosso segredo?

— Não sei. Acho que sim.

— Ótimo. Então, você poderá descansar em paz.

Margot mal conseguiu registrar as palavras de Menendez, pois logo sentiu um forte aperto no pescoço como se um anel de fogo tivesse se fechado ao redor de sua garganta. Ela engasgou, mas nenhum ar entrava em sua traqueia. Margot estendeu as mãos até o pescoço, cravando os dedos na pele numa tentativa de agarrar a corda apertada ao redor dele. Ela procurou se contorcer na cadeira, mas a pressão do garrote a puxou para trás e a prendeu firmemente contra o encosto.

Por trinta segundos, Margot arranhou o pescoço. Após mais trinta segundos, ela pensou em abrir os olhos. Ela encarou a luz do sol se infiltrando pela janela do quarto. Então, a sua visão foi tomada por um anel negro que se aproximava da periferia, lentamente contraindo o seu mundo até que tudo desaparecesse.

46

Cedar Creek, Nevada
Quinta-feira, 1º de agosto de 2024

DESDE QUE RYDER VEICULARA O VÍDEO EM SEUS CANAIS DAS redes sociais na noite de terça-feira, o restante de mídia tinha entrado de cabeça na história. Houve muitos rumores de que a bebê Charlotte havia retornado a Cedar Creek, e os repórteres, na esperança de se beneficiar da história, apareceram em massa na pequena cidade montanhosa, esperando conseguir uma entrevista exclusiva ou, pelo menos, registrar a primeira imagem. Ryder notou o aumento da presença da mídia e estava determinada a superar os seus colegas na cobertura da história.

Ela estava sentada em seu SUV, estacionado no canto dos fundos do Cedar Creek Inn. O seu cinegrafista cochilava no banco do passageiro. Ela abaixou o vidro quando uma funcionária do hotel saiu pela porta dos fundos e atravessou o estacionamento.

— Ela reservou um quarto mais cedo hoje — a mulher disse quando chegou à janela aberta do carro de Ryder. — Ela estava com outra mulher. Mais velha, talvez de uns cinquenta anos.

— Você tem o número do quarto? — Ryder perguntou.

— Talvez.

Ryder entregou outra nota de cinquenta dólares para a funcionária. Era a terceira que ela tinha dado para a mulher. A funcionária pegou o dinheiro e enfiou no bolso.

— Quarto 303. Aqui está um cartão-chave.

A funcionária entregou o cartão-chave, voltou rapidamente pelo estacionamento e desapareceu pela porta dos fundos.

Ryder deu um tapa no cinegrafista para acordá-lo.

— Kerry, vamos.

Ele acordou sobressaltado.

— O que houve?

— Consegui o número do quarto. Pegue a câmera.

Um minuto depois, Kerry estava apontando a câmera para Ryder, parada em frente à placa do Cedar Creek Inn.

— Estou em Cedar Creek, Nevada, onde há rumores de que a bebê Charlotte veio para se reunir com a família Margolis. As minhas fontes me disseram que ela está hospedada neste hotel, o Cedar Creek Inn, e estamos prestes a encontrá-la para conseguir a primeira entrevista, ou pelo menos as primeiras declarações dela.

Seguida por Kerry, Ryder saiu correndo pelo estacionamento. As imagens que eles postariam mais tarde não seriam editadas. Ao contrário, seriam imagens brutas e autênticas. Ryder chegou à porta dos fundos do hotel, abriu-a e subiu três andares pela escada, com Kerry correndo atrás, registrando tudo. No patamar do terceiro andar, Ryder parou e se virou para a câmera.

— Através de uma boa fonte, fiquei sabendo que a bebê Charlotte, também conhecida como Sloan Hastings, está hospedada no quarto 303 — ela disse, ofegante.

Lentamente, Ryder abriu a porta que dava para o corredor, e Kerry posicionou a câmera para fazer uma tomada do número do quarto na porta que ficava no meio do corredor. Mas, no momento em que Ryder estava prestes a sair para o corredor, a porta do quarto 303 se abriu. Rapidamente, ela fechou a porta e Kerry ajustou a câmera para gravar através da janela vertical dessa porta. A malha do vidro aramado borrava a imagem. Um homem de terno saiu do quarto 303 transportando uma mala. Ele caminhou até o final do corredor, apertou o botão de chamada e depois entrou no elevador. Kerry deu um close no rosto dele quando as portas estavam se fechando.

Após a partida do homem, Ryder acelerou o passo pelo corredor até o quarto 303. Ela deu uma última olhada para a câmera e, em seguida, passou o cartão-chave e abriu a porta.

— Sloan Hastings? — Ryder chamou.

Ela entrou, com Kerry em seu encalço.

— Sloan Hastings?

Quando ficou claro que o quarto estava vazio, Ryder se virou para Kerry.

— Vamos! — ela disse, correndo de volta para o corredor e descendo os três andares pela escada de dois em dois degraus. Kerry a seguiu de perto, registrando imagens que certamente ficariam tremidas e desfocadas.

Ao alcançarem a porta dos fundos, eles correram pelo estacionamento em busca do homem de terno. Ele não estava em nenhum lugar.

47

Cedar Creek, Nevada
Quinta-feira, 1º de agosto de 2024

SEM DEMORA, ERIC ABRIU A PORTA DO LADO DO PASSAGEIRO e entrou no carro de Sloan. Ela partiu a toda velocidade. No caminho de cascalho para acessar a estrada, ela começou a colocar Eric a par das informações fornecidas por Margot Gray.

— Margot Gray?

— Esse é o nome da mulher. Wendy Downing era um nome falso.

— Mas por que ela confessou pra você? Ou vai confessar pra mim? Ou o que quer que esteja acontecendo?

— Sentimento de culpa. Pelo que Margot me contou, aos vinte e três anos, um homem a abordou no restaurante em que ela trabalhava como garçonete com uma proposta irrecusável. Ele disse que era advogado e precisava da ajuda dela em um processo de adoção.

— Guy Menendez?

— Sim. Ele disse a Margot que precisava contornar a burocracia pra entregar uma menininha a um casal que queria adotá-la. Ela disse pra mim que precisava de dinheiro e que decidiu não fazer perguntas. Ao ouvir as notícias recentes de que a bebê Charlotte tinha reaparecido e que a polícia estava à procura de uma mulher chamada Wendy Downing, Margot juntou as peças.

— Então, essa mulher procurou você?

— Sim. O podcast que ela acompanha mencionou que eu estava em Cedar Creek me reunindo com a família Margolis. Ela me encontrou depois que um amigo dela invadiu o banco de dados do site que usei para fazer a locação.

— E ela agora está na casa que você alugou?

— Não. Eu a deixei em um quarto no Cedar Creek Inn. Imaginei que a casa que aluguei estava prestes a ser cercada por repórteres. Eu a convenci a não sair do quarto do hotel enquanto eu vinha te buscar. Margot está muito nervosa. Percebeu que admitir o papel dela no meu sequestro provavelmente a colocaria em apuros.

— Vai colocá-la, a menos que ela nos leve até Menendez e nos ajude a descobrir o que aconteceu com os seus pais biológicos. Então, vão oferecer um acordo de colaboração pra ela.

Sloan assentiu.

— Não sei se Margot sabe mais do que ela me contou. Guy Menendez sabia o que estava fazendo. Ele a escolheu porque ela era um alvo fácil. E parece que o cara tem ficado de olho nela há quase trinta anos. Ela disse que a cada dois anos ele liga pra ela ou aparece pra ver como ela está. Dá dinheiro pra ela e quer saber se ela precisa de algo ou se está preocupada com alguma coisa.

— Ela teve contato com ele recentemente?

— Parece que sim. Margot me deu o número do celular dele. Espero que nos ajude a encontrar esse cara.

Eric assentiu.

— A minha equipe pode rastrear o número, mas quero falar com essa mulher primeiro.

Sloan entrou na cidade, atravessou a ponte Louis-Bullat e virou no estacionamento do hotel. Então, ela sentiu um frio na barriga.

— Merda!

— O que foi?

— O carro dela sumiu. Era um Mazda antigo, e ela estacionou bem aqui. Evaporou.

Sloan parou na vaga onde Margot havia estacionado o Mazda e tirou o cartão-chave do bolso ao sair do carro. Ela e Eric saíram correndo pelo estacionamento, entraram no hotel e pegaram o elevador para o terceiro andar. Sloan observou atentamente o longo corredor que levava ao quarto 303. Ao chegarem a ele, ela abriu a porta e entraram. O quarto estava vazio.

— Margot?

Eric verificou o banheiro.

— Vazio.

Sloan caminhou até a beira da cama, onde Margot tinha ficado sentada quando ela saiu do quarto.

Margot Gray tinha sumido.

O PASSADO

CEDAR CREEK, NEVADA
DOMINGO, 2 DE JULHO DE 1995

DOIS DIAS ANTES...

Sandy Stamos saiu do longo caminho de entrada e parou em frente à cabana. Ele abriu a tampa traseira do Suburban e pegou o estojo longo e acolchoado que continha o rifle pertencente ao departamento do xerife do Condado de Harrison. Ele tinha elaborado o plano depois de visitar Tom Quinn no lago Tahoe, e havia feito a ligação a caminho de casa. Sandy abriu a porta da cabana e consultou a hora: quatro e cinco da tarde. A visita deveria chegar às cinco, e Sandy ia se certificar de que o homem seguisse as instruções e viesse sozinho.

Sandy havia tomado a decisão tática de marcar o encontro em sua cabana, e havia vantagens e desvantagens nessa escolha. A cabana ficava isolada nas encostas e não havia hipótese de alguém descobrir o encontro dos dois homens ali. Além disso, a cabana era seu território, e ele conhecia bem o terreno. Se algo desandasse, ele teria vantagem. A desvantagem, é claro, era que ele talvez tivesse convidado o inimigo para a sua casa, revelando assim a localização da cabana da família, um segredo cuidadosamente guardado pelos Stamos desde que o pai se tornara xerife do Condado de Harrison décadas atrás.

Sandy tirou um isotônico da geladeira e subiu a escada com o estojo do rifle pendurado no ombro. Ele abriu a janela do quarto principal, passou por cima do peitoril, sentiu as botas se firmarem nas telhas e, em seguida, começou a escalar o telhado em forma de A e chegou até a chaminé. Ele se posicionou atrás dos tijolos vermelhos e inspecionou o terreno. Da sua posição estratégica, Sandy podia ver toda a extensão do vale e a cidade de Cedar Creek ao longe. Ele também tinha uma vista panorâmica da estrada que passava por trás da cabana e seguia ao lado do precipício que fazia divisa com a sua propriedade. Do seu mirante na cumeeira da cabana, Sandy também podia ver a ponte de madeira que transpunha o precipício e se arqueava sobre o riacho abaixo: o único ponto de acesso à sua cabana.

Sandy retirou o rifle do estojo de transporte e o colocou sobre um bipé no alto da chaminé. Ele verificou a mira e ajustou o foco para que o retículo estivesse apontado para o início da ponte. Erguendo um binóculo que pendia do seu pescoço, ele o direcionou para a ponte e esperou. Trinta minutos se passaram até que o carro entrasse em foco.

O BMW atravessou lentamente a ponte e virou para pegar a estrada marginal. Sandy manteve o binóculo focado na ponte por mais um minuto, esperando por outros carros. Nenhum apareceu. Ele se virou para a chaminé, girando o rifle ao mesmo tempo, e colocou o olho na mira. Ajustou o retículo, focando no longo caminho de entrada da propriedade que saía da estrada marginal. Quando o BMW diminuiu a velocidade e virou para pegar o caminho de entrada, Sandy posicionou o retículo na janela do lado do motorista.

No momento em que Preston Margolis saiu do carro, Sandy manteve o homem na mira.

CEDAR CREEK, NEVADA
DOMINGO, 2 DE JULHO DE 1995

DOIS DIAS ANTES...

— Você está sozinho? — Sandy gritou da cumeeira.

Isso fez com que Preston olhasse ao redor em busca da origem da pergunta.

— Responda à pergunta.

— Sim — Preston gritou. — Estou sozinho.

— Fique onde você está e não se mexa. Entendeu?

— Do que se trata, xerife?

Sandy não respondeu. Ele deixou o rifle em cima da chaminé e desceu por uma vertente do telhado até onde havia um galpão ao lado da cabana. Pulou para o telhado do galpão e se dirigiu rapidamente para o lado onde anteriormente tinha deixado uma escada. Desceu por ela até o chão, puxou a pistola Glock do coldre e correu para a lateral da cabana. Ao espiar ao redor de onde estava, viu Preston Margolis no mesmo lugar no caminho de entrada. Com a Glock apontada para ele, Sandy surgiu.

Ao ver o xerife armado, Preston levantou as mãos.

— O que é isso, Sandy?

— Abra o porta-malas.

— O quê?

— Estou sozinho, Sandy. Quem você acha que estou trazendo comigo?

— Apenas por precaução.

Preston foi até a traseira do BMW e abriu o porta-malas. Sandy se aproximou e apontou a pistola para o fundo do espaço vazio. Em seguida, ele foi até a porta do lado do passageiro e a abriu. Também não havia ninguém.

— Se sente melhor? — Preston perguntou.

— Desculpe por não confiar nem um pouco em um Margolis.

Sandy guardou a Glock no coldre.

— Que lugar é este?

— A cabana de caça da minha família.

— Por que você me fez vir até aqui?

— Porque alguém está tentando incriminar a sua esposa pelo assassinato de Baker Jauncey, e eu preciso da sua ajuda pra descobrir quem é.

CEDAR CREEK, NEVADA
DOMINGO, 2 DE JULHO DE 1995

DOIS DIAS ANTES...

Sandy supôs duas coisas quando elaborou o plano para recorrer à ajuda de Preston Margolis. A primeira era que Preston não tinha nada a ver com o assassinato de Baker Jauncey e faria todo o possível para proteger Annabelle. A segunda era que, como advogado da Margolis & Margolis, Preston tinha acesso sem igual aos arquivos e às informações que poderiam ajudar Sandy a descobrir quem era Guy Menendez.

— Quer uma cerveja? — Sandy perguntou quando eles entraram na cabana.

— Talvez um uísque? Não é todo dia que tenho uma arma apontada pra mim.

Sandy apontou para a ilha da cozinha, sugerindo que Preston se sentasse. Ele serviu dois dedos de Jameson em um copo e pegou uma cerveja na geladeira. Finalmente, sentou-se em uma banqueta ao lado de Preston e entregou o copo de uísque para ele.

Preston tomou um longo gole.

— Ok, xerife. Comece pelo início.

— Alguém da Margolis & Margolis matou Baker Jauncey — Sandy disse, tomando um gole de cerveja.

— Como assim?

— Marvin Mann, o investigador jurídico de Baker, me procurou alguns dias atrás pra me contar uma história muito interessante. Baker tinha se deparado com evidências de uma fraude financeira dentro do seu escritório de advocacia. Lavagem de dinheiro, desvio de fundos, apropriação indébita, entre outras fraudes. Baker convocou o seu investigador de confiança pra ajudá-lo a descobrir quem estava envolvido, e deu a Marvin uma pilha de documentos que retirou do escritório. No dia seguinte, Baker foi morto, vítima de um aparente atropelamento. Marvin Mann me procurou com suspeita de que a morte de Baker não tenha sido um acidente. Ele me entregou todos os documentos que Baker havia lhe dado, e eu pedi para o meu contador dar uma olhada neles. O resumo da história é que coisas muito suspeitas estão acontecendo em seu escritório de advocacia. Baker Jauncey ficou sabendo delas e foi morto por causa disso.

— Quem? — Preston perguntou. — Quem está envolvido nessa fraude?

— Foi por isso que te chamei aqui. Eu não sei quem está envolvido. Mas espero que se eu compartilhar o que sei, você seja capaz de descobrir, já que você tem acesso fácil aos arquivos da Margolis & Margolis.

— O que você ficou sabendo?

Sandy se dirigiu até o armário acima da geladeira e retirou algumas páginas dos documentos entregues por Marvin Mann. Eram cópias, os originais ainda estavam escondidos no cofre de aluguel no banco em Reno.

— Isso é parte do que Baker encontrou no escritório. É apenas uma pequena amostra do que ele deu a Marvin Mann.

Preston folheou as páginas.

— Se isso é apenas parte do que Baker encontrou, onde está o resto?

— Por enquanto, escondido em um lugar seguro. E é tudo o que vou dizer até saber se você vai me ajudar.

— Me conte o que o seu contador descobriu — Preston pediu.

Durante quinze minutos, Sandy expôs o complicado quebra-cabeças de fraudes que estava acontecendo na Margolis & Margolis.

Preston voltou a folhear os documentos.

— Não há nomes em nenhuma dessas páginas. São todas empresas de fachada e contas numeradas — Preston disse.

— Só há um nome em todos os documentos: Guy Menendez.

— Quem?

— Guy Menendez.

— Não há ninguém com esse nome na Margolis & Margolis.

Sandy assentiu.

— Eu já tinha percebido isso.

— Me diga o que isso tem a ver com a minha esposa.

Sandy tomou outro gole de cerveja.

— Foi uma armação, Preston. Alguém matou Baker e então fez parecer que ele foi atropelado pelo carro de Annabelle.

— Por quê?

— O seu palpite é tão bom quanto o meu. Mas eis o que está me intrigando. A sua família tem influência praticamente em todos os lugares do Condado de Harrison e de grande parte de Nevada. O IML do Condado de Harrison está sob a influência da sua família, e literalmente roubou o corpo de Baker do IML de Reno na calada da noite e fez a sua própria autópsia. A única maneira de isso acontecer é se alguém decidisse se intrometer no caso. E quando acontecem intromissões por aqui, geralmente têm as impressões digitais dos Margolis.

Em um gesto de sinceridade, Preston abriu as palmas das mãos.

— Obviamente, não fui o responsável.

— É por isso que você está aqui. Preciso da sua ajuda pra descobrir o que está acontecendo. O IML de Reno chegou a uma conclusão totalmente diferente sobre como Baker Jauncey morreu em comparação com a do legista do Condado de Harrison. De acordo com o legista daqui, a causa oficial da morte foi traumatismo craniano resultante do atropelamento. O IML de Reno diz que Baker foi atingido por um taco de beisebol. Então, pelo que entendi, alguém não gostou da ideia de que a morte de Baker fosse atribuída a ele ter sido golpeado por um taco de beisebol e preferiu a versão oficial que afirma que ele morreu por ter sido atropelado pelo carro de Annabelle.

— Então, só pra que fique claro, a minha esposa não é mais considerada suspeita na morte de Baker?

— Não enquanto eu estiver à frente da investigação.

— O que você precisa de mim?

— Eu preciso que você descubra quem está por trás da fraude na Margolis & Margolis.

— E você acha que a resposta está em algum lugar nos arquivos do escritório de advocacia?

— Sim.

Preston afastou o copo de uísque e ficou de pé.

— Então eu vou fazer uma busca nesses arquivos.

— Quando?

— Agora mesmo.

CEDAR CREEK, NEVADA
DOMINGO, 2 DE JULHO DE 1995

DOIS DIAS ANTES...

Preston esperou até anoitecer para ir ao escritório da Margolis & Margolis. Algumas horas antes, ele havia observado a equipe de limpeza sair do prédio, entrar em seus furgões e partir do estacionamento. O pessoal tinha deixado o escritório impecavelmente limpo para a segunda-feira de manhã. Ele ficou tomando café para se manter alerta enquanto aguardava pacientemente. Ao ter certeza de que o prédio estava vazio, sem nenhum associado júnior ansioso restante, Preston saiu do carro e entrou pela porta dos fundos. Já era perto da meia-noite.

O seu escritório ficava no terceiro andar, e ele rapidamente se sentou à sua mesa e ligou o computador. O Margolis & Margolis estava na vanguarda da tecnologia e tinha digitalizado todos os seus arquivos nos últimos dois anos. O escritório de advocacia vinha utilizando e-mails internos há anos, mas tinha aderido totalmente aos novos tempos da internet. Preston era um dos jovens advogados que incentivava a transição para arquivos digitalizados e registros eletrônicos, e era o principal responsável por implementar a conversão do escritório para a era tecnológica. Por isso, ele estava mais do que familiarizado com os processos internos de arquivos digitais, e mesmo sem ainda ser sócio, tinha acesso fácil a tudo.

Em apenas trinta minutos de investigação, Preston encontrou o nome *Guy Menendez* nos arquivos. Assim que descobriu o rastro, ele nunca mais o perdeu. Passou horas vasculhando os arquivos da Margolis & Margolis e analisando minuciosamente os registros financeiros. As pistas estavam suficientemente camufladas para um xereta preguiçoso ou um observador ocasional não as perceberem, mas munido das informações que Sandy Stamos havia fornecido, Preston sabia o que procurar e não demorou para encontrar o que precisava. A fraude e o roubo eram tão evidentes que ele se perguntou como tinham passado despercebidos por tanto tempo. A menos que, ele desconfiou, alguém no alto escalão fizesse parte do esquema.

Preston tomou várias xícaras de café e continuou investigando. Passou a noite toda vasculhando os arquivos e desvendando a teia de corrupção.

Pouco depois das quatro da manhã, com a sua mesa entulhada de impressões que detalhavam minuciosamente a fraude financeira e a maneira como foi encoberta, ele fez a grande descoberta.

— Filho da puta — Preston sussurrou, encarando a tela do computador com os olhos vermelhos de sono.

Apesar da hora inconveniente, ele tirou o telefone do gancho e digitou o número de Sandy no teclado. O xerife atendeu no primeiro toque.

— Alguma novidade?

— Já sei quem está roubando o dinheiro — Preston respondeu.

PARTE V

ENTRANDO EM FOCO

48

Cedar Creek, Nevada
Quinta-feira, 1º de agosto de 2024

DEPOIS DE SLOAN SAIR DO CEDAR CREEK INN, ELA DEIXOU ERIC no gabinete do xerife. Margot Gray não poderia ter ido muito longe. Eric colocaria os seus delegados para ficarem atentos a um Mazda mais antigo e alertaria a Polícia Rodoviária de Nevada. Se Margot ainda estivesse na cidade, os policiais a encontrariam. Se ela estivesse na estrada, a Polícia Rodoviária a capturaria. Eric também planejava verificar o número de telefone que Margot tinha fornecido e que pertencia a Guy Menendez.

Enquanto isso, Sloan sabia que não demoraria muito para a imprensa encontrar a casa que ela tinha alugado. Ela tinha aceitado a oferta de Eric para se esconder na cabana dele nas encostas. Precisava pegar algumas coisas primeiro e, assim, bastante decepcionada, ela foi até a sua casa. Ao parar na entrada da garagem, o sol estava se pondo, iluminando as nuvens acima das montanhas da Serra Nevada com um sinistro brilho carmesim que clamava a Sloan que a oportunidade de revelar os segredos do seu passado estava se esvaindo.

Dentro de casa, ela pegou uma lata de Dr. Pepper Diet da geladeira e se sentou à mesa da cozinha. Ela achou o cartão do agente especial John Michaels e ligou para ele. Em uma conversa de quinze minutos, ela contou sobre Margot Gray, também conhecida como Wendy Downing. Fez uma descrição dela e da marca e do modelo do carro que ela estava dirigindo. Passou o número de telefone que supostamente pertencia a Guy Menendez e respondeu a uma série de perguntas do agente Michaels.

— Stamos é o xerife do Condado de Harrison? — Michaels perguntou.

— Sim — Sloan respondeu. — Ele e eu estamos… Não exatamente trabalhando juntos, mas em contato próximo desde que cheguei aqui.

— Há algo que eu precise saber?

Sloan pensou no pai de Eric e na ligação misteriosa entre a morte de Baker Jauncey há trinta anos e o desaparecimento dela e dos seus pais biológicos. Ela não sabia por onde começar.

— Talvez em outro momento — ela respondeu. — Mas vamos nos concentrar em Margot Gray por enquanto.

— Me dê um dia. Entrarei em contato amanhã de manhã. Mais alguma coisa?

— Sim. Como a minha história vazou?

— Estou iniciando uma investigação interna pra descobrir isso. Mas agora vou investigar as pistas que você me deu.

— Me mantenha informada.

— Pode deixar.

Sloan encerrou a ligação e, naquele exato momento, ouviu a porta de um carro ser fechada do lado de fora. Ela foi até a janela da sala e espiou através das persianas de lâminas ajustáveis.

— Merda.

Um furgão de reportagem do canal CBS 4 estava estacionado do lado de fora. As portas traseiras estavam abertas, e um homem estava retirando equipamentos. Antes que Sloan desviasse o olhar, outro furgão de reportagem estacionou do outro lado da rua. Uma repórter abriu a porta do veículo e atravessou apressada o gramado da frente. Sloan fechou as persianas quando a mulher alcançou os degraus da entrada da casa e bateu na porta.

— Merda, merda! — Sloan sussurrou para si mesma.

— Sloan Hastings? — a repórter gritou. — Monica Campbell, da NBC News. Gostaríamos de falar com você sobre a sua suposta ligação com a bebê Charlotte Margolis e os seus pais, que ainda estão desaparecidos.

Sloan se assustou com o celular vibrando em sua mão. Ela olhou para a tela e viu que Nora estava ligando. Ela se dirigiu até a cozinha e atendeu sussurrando.

— Alô.

— Acabei de falar com Tilly. Os carros da imprensa estão estacionados do lado de fora da casa dela e os repórteres estão reunidos ali.

— Sim, aqui também. Estou na casa alugada, e acabaram de chegar dois furgões de reportagem. Uma lunática está esmurrando a minha porta enquanto falamos.

— Estou indo aí — Nora disse.

— Pra fazer o quê?

— Resgatar você. Fique aí. Não saia. Não vou demorar. E faça as malas. Você não vai ficar aí.

A ligação terminou e Sloan voltou para a janela da frente. Um terceiro furgão tinha acabado de estacionar ao lado do meio-fio. Enquanto a repórter continuava a esmurrar a porta da frente, Sloan ouviu mais batidas na porta dos fundos, junto à cozinha.

— Que persistência — ela disse para si mesma.

Por um momento, Sloan pensou na possibilidade de abrir a porta, fazer uma declaração rápida e dar a oportunidade de eles registrarem as primeiras imagens ao vivo que tanto desejavam. Porém, ela sabia que não ficaria só naquilo. A imprensa iria querer respostas que Sloan não tinha.

Ela correu escada acima e fez a mala, esvaziando as gavetas que tinha ocupado apenas alguns dias antes. Pegou as coisas do banheiro e carregou a mala escada abaixo. Naquele momento, o celular vibrou com uma mensagem de texto de Nora: "Estou quase chegando".

Pela janela da frente, Sloan viu Nora embicar o carro no acesso da garagem e frear bruscamente em um ângulo estranho, com as rodas dianteiras sobre o gramado. Ela abriu a porta do lado do motorista e passou apressadamente pelos repórteres que empurravam microfones em seu rosto e gritavam perguntas, e também pelos cinegrafistas, que registravam tudo. Nora os manteve a distância com os braços estendidos e as mãos espalmadas até chegar à varanda. Então, Sloan abriu a porta e puxou Nora para dentro.

— Isso é uma loucura — Sloan disse.

O peso da situação estava começando a ficar evidente para ela. A bebê Charlotte Margolis tinha monopolizado os telejornais e os tabloides por quase um ano depois do seu desaparecimento e dos seus pais, e mesmo algumas décadas mais tarde, o público americano ainda estava obcecado com a sua história. E agora estavam desesperados pela sequência: o retorno da bebê Charlotte Margolis.

— Você está parecendo uma estrela de cinema fugindo dos paparazzi — Nora disse e viu a bagagem de Sloan. — Ótimo, você está pronta.

Nora pegou a mala de Sloan.

— Siga-me.

— Pra onde estamos indo?

— Vamos dar o fora daqui o mais rápido possível.

— Eles vão nos seguir.

— Improvável — Nora disse. — Confie em mim. Pronta?

Sloan assentiu. Nora abriu a porta da frente e desceu correndo os degraus com a mala da sobrinha a reboque e Sloan logo atrás.

— Sloan Hastings! — uma das repórteres gritou. — Você é a bebê Charlotte Margolis?

— Onde estão Preston e Annabelle Margolis? — outro repórter gritou.

Sloan ignorou as perguntas. Ela correu para o carro de Nora, abriu com ímpeto a porta do lado do passageiro e entrou rapidamente. Nora jogou a mala no banco de trás, sentou-se ao volante e fechou a porta com força. Com o motor ainda ligado, ela engatou a marcha à ré e saiu do acesso da garagem cantando os pneus. Continuou dando ré na rua, espalhando os cinegrafistas que avançavam em direção ao carro. Depois de se distanciar um pouco, ela engatou a marcha e acelerou. As equipes de reportagem não precisaram de muito tempo para jogar os equipamentos no compartimento de carga dos furgões e começar a perseguição. Mas, àquela altura, já era tarde demais.

Enquanto os furgões manobravam, uma picape Ford F150 freou e derrapou até parar no final da rua, impedindo os veículos de reportagem de avançarem. Os motoristas de cada um dos três furgões enfiaram a mão nas buzinas. Quando a picape não se moveu, um dos motoristas saiu do furgão e se aproximou da F150.

— Cai fora! — ele gritou.

O motorista da F150 abaixou o vidro. Era Lester Strange, o faz-tudo de longa data da família Margolis.

— Não vai dar — Lester respondeu.

49

Cedar Creek, Nevada
Quinta-feira, 1º de agosto de 2024

NORA ENTROU NO BECO ATRÁS DO SEU ESTÚDIO E ESTACIONOU ao lado da caçamba de lixo.

— Quem estava na picape? — Sloan perguntou.

— Lester, o nosso faz-tudo. Ele é leal como poucos. Pedi um favor pra ele, que não hesitou. Nos deu um tempo extra. Vamos.

Sloan seguiu Nora pelo beco e pela porta dos fundos do estúdio fotográfico. Lá dentro, Nora fechou as persianas.

— Por enquanto, você está segura aqui, mas o resto da cidade é um tiro no escuro. A imprensa acha que você está hospedada no Cedar Creek Inn, e há um monte de equipes de reportagem lá. Agora, sem dúvida, encontraram a casa que você alugou. Os repórteres também estão espreitando do lado de fora dos portões da propriedade de Tilly e Reid. Provavelmente, vão até a minha casa em algum momento, mas o meu estúdio é muito afastado pra alguém nos encontrar aqui. Pelo menos por um tempo. Estamos pensando em um plano B.

— Talvez eu deva falar com eles.

— Nem pensar — Nora disse. — Você precisa de um advogado antes de fazer isso. Você poderia conseguir uma boa grana se der uma entrevista exclusiva para a pessoa certa. Provavelmente, pagaria toda a sua dívida da faculdade de medicina. Além disso, eu consultaria o agente do FBI que você mencionou antes de começar a conceder entrevistas. Nunca se sabe o que você pode ou não pode dizer.

Sloan se aproximou da janela e espiou pelas persianas.

— Então vamos ficar escondidas em seu estúdio? Por quanto tempo?

— Espero que não por muito tempo. Tilly disse que levará cerca de uma hora para ter todas as coisas prontas.

— Que coisas?

— Vamos tirar você de Cedar Creek até conseguirmos te ajudar a escolher o jornalista certo para dar uma entrevista e no lugar certo.

— E para onde vamos?

— Para a Mansão Margolis. A vinícola da família é a única escolha lógica. Fica a apenas algumas horas de carro daqui, mas parece estar do outro lado do mundo, porque ninguém nos incomodará lá. Mesmo se a imprensa de alguma forma nos localizar, a propriedade é enorme e inacessível para qualquer intruso. Podemos ficar lá até as coisas se acalmarem, ou pelo menos até descobrirmos o melhor caminho pra você seguir.

— Sinto-me mal por ter trazido todo esse problema comigo.

— Imagina. Foi ideia de Reid. Algumas centenas de hectares de terra isolada coberta por vinhedos no Oregon? É perfeito. Reid está organizando as coisas agora e vai ligar quando tudo estiver pronto. A imprensa do lado de fora dos portões da propriedade de Reid e Tilly está atrapalhando as coisas no momento, mas Reid está resolvendo isso já. Por enquanto, vamos esperar aqui até recebermos o sinal verde.

Muito ansiosa, Sloan esfregou a parte da frente da calça. Ela precisava encontrar uma maneira discreta de ligar para Eric e informá-lo a respeito do que estava acontecendo.

— Ah, olhe só pra você — Nora disse. — Você está uma pilha de nervos.

Sloan forçou um sorriso.

— Estou me sentindo péssima por colocar todo mundo em uma situação tão difícil.

— Escute, há muitas coisas sobre a família de Ellis que são difíceis de engolir. Porém, se há uma coisa em que Tilly e Reid são bons, é em proteger as pessoas que são importantes pra eles. Eles vão te ajudar a lidar com a mídia. Tilly e Reid têm muitos contatos e influência pra acalmar essa histeria e colocar você em contato com as pessoas certas. Vai levar um tempo, só isso.

Nora apontou para as caixas restantes das fotos de Annabelle.

— Vamos terminar de olhar as duas últimas caixas — Nora afirmou. — Isso vai ajudar a te distrair.

Em meio à confusão mental e à ansiedade, um pensamento ocorreu a Sloan. Ela e Eric tinham passado a noite anterior vasculhando os detalhes da investigação acerca do desaparecimento dela e dos seus pais biológicos. A maior descoberta foi que o sangue de Annabelle havia sido encontrado na cozinha da sua casa, e foi limpo na tentativa de esconder as evidências. Os armários da casa estavam vazios e as roupas de Preston e Annabelle tinham desaparecido, sugerindo que eles haviam partido por vontade própria. A confissão de Margot Gray de que alguém havia pagado para ela posar de mãe biológica da bebê Charlotte só aumentava a confusão. À meia-noite, Sloan e Eric tinham mais perguntas do que respostas. Mas talvez as caixas à sua frente e as fotos tiradas por Annabelle naquele verão contivessem as peças faltantes do quebra-cabeça.

— As fotos de Annabelle têm registro de data?

— Devem ter.

Nora abriu uma caixa e tirou uma foto. No canto inferior direito, a data estava impressa em vermelho. Nora segurou a foto.

— Sim, 22 de junho de 1995.

Concentrada, Sloan semicerrou os olhos.

— Existem fotos que foram tiradas perto de Quatro de Julho ou no próprio Dia da Independência?

Nora olhou para as caixas e depois de volta para Sloan, com um traço de compreensão em sua expressão.

— O dia em que ela desapareceu?

— Sim. Você já viu grande parte dessas fotos. Quão próximas elas chegam do Quatro de Julho?

— Se bem me lembro, até a manhã daquele dia — Nora respondeu.

— Vamos ver.

50

Cedar Creek, Nevada
Quinta-feira, 1º de agosto de 2024

SLOAN E NORA SE REVEZAVAM PARA VERIFICAR SE HAVIA EQUIPES de reportagem na rua. Elas passaram para a segunda caixa de fotos e encontraram, quase no fundo dela, um envelope com a data de 4 de julho de 1995, ou seja, o dia em que Annabelle Margolis desapareceu com o marido e a filha de dois meses. Como Sloan ficara sabendo a partir do prontuário do caso, o dia em que uma grande quantidade de sangue de Annabelle havia sido limpa do chão de sua cozinha.

— Essas são do Quatro de Julho — Nora disse.

Ela deu uma olhada rápida nas fotos, sem tirá-las do envelope.

— Sim. Eu me lembro delas. Não fui eu que revelei o filme. Levei em uma loja de revelação. Encontrei os rolos de filme entre os pertences de Annabelle e Preston quando finalmente esvaziamos a casa semanas depois que eles... e você desapareceram.

Nora entregou o envelope para Sloan.

— Quem viu essas fotos? — Sloan perguntou.

— Eu vi, mas muitos anos atrás. E os detetives que investigaram o caso quiseram vê-las. Mas nunca encontraram nada de relevante. Eles me devolveram, e as fotos ficaram guardadas no meu sótão desde então. Até Ellis pegá-las pra mim no outro dia.

Sloan retirou algumas fotos do envelope — dezenas de fotos 10 × 15 em papel brilhante — e as espalhou pela mesa. Na expectativa, ela sentiu os dedos formigarem ao organizar as fotos. Elas revelavam a história do último dia dela e dos pais biológicos em Cedar Creek, contada por meio da lente da câmera de Annabelle. As imagens começavam de manhã, com belos registros do nascer do sol no terraço dos fundos da nova casa de Preston e Annabelle. Em seguida, as imagens seguiam para o evento de gala Split the Creek na cidade, onde as festividades do Quatro de Julho ocorreram.

— Aqui está você — Nora disse, passando a Sloan uma foto da bebê Charlotte deitada em um carrinho e protegida do sol por um protetor suspenso. — Você era muito fofa!

Havia diversas fotos da bebê Charlotte sozinha, e algumas com ela nos braços de Preston.

— Annabelle tirou todas essas fotos com a Nikon FM10 que dei de presente a ela naquele verão — Nora afirmou. — Ela carregava essa câmera pra todos os lugares, a deixava pendurada no pescoço e ia fotografando qualquer coisa que parecesse fotogênica.

Nora retirou a última foto do envelope.

— Uau, ela tinha talento! — Nora exclamou. — Olhe como ela enquadrou você nessa foto.

Nora mostrou a foto da bebê Charlotte deitada em um cobertor vermelho, branco e azul sobre a relva ao lado do riacho, com imagens desfocadas de veleiros ao fundo.

— O evento de gala Split the Creek em celebração ao Quatro de Julho ainda acontece por aqui?

— Ah, com certeza. Acontece há muito tempo. O último foi o maior da história de Cedar Creek.

— É um evento que dura o dia todo?

— Sim. Começa de manhã e segue até o pôr do sol. Um grande show de fogos de artifício encerra o evento à noite.

Sloan segurou a foto dela deitada no cobertor.

— Então essa foto foi tirada em algum momento no final da manhã ou no início da tarde, com base na luz do sol. E esta é a última foto do envelope. Será que há mais fotos desse dia? É o dia em que nós desaparecemos. Vale a pena ver quais foram as últimas fotos de Annabelle. Caso isso seja tudo, então não nos diz muita coisa.

— Essas fotos são do último rolo de filme que encontramos. Não encontramos mais nenhum na casa.

— O que tem na última caixa? — Sloan perguntou, apontando para a única caixa de papelão restante na extremidade da mesa.

— Apenas equipamentos fotográficos que estavam na casa de Preston e Annabelle. Ninguém sabia o que fazer com eles quando esvaziamos a casa, então eu trouxe pra cá.

Nora se levantou e se dirigiu até o outro extremo da mesa. Ela pegou a última caixa e a carregou até Sloan. Ao tirar a tampa, Nora fez uma pausa. Confusa, ela franziu a testa.

— O que é isso?

— O que foi? — Sloan perguntou. — Mais fotos?

— Não, apenas isso.

Nora enfiou a mão dentro da caixa e, entre diversos equipamentos, retirou uma câmera.

— Era de Annabelle. A Nikon FM10 que eu dei a ela naquele verão.

— Por que isso é estranho?

— Porque não estava entre os pertences de Annabelle quando esvaziamos a casa.

— Você tem certeza? Faz quase trinta anos.

— Tenho certeza. Eu dei a ela como presente de aniversário, e fiquei pensando onde a câmera tinha ido parar. Parte de mim imaginou que, se Annabelle tivesse fugido, a teria levado com ela.

— Nós duas sabemos que Annabelle não fugiu.

Nora concordou com um gesto de cabeça.

— Então, como a câmera acabou na caixa se ela não a deixou em casa?

Nora olhou para Sloan e depois de volta para a câmera, virando-a como se estivesse segurando uma relíquia.

— Não sei.

Nora virou a câmera mais uma vez e então a aproximou para examiná-la.

— Caramba! — Nora exclamou. — Ainda tem um rolo de filme dentro.

— Na câmera?

— Sim.

Sloan ficou de pé.

— Tem fotos ainda para serem tiradas?

— Ainda restam três. Isso significa que há vinte e uma fotos não reveladas aqui dentro.

— Uma continuação do que está aqui — Sloan disse, apontando para as fotos que cobriam a mesa. — Do dia em que todos nós desaparecemos, não é? Tem que ser do mesmo dia.

Surpresa com a descoberta, Nora ficou com os lábios entreabertos.

— Vamos ver.

Ansiosa, com uma sensação de frio na barriga, Sloan pressentiu que o mistério da sua vida estava prestes a ser desvendado.

— O que foi? — Nora perguntou.

Sloan fez um gesto negativo com a cabeça.

— Nada. Só estou nervosa, acho. Pra ver o que tem nessas fotos.

— Não precisamos vê-las.

— Claro que precisamos. Podemos revelá-las no laboratório?

— Sim. Mas só se você tiver certeza de que é isso que você quer.

— Vamos.

Elas ouviram a porta dos fundos se abrir.

— Nora? — Ellis perguntou ao entrar no estúdio. — Estamos prontos. Temos que ir embora agora. As equipes de reportagem estão do lado de fora da casa, mas os meus pais estão saindo pelo acesso de serviço atrás da propriedade.

— Sloan já arrumou as coisas dela — Nora disse, apontando para a mala de Sloan.

— Ótimo — Ellis disse, levando a mala de Sloan até a porta dos fundos. — Vou colocá-la no carro.

— E as fotos de Annabelle? — Sloan perguntou em voz baixa.

Nora pegou a câmera e a colocou em sua bolsa.

— Eu tenho um laboratório na casa do Oregon. Vou revelar o filme lá.

— Na vinícola?

— Sim, daquela época.

— Prontas? — Ellis perguntou um momento depois.

Nora assentiu.

— Vamos todos juntos?

— Não de carro — Ellis respondeu. — Mas de helicóptero. O meu pai fretou um pra nos tirar daqui o mais rápido possível.

51

Cedar Creek, Nevada
Quinta-feira, 1º de agosto de 2024

SLOAN PODERIA ESTAR EM UM SONHO, E REALMENTE CONSIDEROU
que estava. De mãos dadas com Nora, com Ellis seguindo logo atrás, ela correu pelo campo em direção a um helicóptero pousado, em silhueta contra o horizonte, com os rotores girando e vibrando. Ao subir a bordo, Sloan viu Tilly e Reid em seus assentos com o cinto de segurança já afivelado.

— Bem-vindos! — Reid gritou sobre o barulho das hélices do helicóptero. — Eu sei que ainda estamos nos conhecendo, mas não permito que ninguém trate os membros da minha família de maneira tão grosseira. Isso inclui a todo-poderosa mídia americana.

O copiloto ajudou Sloan e Nora a se acomodarem no interior do helicóptero e a afivelarem o cinto de segurança.

— Aqui está, senhora — o rapaz disse e entregou um fone de ouvido antirruído a ela. — É um voo de cerca de duas horas. Você vai precisar disso.

Sloan tentou sorrir, pegou o fone de ouvido e o posicionou na cabeça. O barulho dos rotores ficou imediatamente abafado. Ela olhou para Nora, que apertou a sua mão, e sorriu. Como Nora havia se tornado uma amiga tão próxima em questão de dias, Sloan não sabia explicar, mas ela estava muito feliz pela amizade.

Ellis se acomodou no assento diante delas. Enquanto isso, o copiloto fechou a porta e retornou ao seu assento na cabine de pilotagem. Por meio do fone de ouvido, Sloan ouviu a voz do piloto.

— Ok, pessoal. Preparem-se para um voo de duas horas. O tempo está bom e não há nuvens no céu. Deve ser um voo tranquilo.

Sloan olhou pela janela assim que o helicóptero decolou. A relva da pradaria se achatou com a pressão descendente dos rotores. O impulso a puxou de volta para o seu assento conforme o helicóptero acelerava, voando para o noroeste em direção ao Oregon.

52

Bend, Oregon
Quinta-feira, 1º de agosto de 2024

A MANSÃO MARGOLIS ERA UMA VASTA PROPRIEDADE DE OITO-
centos hectares em Bend, no Oregon. Já era noite quando eles chegaram, e a
casa dos Margolis estava muito bem iluminada de cima. Nora apontou para
pontos de referência na aproximação: a casa principal, a casa de hóspedes, as
quadras de tênis, a vinícola e o vinhedo. Quando o helicóptero pousou em
uma clareira a cem metros da piscina, Sloan ficou com a impressão de que
não era a primeira vez que a família chegava à propriedade dessa maneira.

O piloto desligou o motor, o copiloto abriu a porta e todos saíram. Sloan
pegou a mão de Ellis enquanto ele ajudava ela e Nora a descerem os degraus.
Em seguida, Ellis voltou a atenção para a sua mãe, que desceu os degraus
cuidadosamente com a ajuda do filho. Dois homens apareceram e trocaram
algumas palavras com Reid antes de retirarem as bagagens do compartimento de carga. Liderados por Reid Margolis, eles percorreram o gramado,
passaram pela piscina e pelo terraço e entraram na casa pela porta dos fundos. Sloan foi até a cozinha e percebeu como o lugar era suntuoso: desde as
bancadas de concreto até os armários de cerejeira e os tetos com pé-direito
de seis metros, a casa era deslumbrante.

— Seja bem-vinda à Mansão Margolis! — Reid disse com um sorriso.

— Obrigada — Sloan disse. — Sinto muito, estou um pouco confusa no
momento.

— Nós que pedimos desculpas por trazê-la para cá tão de repente —
Tilly disse. — Era difícil acreditar na quantidade de furgões da imprensa
estacionados do lado de fora dos portões da nossa casa. Sabíamos que as coisas só iriam piorar, e ainda não estamos preparados para dar declarações
para a mídia.

— Estou surpresa demais com tanto interesse — Sloan afirmou.

— Você não deveria estar — Reid disse. — Quando vocês desapareceram naquele verão, foi a notícia de maior destaque na América. Você está
descobrindo isso hoje consultando os registros históricos. Nós vivemos isso.

A imprensa não deu trégua naquela época, e se manteve assim durante anos. Não é de admirar que a sua reaparição tenha causado tamanho alvoroço, e não estamos dispostos a cair novamente na mesma armadilha midiática na qual caímos décadas atrás. Me desculpe, mas foi uma bagunça dos diabos. Acusações, teorias da conspiração, rumores e mentiras descaradas. Não vamos permitir que a mesma coisa volte a acontecer. Vamos controlar a narrativa dessa vez, e a melhor maneira de fazer isso é lidar com a mídia do *nosso* jeito. Ganhamos algum tempo vindo pra cá, e vamos aproveitar o fim de semana pra estudar a melhor abordagem.

Sloan pensou que não era difícil perceber que Reid Margolis era o patriarca da família: aquele que dava as ordens e tomava as decisões.

— Eu sinto muito mesmo pelos problemas que isso causou — Sloan afirmou.

— Ah, deixe de bobagem — Tilly disse, aproximando-se e segurando o antebraço de Sloan com as suas mãos macias. — Não é culpa sua, e não queremos que se sinta assim.

— Sou totalmente a favor de dedicarmos um momento para considerarmos as nossas opções — Ellis afirmou. — Nós vamos ter que falar com a imprensa em algum momento. Sobretudo, eles vão querer ouvir Sloan, mas todos nós vamos ter que fazer declarações. Devemos preparar os nossos tópicos para que todos falem a mesma língua.

— Pelo amor de Deus, Ellis — Reid disse. — Isso não é um ensaio pra um julgamento. Amanhã, vamos alinhar as nossas ideias depois que eu fizer algumas ligações para as redes de TV e consultá-las a respeito de entrevistas.

— Não sei se isso vai ajudar — Sloan disse —, mas a chefe do meu departamento em Raleigh é consultora médica da NBC e da HAP News. Posso ligar pra ela e ver se ela pode nos colocar em contato com alguém.

Reid assentiu.

— É um ótimo começo. Vou fazer algumas ligações por conta própria e veremos no que dá. Mas isso fica pra amanhã. Agora, depois dessa saída estressante de Cedar Creek, alguém quer beber alguma coisa? Só Deus sabe o quanto estou sedento.

Alguns minutos depois, duas garrafas de Mansão Margolis Cabernet foram abertas, e todos se sentaram na sala de estar para assistir ao programa *American Events*, durante o qual Avery Mason recapitulou os detalhes da milagrosa reaparição da bebê Charlotte depois de quase trinta anos. Uma rápida zapeada pelos canais revelou que todas as principais redes, assim como os canais de notícias pagos, estavam relatando o retorno de Charlotte Margolis.

53

Bend, Oregon
Quinta-feira, 1º de agosto de 2024

POR DUAS HORAS SEGUIDAS, E QUATRO GARRAFAS DE VINHO, Sloan assistiu à cobertura jornalística com os Margolis. Embora ela tivesse dado uma espiada na história do seu desaparecimento em antigos jornais e revistas sensacionalistas, as redes de televisão fizeram uma investigação minuciosa. Gravações antigas de 1995 foram veiculadas, com Reid e Tilly Margolis, na casa dos cinquenta anos, respondendo a perguntas do lado de fora dos portões da sua propriedade. Outro trecho mostrou imagens antigas de uma coletiva de imprensa conduzida por detetives da Polícia Estadual de Nevada, durante a qual Reid e Tilly pediram para que a comunidade desse qualquer informação sobre o seu filho, a nora e a neta desaparecidos. Sloan viu cenas dos detetives retirando caixas da casa de Preston e Annabelle, do carro de Annabelle e da parte dianteira danificada, de Baker Jauncey e da linha de investigação de que a família havia fugido da cidade para evitar uma acusação judicial. Finalmente, Reid desligou a televisão quando os apresentadores de notícias começaram a se repetir.

— Não aguento mais — Reid disse.

Sentada no sofá, Tilly estava chorando baixinho. Quando nem Reid nem Ellis a consolaram, Nora e Sloan seguraram, respectivamente, a mão direita e a mão esquerda da matriarca.

— Vamos dormir — Ellis disse. — Nos reuniremos no café da manhã pra discutir a estratégia.

Tilly assentiu e permitiu que Sloan e Nora a ajudassem a se levantar do sofá. Reid se aproximou e passou o braço em volta da mulher.

— Ellis, você pode mostrar pra Sloan o quarto dela?

— Nós cuidamos disso — Nora disse.

Reid conduziu Tilly para fora da sala de estar e pelo corredor, onde desapareceram rumo ao quarto do primeiro andar.

— Já levaram a sua mala para a casa de hóspedes — Ellis informou. — Achamos que você ficaria mais à vontade em seu próprio espaço.

Sloan sorriu e assentiu.

— Tudo bem pra mim. Como vocês preferirem.

— Vou ajudar Sloan a se acomodar — Nora disse. — Por que você não vai dormir? Eu subo daqui a pouco.

Ellis assentiu, beijou Nora e seguiu para o andar de cima. Sloan saiu atrás de Nora pela porta da frente e a acompanhou ao longo de um caminho iluminado. A casa de hóspedes era maior do que o apartamento de Sloan em Raleigh. Tinha uma cozinha completa, uma sala de estar espaçosa, um quarto com uma cama king e um banheiro enorme. A porta de correr da sala de estar levava ao deck da piscina.

— Gostou? — Nora perguntou.

— Você está brincando? É linda.

— Você quer alguma coisa antes de dormir?

— Acho que não preciso de nada. Bem, na verdade, quero uma coisa. Estou ansiosa pra revelar aquele filme.

— Claro. Podemos fazer isso amanhã.

— Você disse que tem um laboratório fotográfico aqui?

— Sim. Ellis montou um pra mim logo depois que nos casamos. Costumávamos vir aqui todo fim de semana. Eu precisava de um lugar pra revelar os meus filmes. Então, Ellis pediu para Lester converter um antigo closet no porão em um laboratório. Fica na casa principal. Está equipado com tudo de que precisamos. Que tal darmos uma olhada amanhã?

— Sim — Sloan disse. — Vamos fazer isso.

Um momento depois, Sloan ficou sozinha na casa de hóspedes. Pela janela da frente, ela observou Nora voltar para a casa principal e desaparecer na escuridão. Ela pegou o celular e fez uma ligação rápida para os seus pais, informando-os onde estava e recebendo uma atualização sobre o assédio midiático em Raleigh. Ainda havia furgões da imprensa estacionados do lado de fora da casa e da clínica dos seus pais, mas Todd e Dolly não haviam concedido nenhuma entrevista aos repórteres.

A próxima ligação de Sloan foi para Eric.

— Você conseguiu chegar até a cabana? — Eric perguntou depois de atender. — Ainda estou no departamento do xerife. A cidade está cheia de jornalistas.

— Não fui até a cabana. Estou no Oregon.

— O quê?

— As equipes de reportagem me encurralaram na casa que aluguei. É uma longa história, mas Reid e Tilly Margolis me trouxeram, acredite se quiser, de helicóptero para a vinícola deles no Oregon.

— Você está brincando.

— Não. Estou com Nora e Ellis. Reid e Tilly também estão aqui, e todos estão tramando a melhor maneira de lidar com a imprensa. Por enquanto, o plano é passar o fim de semana aqui e esperar. Alguma notícia de Margot Gray?

— Não. Caso ela ainda esteja em Cedar Creek, está se saindo muito bem evitando os meus delegados. E caso ela esteja na estrada, ninguém da Polícia Rodoviária consegue encontrá-la.

— Sei.

— Ah, e o número de telefone que ela deu de Guy Menendez pra você era de um celular descartável. Então, não tem como rastreá-lo.

— Droga.

— Ainda não terminamos de procurar. Vamos encontrá-la.

— Obrigada, Eric.

Sloan encerrou a ligação e entrou no banheiro para escovar os dentes e se preparar para dormir. Com a água correndo e a escova de dentes elétrica zumbindo, ela achou ter ouvido um barulho na sala principal, como se talvez a porta da frente tivesse sido aberta. Sloan fechou a torneira e desligou a escova de dentes. Por um instante, ficou em silêncio, mas não ouviu nada. Saiu do banheiro e foi até a porta da frente. Afastou a cortina para o lado e deu uma espiada. A casa principal estava às escuras, exceto por uma única janela no segundo andar. Uma figura apareceu para além das cortinas pouco antes que a luz se apagasse e toda a casa mergulhasse na escuridão.

Sloan alcançou a fechadura e a trancou.

54

Cedar Creek, Nevada
Quinta-feira, 1º de agosto de 2024

MARVIN MANN LIGOU A TELEVISÃO NO JORNAL NOTURNO, encheu o cachimbo com tabaco e se acomodou na poltrona reclinável. Aos sessenta e três anos, Marvin estava aproveitando ao máximo a vida. Exceto por uma artrite no quadril afetada pelo mau tempo e a visão embaçada no olho direito devido a uma catarata em desenvolvimento, ele estava em ótima forma. Marvin jogava golfe duas vezes por semana e participava de um torneio de cribbage nas noites de quinta-feira. Os seus filhos já eram adultos e tinham se dispersado pelo país. Grande parte da sua agenda de viagens envolvia ele e a esposa voando pelo país para visitar os filhos e os quatro netos, desde tão longe quanto Nova York, até tão perto quanto São Francisco.

Embora Marvin e a esposa tivessem pensado em se mudar ao longo dos anos, sempre acabavam voltando para Cedar Creek. Eles haviam feito tentativas em Phoenix, Santa Fé e até mesmo uma estadia prolongada de seis meses em São Petersburgo para ver o que havia de tão especial na Flórida. Nenhum dos lugares os satisfez completamente e, depois de anos de busca, decidiram que Cedar Creek era o lugar onde passariam o resto das suas vidas. Não era apenas a sua *casa* ou *onde ele nasceu*, era onde Marvin tinha garantido o seu sustento. O seu trabalho não era algo que ele pudesse começar do zero e realizar em outro Estado. Marvin havia passado mais de uma década como investigador jurídico do Margolis & Margolis, e quando a sua permanência chegou ao fim com a morte de Baker Jauncey, ele se aposentou da investigação jurídica e criou o seu próprio serviço de investigação privada.

Atualmente, a sua agência empregava vinte e seis investigadores e, embora ele tivesse diminuído o ritmo de trabalho nos últimos anos, Marvin ainda não tinha se aposentado. Na casa dos sessenta anos agora, ele já não estava mais fazendo trabalho de campo; isso era para os jovens que podiam se esconder atrás de cercas vivas e ficar acordados a noite toda em tocaias. Hoje em dia, o seu papel era no comando da agência. Ele cultivava a sua rede de contatos, que incluía advogados, autoridades policiais, detetives da Polícia Estadual de

Nevada e uma pequena lista de ex-presidiários que ele mantinha na folha de pagamentos quando precisava de algo mais arriscado. O ponto principal era que, até que alguém pudesse assumir e administrar a agência com mais eficiência, Marvin continuaria trabalhando. Ele não se importava.

Marvin terminou de preparar o seu cachimbo assim que a reprise de *American Events* retornou do intervalo comercial. Ele ouviu a voz familiar de Avery Mason quando ela voltou a apresentar a continuação do programa.

— Agora, as últimas notícias de Cedar Creek, em Nevada, uma pequena cidade nas encostas das montanhas da Serra Nevada — a apresentadora disse. — Claro, muitos de nós estamos familiarizados com Cedar Creek por causa do desaparecimento da família Margolis, que atraiu a atenção do país. Em 1995, Preston e Annabelle Margolis desapareceram, assim como Charlotte, a filha recém-nascida do casal. Durante décadas, não houve novidades no caso, e o paradeiro da família permaneceu um mistério. Mas, agora, numa reviravolta impressionante num caso que já dura quase trinta anos, Charlotte Margolis foi encontrada viva e saudável, morando em Raleigh, na Carolina do Norte.

Marvin desviou a sua atenção do cachimbo, levantou-se da poltrona reclinável e caminhou lentamente em direção à televisão. A imagem de uma bela jovem preencheu a tela.

— Sloan Hastings enviou o seu DNA a um site de genealogia e ficou sabendo que não só era parente da família Margolis, do Condado de Harrison, em Nevada, mas também que o seu perfil genético indicava que ela era a bebê Charlotte Margolis, desaparecida por quase três décadas — Avery Mason continuou. — Sloan Hastings é uma médica de vinte e nove anos, está fazendo uma especialização para se tornar legista sob a orientação da própria consultora médica da nossa rede, a doutora Lívia Cutty. Os pais adotivos de Sloan Hastings, Dolly e Todd Hastings, são dentistas em Raleigh, na Carolina do Norte. Até agora, não há detalhes a respeito de como os Hastings adotaram Charlotte Margolis, mas as nossas fontes nos asseguram que Dolly e Todd Hastings não são suspeitos do desaparecimento da bebê Charlotte. Até o momento, não há informações sobre o paradeiro de Preston e Annabelle Margolis. O FBI está envolvido na investigação, e vamos mantê-los atualizados acerca de quaisquer progressos. Aqui conosco no estúdio está o doutor Craig Fanning, genealogista que nos ajudará a entender como essa descoberta incrível foi feita usando rastreamento genético e tecnologia de DNA.

Marvin apontou o controle remoto e desligou a televisão. Ele ficou em silêncio organizando as informações e processando o que havia acabado de ouvir. Por muito tempo, ele suspeitara que o timing do desaparecimento da família Margolis, tão próximo da morte do seu antigo chefe, Baker Jauncey, e do xerife Sandy Stamos, não era uma simples coincidência. Naquela época, ele percebeu que os acontecimentos estavam todos conectados, mas havia faltado coragem para juntar os detalhes.

Marvin pôs o cachimbo apagado na boca e foi até o escritório. Sentou--se à mesa e abriu a gaveta superior, puxando-a o máximo que ela podia deslizar. Preso na parte de trás da gaveta, ele encontrou o pequeno envelope amarelo que escondera ali anos atrás. Dentro do envelope estava a chave do cofre que ele alugara com Sandy Stamos. Por quase trinta anos, ele havia pagado a taxa anual do cofre, mas nunca voltara ao banco em Reno para examinar o conteúdo. Ele tinha lido aqueles documentos uma vez, e tinha sido o suficiente. Eles custaram a vida de duas pessoas, e Marvin nunca tinha sentido vontade de rever os documentos. Mesmo assim, ele sabia o suficiente para não se livrar deles.

Marvin retirou a chave do envelope e a girou entre os dedos. Ele sabia que havia chegado a hora de despertar os demônios do passado. Ele os tinha deixado dormir por muito tempo.

55

Bend, Oregon
Sexta-feira, 2 de agosto de 2024

NA SEXTA-FEIRA DE MANHÃ, SLOAN ACORDOU COM UM SOM
metálico contínuo vindo do lado de fora da janela. Demorou um pouco para
ela lembrar onde estava. A cama king e o edredom de plumas de ganso a
envolveram e mantiveram afastado o frio do ar-condicionado da casa de hóspedes. As batidas do lado de fora continuaram. Ela afastou o edredom para
o lado e se levantou da cama, abrindo as persianas e semicerrando os olhos
contra o sol matinal.

No campo, a cinquenta metros da janela do seu quarto, havia uma
grande máquina de construção amarela que parecia uma retroescavadeira.
Porém, em vez de um balde na extremidade do longo braço que se estendia
à frente do equipamento, havia um poste de metal. Sloan ficou observando
enquanto o homem que operava a máquina erguia o poste alto no ar e então
o empurrava para o chão. Uma vez fincado no solo, a máquina começou a
fazer o barulho ruidoso da marreta, com o sistema hidráulico enterrando o
poste na terra até ficar na altura da cintura. Por um momento, o barulho
diminuiu: o tempo suficiente para o homem fixar outro poste no suporte do
braço estendido da máquina, posicioná-lo a três metros do primeiro, e reco-
meçar o processo.

Uma batida na porta sobressaltou Sloan. Ela fechou as persianas e saiu
do quarto. Ao abrir a porta da frente, Nora estava na varanda.

— Bom dia — Nora disse. — Você dormiu bem?

— Você está brincando? A cama e o edredom são…

— Celestiais, eu sei. É incrível aqui. Eu sempre sinto que estou a milhares de quilômetros de qualquer lugar. Aposto que você teria dormido até
mais tarde se não fosse pela barulheira.

— O que é isso? — Sloan perguntou.

— Lester.

— Lester, o faz-tudo? O cara que bloqueou os furgões da imprensa pra
nós ontem?

— Ele mesmo. Lester veio dirigindo até aqui ontem à noite. Ele é o responsável por esta propriedade. Este é realmente o seu trabalho em tempo integral agora: cuidar da Mansão Margolis e da vinícola. Reid o encarregou de colocar uma nova cerca para manter as onças-pardas longe dos vinhedos. Desculpe se ele te acordou. Lester está sempre em modo acelerado.

— Enfim, eu precisava acordar. Provavelmente teria dormido até o meio-dia naquela cama.

— O café da manhã vai ficar pronto daqui a pouco.

— Vou tomar um banho. Não demoro.

56

Cedar Creek, Nevada
Sexta-feira, 2 de agosto de 2024

MARVIN NÃO SABIA SE ERA O MAU TEMPO OU O ESTRESSE DO passado o assombrando ao longo dos anos que fazia o seu quadril doer, mas ele mancava um pouco ao subir os degraus do gabinete do xerife do Condado de Harrison. Ele sorriu gentilmente para a recepcionista atrás do balcão.

— Olá. Preciso ver o xerife Stamos.

— Não sei se o xerife está disponível, mas com certeza um delegado poderá ajudar o senhor.

— Eu preciso falar com o xerife. Você pode avisá-lo que Marvin Mann precisa vê-lo?

Como dono da maior agência de investigação privada do Condado de Harrison, Marvin tinha uma boa relação de trabalho com Eric Stamos. Ele se perguntava se essa relação ficaria mais forte ou deixaria de existir depois do dia de hoje. Marvin colocou o seu distintivo de detetive particular no balcão para a moça ver.

— Tem a ver com todo o absurdo acontecendo na cidade em relação à mídia.

Por um momento, ela fez uma pausa e então assentiu.

— Vou verificar para o senhor.

Ela desapareceu por uma porta atrás do balcão da recepção, e Marvin ficou andando de um lado para outro pelo saguão por alguns minutos, notando que as palmas das mãos estavam suadas. Ele tinha guardado o segredo por quase trinta anos, mas os dez minutos de espera no saguão do gabinete do xerife do Condado de Harrison pareceram a parte mais longa da jornada.

— Marv — Eric Stamos disse ao aparecer pela porta lateral. — Achei que você e a sua esposa tivessem se mudado para a Flórida.

Marvin sorriu.

— Nós tentamos, mas a umidade nos afugentou. Além disso, os mosquitos têm o tamanho de ameixas, e as lagartixas estão por toda parte que você pisa. Ainda continuo trabalhando, e não estou pronto pra me aposentar. É por isso que vim te procurar esta manhã.

— O que está acontecendo?

Marvin olhou de relance para a moça atrás do balcão e então baixou a voz.

— Podemos conversar em particular?

Eric também olhou para a recepcionista e então se voltou para Marvin.

— Estou ocupado agora, Marv — Eric disse. — Podemos deixar pra próxima semana?

Marvin fez um gesto negativo com a cabeça.

— Acho que não, xerife. Trata-se de algo que já esperei bastante tempo.

— Do que se trata?

— Do seu pai.

57

Bend, Oregon
Sexta-feira, 2 de agosto de 2024

VINTE MINUTOS DEPOIS DE ACORDAR, COM O CABELO MOLHADO
do banho, Sloan se dirigiu para a entrada lateral da casa principal. Nora a
encontrou na porta de vidro deslizante e lhe entregou uma caneca de café
fumegante.

— Obrigada — Sloan disse.

Ela entrou na cozinha sentindo o cheiro de bacon, torrada e café. Todos
estavam sentados ao redor da mesa.

— Bom dia, querida — Tilly disse.

— Bom dia — Sloan respondeu.

— Você dormiu bem?

— Sim, a casa de hóspedes é maravilhosa.

— Vamos comer e depois começar a trabalhar.

Reid ligou a televisão enquanto comia uma omelete com torradas. Os
telejornais matinais estavam repletos de reportagens sobre o retorno da bebê
Charlotte, fotos de Sloan e as mesmas imagens antigas que viram na noite
anterior.

— Acho que Sloan, em particular, deveria ter um advogado presente
quando for falar com a imprensa — Ellis disse. — Sobretudo se você der uma
entrevista formal.

Indiferente, Sloan deu de ombros.

— Tudo bem.

— Poderíamos usar alguém do escritório, a menos que você já tenha o
seu próprio advogado.

— Não. Eu não tenho. Por que eu preciso de um advogado?

— Pra impedir que você caia em uma armadilha. O meu irmão e Annabelle ainda estão desaparecidos. O FBI, como você disse, está reabrindo a
investigação. Se todos nós começarmos a falar sem pensar em cada pergunta
aleatória que nos fizerem, um agente federal em algum lugar tentará usar as
nossas palavras contra nós.

— Pra fazer o quê? — Sloan perguntou.

Reid sorriu.

— Ellis está sendo um pouco exagerado na proteção. Mas é fato que não queremos dizer algo errado durante uma entrevista. Se todos nós dermos entrevistas, e fizermos isso com um advogado presente, a chance de informações incorretas serem divulgadas será menor. Infelizmente, aprendemos isso da pior maneira quando tudo isso aconteceu. A mídia vai distorcer as suas palavras e declarações para corresponder a qualquer narrativa que esperam vender. Não vamos deixar que isso aconteça dessa vez.

Ellis enxugou a boca e se levantou.

— Vou fazer algumas ligações. Você tem alguém em mente, pai? Do escritório? Caso contrário, decidirei quem será o escolhido para representar todos nós.

— A decisão é sua, filho.

Ellis assentiu e saiu apressadamente da cozinha. Sloan ficou com a impressão de que, para Ellis Margolis, uma folga envolvia a leitura de peças processuais e a elaboração de estratégias de julgamento. Era difícil imaginá--lo de roupas de banho relaxando à beira-mar.

Reid riu quando Ellis saiu.

— Receio que ele não tenha um "botão de desligar".

— Não — Sloan disse. — Fico lisonjeada por Ellis estar tão disposto a me ajudar.

— É culpa de sobrevivente — Tilly afirmou, tomando um gole de café.

— Tilly! — Reid exclamou num tom repreensivo.

— Ah, pare com isso. É tão óbvio agora quanto foi naquela época. Ellis se sente culpado pelo desaparecimento do irmão e sente a necessidade de compensar a sua ausência. Ele faz isso no escritório há quase três décadas e constantemente procura demonstrar o seu valor pra nós dois.

— Talvez — Reid disse. — Mas a intenção dele é boa.

— Tudo bem — Nora afirmou, levantando-se com o seu prato de café da manhã e indo para a pia. — Vamos parar de falar de Ellis quando ele não está aqui pra se defender.

— Se defender do quê? — Tilly perguntou. — Não estamos fazendo acusações, apenas observações.

Nora sorriu sem jeito para Sloan e depois voltou a olhar para Tilly.

— Mesmo assim, vamos falar de outra coisa.

— Ótima ideia — Reid disse. — Eu organizei um passeio pela propriedade. Como esta é a primeira vez de Sloan aqui, imaginei que poderíamos
nos distrair da loucura da qual acabamos de escapar.

Sloan sorriu. A última coisa que ela queria fazer era um passeio pela
vinícola.

— O que você acha, querida? — Tilly perguntou.

Sloan forçou um sorriso e assentiu.

— Parece ótimo.

— Excelente — Reid disse. — Vamos nos aprontar. Vamos nos encontrar na sala de degustação em uma hora e então começamos o passeio.

Reid e Tilly desapareceram no quarto do primeiro andar, deixando Nora
e Sloan sozinhas na cozinha.

Nora sorriu.

— Desculpe. Você acabou de ter um pequeno vislumbre da minha constante batalha nos bastidores.

Foi a vez de Sloan sorrir.

— Acho que você lidou muito bem com a situação.

— Talvez eu pudesse ter me saído melhor, mas é cedo e foi o que consegui fazer. Antes do grande passeio, vamos até o laboratório fotográfico e
ver o que tem naquele rolo de filme.

— Agora?

— Sim. Temos uma hora.

58

Cedar Creek, Nevada
Sexta-feira, 2 de agosto de 2024

ERIC ENTROU EM SUA SALA E APONTOU PARA A CADEIRA DIANTE da mesa.

— Vamos nos sentar e conversar — ele disse ao detetive particular envelhecido.

Marvin Mann era bem conhecido no Condado de Harrison. Ao longo dos anos, os detetives particulares da sua agência tinham flagrado cônjuges traindo, descoberto irmãos escondendo dinheiro de herança um do outro, encontrado funcionários roubando dos seus chefes, e muito mais. Um dos detetives de Marvin havia até ajudado as autoridades policiais de Nevada a resolver um assassinato em Las Vegas alguns anos atrás. Então, quando Marvin mencionou o seu pai, Eric ficou mais do que curioso.

Eric se sentou atrás da sua mesa.

— É o início de uma manhã de sexta-feira e a minha agenda está cheia. Fale.

— Vou direto ao ponto. Em 1995, pouco antes de o seu pai morrer, ele e eu estávamos trabalhando juntos em um caso.

— Você e o meu pai?

— Sim, senhor.

— Estavam trabalhando *juntos* em um caso?

— Sim, senhor.

Eric levantou os olhos e fez algumas contas rápidas.

— A sua agência não existe há tanto tempo para que você estivesse trabalhando como detetive particular para o meu pai em 1995.

— Não era trabalho de detetive particular. E você tem razão, eu ainda não tinha a minha agência na época. Naquele tempo, eu era investigador jurídico no Margolis & Margolis. O meu chefe era Baker Jauncey.

Eric se endireitou na cadeira, como se um frio congelante tivesse percorrido a sua espinha.

— O cara que morreu no atropelamento?

— Sim — Marvin respondeu. — Só que não foi um atropelamento.

Eric se levantou, fechou a porta da sala e se sentou na beira da sua mesa diante de Marvin.

— Como você sabe disso, Marv?

— O seu pai me contou.

— Por que o meu pai estava falando com você sobre Baker Jauncey?

— Eu já te disse. Baker era o meu chefe. E, na noite anterior à morte dele, Baker me contou sobre algumas coisas suspeitas que estavam acontecendo no escritório de advocacia dos Margolis.

— Que tipo de coisas suspeitas?

— Fraude financeira, desfalque, apropriação indébita, para citar algumas coisas. Baker pegou alguns documentos internos do escritório que ele achava que provavam a fraude. Ele os entregou a mim por precaução. Então, ele me pediu pra investigar a fraude pra ver se eu conseguia descobrir quem estava por trás disso, e que eu fizesse isso de maneira muito discreta. No dia seguinte, ele foi morto.

Curioso, Eric inclinou a cabeça.

— O que isso tem a ver com o meu pai?

— Fiquei assustado depois que Baker foi morto, e suspeitei que o atropelamento não tinha sido um acidente. Procurei o seu pai pra comunicar as minhas suspeitas. Mas ele já estava por dentro. Sandy me disse que Baker morreu devido a um traumatismo craniano na parte de trás da cabeça. E que não foi o carro de Annabelle Margolis que provocou a lesão, mas um taco de beisebol.

Angustiado, Eric sentiu um nó na garganta. Ele respirou fundo para conter as emoções. Depois de ter ouvido a explicação da dra. Cutty acerca da autópsia de Baker Jauncey, Eric deduziu que o pai sabia a verdade pelo simples motivo de não ter prendido Annabelle Margolis. Ouvir Marvin Mann confirmar esse fato o deixou muito orgulhoso, remontando-o ao menino de nove anos que admirava o pai.

— A autópsia do IML do Condado de Harrison afirma que Baker morreu ao ser atropelado por um carro — Eric afirmou. — Como o meu pai descobriu a verdade?

— Sandy me contou que o IML do Condado de Harrison retomou a posse do corpo, ou qualquer que seja o termo que se usa quando um necrotério sequestra um corpo de outro. Porém, antes de o Condado de Harrison pegar o corpo, a legista em Reno o tinha examinado. Esse primeiro laudo de autópsia nunca foi oficialmente registrado. Em vez disso, o legista do Condado de Harrison concluiu que a lesão na cabeça de Baker resultou de um atropelamento por um carro. E todos nós sabemos quem manda no IML do Condado de Harrison.

— A família Margolis.

— É isso aí. Com o que o seu pai ficou sabendo daquela primeira autópsia não oficial, juntamente com os documentos que Baker tinha me dado, o seu pai e eu descobrimos que a morte de Baker foi resultado direto do que ele havia descoberto no escritório de advocacia dos Margolis. E nós dois sabíamos que Baker não foi morto só por causa do que tinha descoberto no Margolis & Margolis, mas também que o assassino muito provavelmente era alguém do escritório.

Eric ficou de pé e começou a andar de um lado para outro em sua sala.

— O que o meu pai fez a respeito disso?

— O seu pai decidiu enfrentar os Margolis. Ele agiu discretamente e manteve a investigação em segredo. Ninguém sabia que Baker tinha retirado documentos do escritório. Então, o seu pai e eu escondemos os papéis em um cofre de aluguel de um banco até conseguirmos entender o que tudo significava. Até onde sei, o seu pai ia pedir a um amigo contador para analisar os documentos e ver se ele conseguia decifrá-los.

— Quem era esse amigo?

Marvin fez um gesto negativo com a cabeça.

— Não faço ideia. A última vez que falei com o seu pai foi naquele dia no banco quando guardamos os documentos. Cerca de uma semana depois, Preston Margolis e a sua família desapareceram, e essa história atraiu a atenção da cidade nas semanas seguintes. Droga, o país inteiro não prestou atenção em outra coisa. Pouco depois do desaparecimento da família, o seu pai morreu quando caiu com a viatura no riacho Cedar. Supostamente fora de si por causa da heroína. Mas eu sempre soube que a morte do seu pai não foi um acidente, e também não foi uma overdose com certeza.

— Caramba, Marv! — Eric exclamou, levantando as mãos em frustração. — Por que você nunca contou isso a ninguém?

— Ponha-se no meu lugar, cara! Baker me deu os papéis e foi morto no dia seguinte. Eu dei esses papéis para o seu pai, e ele foi morto uma semana depois. Na época, eu tinha uma esposa e três filhos pequenos, e duas coisas estavam claras pra mim. Primeira coisa, ninguém sabia que eu tinha conhecimento da fraude no Margolis & Margolis. Segunda coisa, se quem matou

Baker e o seu pai soubesse que eu tinha visto os documentos, eu seria um homem morto. E isso se eu tivesse a sorte de os bastardos virem atrás só de mim, e não da minha família.

Eric assentiu e respirou fundo.

— Então, por que agora?

— Por que agora? — Marvin repetiu, encolhendo os ombros em sinal de dúvida. — A minha consciência, em primeiro lugar. Isso tem me consumido há quase trinta anos. E, em segundo lugar, a garota que acabou de reaparecer: a bebê Charlotte. Eu sei que o que aconteceu com ela e com os seus pais não pode ser uma coincidência. Deve estar ligado ao seu pai e ao Baker, e àquilo que foi responsável pela morte deles. Só preciso que você me prometa que não vai deixar que eles façam mal à minha família.

— Eu nem sei quem são "eles", Marv.

— Talvez você descubra se der uma olhada nos documentos que dei ao seu pai.

Marvin enfiou a mão no bolso da calça e retirou a chave que tinha recuperado da gaveta da sua mesa na noite anterior.

— Essa é a chave do cofre que o seu pai e eu alugamos muitos anos atrás.

— Onde fica o cofre? — Eric perguntou, aproximando-se de Marvin e pegando a chave.

— Em um banco em Reno — Marvin respondeu. — O cofre não é aberto há quase trinta anos.

59

Bend, Oregon
Sexta-feira, 2 de agosto de 2024

NORA SAIU DA COZINHA ACOMPANHADA POR SLOAN. ELAS pegaram o longo corredor, no final do qual havia uma porta para o porão. Nora a abriu, acendeu a luz e começou a descer os degraus bambos de madeira. Sloan seguiu logo atrás. A escada estava escura e úmida, desprendendo um cheiro de mofo e apodrecimento. Ao pé da escada, estava a porta do laboratório fotográfico. Elas entraram e Nora acendeu as luzes. Na mesa, estava todo o equipamento que Nora havia apresentado a Sloan em Cedar Creek.

Nora colocou a Nikon FM10 na mesa e retirou o rolo de filme que tinha ficado na câmera por quase três décadas. Nora o segurou.

— Quer tentar?

— Eu?

— Sim. Aposto que você vai saber o que está fazendo. Como Annabelle.

— Posso tentar. Contanto que você não me deixe estragar o filme.

— Você não vai estragar nada — Nora disse, entregando o rolo de filme a Sloan.

Ao pegar o filme, Sloan sentiu como se uma personificação do passado tivesse viajado pelo tempo, atravessado três décadas num piscar de olhos, para colocar o filme em suas mãos. Ela balançou a cabeça para dissipar a sensação de *déjà-vu* que a invadiu.

— Tudo bem, eu sei que começamos com o ampliador.

— Sim — Nora disse. — O filme é posto aqui e depois focamos a imagem do negativo sobre o suporte abaixo e a imprimimos no papel fotográfico.

— Entendi — Sloan afirmou. — Mas primeiro apagamos as luzes.

— Exato.

Nora apagou as luzes, mergulhando momentaneamente a sala na escuridão total e cegando Sloan. Estava tão escuro que piscar não teve efeito em sua visão. Depois de alguns segundos, Sloan ouviu um clique. O brilho carmesim da luz de segurança devolveu a sua visão. Nora a ajudou a carregar o filme no ampliador e a focar a primeira imagem no papel fotográfico abaixo. Depois de uma sequência de exposições, Nora entregou um par de pinças a Sloan.

— Tire o papel do suporte e o coloque na primeira bandeja de líquido — Nora explicou.

Com cuidado, Sloan levantou o papel fotográfico em branco e o mergulhou na bandeja. Da sua experiência no laboratório no estúdio de Nora, ela se lembrou de que a primeira bandeja continha o revelador, e que o papel fotográfico permanecia lá por sessenta segundos.

— Prepare-se — Nora disse, olhando o relógio para cronometrar o tempo. — Certo, transfira o papel para o banho interruptor.

Sloan usou as pinças para retirar o papel ainda em branco do revelador e transferi-lo para a segunda bandeja, onde permaneceu por alguns segundos. Então, Nora disse para Sloan passar o papel para a última bandeja: o fixador. Sloan se lembrou de que foi lá que a imagem começou a aparecer lentamente no papel fotográfico.

Passados alguns minutos, Sloan viu uma imagem fraca se formando. Atenta, sob o brilho vermelho da luz de segurança, ela semicerrou os olhos até que a imagem aparecesse completamente. Na foto, havia um gavião-galinha alçando voo de um galho de árvore, com as asas estendidas e se preparando para planar.

— É um gavião — Sloan disse.

Nora retirou a foto da bandeja, pendurou-a no varal de secagem e a examinou. — Foi tirada… — ela começou a falar e se aproximou mais da foto. — Da entrada da garagem da casa de Annabelle. Olhe.

Nora apontou para a foto e Sloan chegou mais perto.

— Essa é a lateral da casa dela e a piscina ao fundo. Provavelmente, ela estava na entrada da garagem quando tirou a foto.

Sloan apontou para a extremidade inferior da foto. A data estava em letras maiúsculas vermelhas: 4 DE JULHO DE 1995.

— Então, as últimas fotos que vimos, aquelas que você havia ampliado anteriormente, foram tiradas por Annabelle no evento de gala de Quatro de Julho em Cedar Creek — Sloan disse, reconstituindo a sequência de acontecimentos daquele dia fatídico há quase trinta anos. — E essas, o que quer que mais esteja no rolo de filme, devem ter sido tiradas quando Annabelle chegou em casa.

— Tudo indica que sim.

Sloan ainda não havia dito a Nora que o sangue de Annabelle fora encontrado dentro da casa. Talvez Nora soubesse desse fato, mas não teve coragem de contar para a sobrinha. De qualquer maneira, Sloan estava olhando para as fotos tiradas por Annabelle no dia em que ela desapareceu, tiradas na casa de onde ela sumiu.

— Quantas fotos você disse que foram tiradas com esse filme? — Sloan perguntou.

— Outras vinte — Nora respondeu.

— Vamos ver o que mais Annabelle fotografou naquele dia.

O PASSADO

CEDAR CREEK, NEVADA
TERÇA-FEIRA, 4 DE JULHO DE 1995

O DIA EM QUE...

Annabelle ergueu a Nikon FM10 e olhou pelo visor com um olho semicerrado. Ela girou o anel da objetiva para focar Charlotte e tirou três fotos em rápida sequência da filha deitada no cobertor. As pessoas passavam na calçada atrás dela e sorriam apontando para Charlotte, que estava usando um adorável traje completo de Quatro de Julho, com uma touca vermelha, branca e azul.

— Que fofa — uma mulher comentou ao passar.

— Obrigada — Annabelle disse, forçando um sorriso e tentando parecer o mais natural possível. Por dentro, porém, ela estava apavorada.

Desde que Preston tinha dito a ela o que encontrara no escritório na noite de domingo, e o que o xerife Stamos havia descoberto sobre a morte de Baker Jauncey, Annabelle estava uma pilha de nervos. O plano de Preston — agir o mais normal possível e passar pelo Quatro de Julho e o evento de gala de Cedar Creek sem chamar a atenção acerca da fuga iminente deles de Cedar Creek — a tinha deixado animada e paranoica ao mesmo tempo. Annabelle não ansiava por nada mais do que escapar dessa cidade maluca controlada pela família de Preston, mas ela sabia que não seria tão fácil como fazer as malas e ir embora. Haveria repercussões para Preston ao tentar levar uma vida tranquila, muito longe da máquina política dos Margolis. Porém, esse era um problema de longo prazo com o qual lidariam em algum momento. Para o plano imediato deles funcionar, precisavam empreender a sua fuga sob a cobertura da escuridão. Com o feriado de Quatro de Julho caindo numa terça-feira e os escritórios da Margolis & Margolis fechados por uma semana, não havia melhor momento para fugir da cidade. Levaria alguns dias até que alguém percebesse que eles tinham ido embora. Preston não tinha que voltar ao escritório até a segunda-feira seguinte, e até lá grande parte do plano deles não só estaria em andamento, mas também bem encaminhado.

Annabelle olhou ao redor. Os veleiros singravam o riacho e uma banda tocava *Born in the USA*, de Bruce Springsteen, em um palco atrás dela. Annabelle continuava a tirar fotos de Charlotte e do evento de gala. Ela terminou um rolo de filme e carregou outro na câmera. Ela esperava que o truque estivesse enganando quem quer que a estivesse vigiando. O plano previa que Annabelle e Charlotte ficassem no evento de gala e marcassem presença, ao mesmo tempo que Preston escapulia para fazer as malas em casa. Ela se perguntava sobre o motivo da demora dele.

Annabelle avistou Stella Connelly se aproximando. Ela virou rapidamente, segurou a alça do carrinho e empurrou Charlotte na direção oposta. Evitando por pouco um encontro com a ex de Preston, ela respirou fundo para acalmar os nervos, e depois se lembrou de que eles estavam indo embora naquela noite. Annabelle esperava que eles nunca mais olhassem para trás.

CEDAR CREEK, NEVADA
TERÇA-FEIRA, 4 DE JULHO DE 1995

O DIA EM QUE...

Annabelle deixou escapar um suspiro de alívio ao ver Preston caminhando pela calçada em sua direção. Ela estava balançando Charlotte no carrinho.

— Por que demorou tanto? — ela perguntou quando Preston chegou perto e lhe deu um beijo.

— Só me certificando de que tínhamos tudo de que precisávamos. Todas as malas estão completamente cheias, e quase todas as gavetas do nosso quarto estão vazias. Vá pra casa agora e veja se peguei tudo o que é necessário. Vou ficar aqui e assegurar que as pessoas me vejam.

Annabelle assentiu.

— Tudo bem. Charlotte está dormindo. Vou levá-la pra casa comigo. Ela vai querer comer quando acordar.

Preston voltou a beijar a esposa.

— Lembre-se, não precisamos de tudo. Em algum momento, vamos voltar e pegar o resto, mas agora precisamos do básico. Pode demorar um pouco até voltarmos aqui.

— Posso rezar — Annabelle disse.

— Vá. Eu vou ficar por aqui por uma hora, mais ou menos. Então, assim que eu voltar pra casa, vamos pegar a estrada.

Annabelle tentou sorriu, mas lágrimas brotaram em seus olhos.

Preston a abraçou.

— Está quase no fim — ele sussurrou junto ao ouvido dela.

— Promete?

— Prometo.

CEDAR CREEK
TERÇA-FEIRA, 4 DE JULHO DE 1995

O DIA EM QUE...

Annabelle embicou na entrada da garagem e estacionou. Ela abriu o porta-malas do BMW, na expectativa de enchê-lo com a bagagem. Ao se afastar do carro, Annabelle reservou um momento para admirar a casa onde ela supostamente criaria os filhos e envelheceria com o marido. Apesar da arquitetura imposta, era uma casa bonita. Ela observou a garagem para três carros ainda inacabada, com a escada de Lester inclinada contra a lateral. Ela viu as marcas de pneus no gramado, deixadas pelas escavadeiras e retroescavadeiras que tinham cavado o buraco para a piscina. No canto da entrada da garagem, estavam pilhas de blocos para pavimentação na altura do peito destinados a revestir a lateral da casa e conduzir ao terraço dos fundos e ao deque da piscina. Parte dela estava triste por nunca ver essa casa pronta do jeito que ela e Preston tinham planejado. Outra parte estava pronta para fugir rapidamente e nunca mais olhar para trás.

Ao longe, posicionado no alto dos galhos de um pinheiro, estava um gavião-galinha. A ave deixou escapar um longo guincho que ecoou pela tarde. Annabelle semicerrou os olhos diante da bela visão, ergueu a câmera que ainda pendia do seu pescoço e tirou uma foto do gavião no exato momento em que ele alçava voo, com as asas estendidas e o colorido debaixo da barriga visível. A ave se foi com apenas alguns vigorosos batimentos das asas. Annabelle esperava que a única foto que conseguira tirar tivesse registrado a beleza do animal.

Ela tirou Charlotte da cadeirinha de bebê e entrou apressadamente pela porta da frente da casa. Várias malas estavam no hall de entrada. Pela primeira vez, Annabelle se permitiu acreditar que a sua família estava mesmo indo embora. Ela subiu a escada até o segundo andar. Em seu quarto, colocou Charlotte no berço ao lado da cama de casal e entrou no banheiro para lavar o rosto. As coisas estavam saindo do controle desde que o seu carro foi encontrado abandonado no acostamento da estrada onde o corpo de Baker Jauncey havia sido descoberto. Na confusão pós-parto, e sofrendo de insônia nas últimas duas semanas, a mente de Annabelle ficou agitada em busca de possíveis explicações, até mesmo concebendo a possibilidade de que ela tivesse saído com o carro naquela noite durante um momento de delírio esquecido. Reservadamente, ela se perguntava se tinha sido ela quem atropelara Baker Jauncey, com a sua mente privada de sono bloqueando qualquer memória do acontecimento.

Annabelle havia ficado perturbada com esses pensamentos. Então, o xerife Stamos convidou Preston para ir até a sua cabana de caça para dar a notícia de que Baker Jauncey não havia morrido devido aos ferimentos sofridos quando o carro de Annabelle o atingiu, mas tinha sido morto por um taco de beisebol. E, o xerife Stamos acrescentou, quem matou Baker Jauncey provavelmente estava por trás da fraude ocorrendo no Margolis & Margolis. Preston havia passado toda a noite de domingo na empresa vasculhando os arquivos do escritório e investigando a fraude. Ao chegar em casa na madrugada de segunda-feira, ele contou para Annabelle tudo o que tinha descoberto. Foi quando eles decidiram ir embora de Cedar Creek. Annabelle não era tão ingênua a ponto de achar que eles poderiam escapar desse fim de mundo sem interferência da família de Preston. Annabelle só esperava que ela, Preston e Charlotte estivessem bem longe quando o resto da família Margolis descobrisse o plano deles.

Annabelle acumulou água fria nas mãos e lavou o rosto. Molhou uma toalha e massageou a nuca para refrescá-la. Finalmente, respirou fundo e voltou para o quarto. Charlotte ainda estava dormindo no berço. Ela abriu as gavetas da cômoda para ter certeza de que Preston tinha pegado tudo o que ela precisava. Annabelle estava prestes a verificar o armário quando ouviu uma porta de carro batendo do lado de fora.

Annabelle correu até a janela do quarto, esperando que Preston tivesse antecipado a hora da partida, permitindo que eles começassem mais cedo a saída furtiva de Cedar Creek. Porém, ao puxar a cortina para o lado, Annabelle se frustrou: não foi Preston quem ela viu.

— Que diabos? O que está acontecendo? — ela sussurrou para si mesma.

Annabelle perdeu o fôlego. Embora ela não soubesse ao certo o motivo — talvez intuição, mas mais provavelmente premonição —, ela ergueu a Nikon FM10 que ainda pendia em seu pescoço, colocou o olho no visor e tirou uma sequência de fotos junto à janela do quarto, registrando os movimentos da pessoa que percorreu o acesso da garagem e chegou até a porta da frente. Sentiu um calafrio quando ouviu o som da campainha.

Por um instante, Annabelle pensou em não atender, mas o seu carro estava na entrada da garagem com o porta-malas aberto. Era óbvio que havia alguém em casa. Ela respirou fundo, passou a alça da câmera sobre a cabeça e colocou a Nikon ao lado de Charlotte. Ela pegou a alça do moisés e desceu a escada com a filha.

60

Reno, Nevada
Sexta-feira, 2 de agosto de 2024

ERIC E MARVIN CHEGARAM AO BANCO EM RENO DEPOIS DE pouco mais de uma hora de viagem. Eric acelerou o 4Runner na estrada, ultrapassando cento e sessenta quilômetros por hora em alguns trechos, porque sabia que estava correndo contra o relógio, e havia colocado Sloan em perigo sem querer ao incentivá-la a se envolver com a família Margolis. Eric acreditava que a morte do pai estava relacionada com o atropelamento de Baker Jauncey, e que alguém da família Margolis possuía informações a respeito disso. Porém, até Marvin Mann revelar a sua incrível história, Eric não tinha considerado que um membro da família Margolis fosse diretamente responsável pela morte do seu pai. Se fosse verdade, Eric havia enviado Sloan para o covil dos leões.

Eric parou no estacionamento do banco e apressou Marvin enquanto passavam pelas portas giratórias e entravam no saguão. Eles pegaram um elevador até o subsolo. Ali, Marvin mostrou o seu documento de identidade para um funcionário atrás do balcão de recepção.

— Marvin Mann. Eu tenho um cofre que gostaria de acessar.

O funcionário digitou algo em seu computador e verificou o documento de Marvin. Em seguida, ele desapareceu em uma sala dos fundos. Por algum tempo, o funcionário ficou ausente, levando Eric a se perguntar se o detetive particular estava inventando histórias. Finalmente, o homem voltou e empurrou um pedaço de papel através do balcão. No alto, havia uma fotocópia da carteira de motorista de Marvin.

— Assine aqui — o homem disse, apontando, e Marvin obedeceu.

— Siga-me, senhor. Eu vou lhe mostrar o cofre.

O funcionário contornou o balcão e levou Marvin e Eric até um grande átrio onde um portão trancado protegia a sala de cofres.

— Só posso permitir a entrada de pessoas cadastradas na sala de cofres — o funcionário disse, olhando para Eric. — Mas você pode esperar aqui fora, se preferir.

— Há uma sala privativa onde podemos levar o cofre? — Marvin perguntou.

— Sim, senhor, temos várias.

O homem caminhou até uma das diversas portas do átrio e a destrancou. No interior, havia uma mesa na altura do peito no meio da pequena sala. Sem cadeiras.

— O senhor pode esperar aqui — o funcionário disse a Eric.

Eric assentiu e entrou na saleta. Ele observou o funcionário destrancar o portão dos cofres. Marvin Mann desapareceu lá dentro.

61

Reno, Nevada
Sexta-feira, 2 de agosto de 2024

ALGUNS MINUTOS DEPOIS, MARVIN MANN SAIU DA SALA DOS cofres carregando uma pequena caixa metálica. Ele entrou na saleta onde Eric esperava e a colocou sobre a mesa. Marvin levantou a tampa da caixa, revelando um monte de papéis dentro. Ele retirou os documentos e colocou os óculos de leitura.

— Sim — ele disse. — Aqui estão.

Eric pegou a primeira pilha e deu uma olhada. Pareciam ser demonstrativos financeiros. Ele notou algumas páginas indicando a criação de uma sociedade anônima, outra página era uma planilha financeira, e a terceira era uma lista de depósitos feitos em uma conta numerada. Eric analisou cada página até chegar ao final da pilha de papéis. Então, retirou o último lote de documentos da caixa metálica e folheou as páginas restantes. Cada página continha o mesmo conteúdo sem sentido: números de contas, planilhas financeiras e nomes de empresas.

Eric chegou ao final da pilha e examinou a última página. Lá, havia um post-it amarelo grudado, que continha a conhecida caligrafia do seu pai.

— Puta merda.

Marvin espiou por cima dos seus óculos de leitura para ler o post-it.

— Não é possível.

Eric saiu apressado da saleta e correu escada acima, atravessando rapidamente a área da recepção e passando pelas portas da frente. Mantendo o mesmo ritmo alucinado em direção ao carro, ele procurou desajeitadamente o celular para ligar para Sloan.

62

Bend, Oregon
Sexta-feira, 2 de agosto de 2024

COM AS MÃOS TRÊMULAS, SLOAN COLOCOU OUTRO PAPEL fotográfico abaixo do ampliador e o prendeu no suporte. Ajustou o filme no porta-negativos e pressionou o botão para definir a exposição. O processo levou pouco mais de um minuto. Em seguida, Sloan passou o papel em branco pelas três bandejas que continham o revelador, o interruptor e o fixador. Enquanto o papel flutuava na terceira bandeja, ela ficou esperando. Lentamente, uma imagem começou a se formar no papel. Sloan usou as pinças para tirar a foto do fixador. Ela a prendeu no varal de secagem ao lado da foto do gavião-galinha. Sob a luz vermelha de segurança, a imagem se materializou.

Em primeiro plano, algumas barras transversais borradas indicavam que a foto fora tirada através de uma janela.

— É uma cortina no primeiro plano — Sloan disse. — E as linhas borradas são grades da janela.

O ângulo da foto estava direcionado para baixo, revelando que ela tinha sido tirada de uma janela do primeiro andar. Nora se aproximou da imagem.

— Essa é a entrada da garagem da casa de Preston e Annabelle. E o BMW deles. A foto foi tirada junto à janela do quarto de Annabelle.

Conforme a imagem ganhava nitidez, uma pessoa surgiu nela.

— Quem é? — Sloan perguntou.

Nora pegou a foto no varal de secagem e deu uma olhada mais de perto.

— É o Ellis.

O PASSADO

CEDAR CREEK
TERÇA-FEIRA, 4 DE JULHO DE 1995

O DIA EM QUE...

Annabelle desceu a escada com Charlotte no moisés, respirou fundo e abriu a porta.

— Você viu que o porta-malas do BMW está aberto? — Ellis disse antes de tudo.

Annabelle reposicionou o moisés, transferindo o peso para o quadril. Ela assentiu.

— Sim, Ellis, eu sei.

— Nossa! — Ellis exclamou, passou pela porta e entrou no hall de entrada, olhando para as malas que enchiam o espaço.

— Vocês estão saindo de férias?

Nervosa, Annabelle sentiu o pulso acelerar. A chance deles de uma saída discreta estava escapulindo. Ela fechou os olhos, deu as costas à porta e levou Charlotte para a cozinha. Seguida por Ellis, ela colocou o moisés sobre a mesa.

— Mas, sério, vocês vão pra algum lugar? — Ellis perguntou, deixando escapar o que Annabelle considerou uma risada nervosa.

— Sim — ela respondeu, abrindo a geladeira para pegar uma garrafa de água.

— Para onde?

— O mais longe possível deste lugar.

Annabelle se surpreendeu com a contundência da sua resposta. A frustração reprimida do último ano em relação à família Margolis estava finalmente vindo à tona. A recente revelação de que Ellis estava roubando dinheiro do escritório e possivelmente estava envolvido na morte de Baker Jauncey tinha deixado Annabelle à beira de um colapso emocional, e morrendo de medo de ficar sozinha com o cunhado.

— Então... — Ellis começou a falar com uma ruga profunda na testa, como se estivesse tentando entender a situação. — Você vai cair fora da cidade agora que é suspeita da morte por atropelamento de um morador de Cedar Creek? Não sei se a polícia aprovaria essa decisão.

Agora era Annabelle que estava rindo. Ela contornou a ilha da cozinha e deu uma risada na cara de Ellis.

— Não, não, Ellis. Acho que você não ficou sabendo. Baker Jauncey não foi morto pelo meu carro. Ele foi morto antes do atropelamento.

A ruga sumiu da testa de Ellis e foi substituída por uma expressão de confusão genuína. A reação fez Annabelle sorrir ainda mais.

— A autópsia... — Ellis começou a dizer, mas Annabelle o interrompeu.

— A autópsia está incorreta. Mas não confie apenas em mim. Fale com o xerife Stamos. Foi ele quem contou a Preston e a mim sobre isso. Olha só, alguém pegou o meu carro naquela noite e tentou fazer parecer que eu matei Baker Jauncey. Mas aqui está o que torna tudo mais interessante — Annabelle afirmou e voltou a sorrir —, o xerife Stamos acha que a mesma pessoa que matou Baker Jauncey está desviando dinheiro do Margolis & Margolis.

Annabelle baixou a voz.

— Você não está sabendo nada sobre isso, está, Ellis?

Houve uma longa pausa.

— Não, não estou sabendo.

Annabelle se virou e bateu a garrafa de água com força no balcão.

— Nós sabemos, Ellis! Preston e eu sabemos de tudo. Ele vasculhou os computadores do escritório. Ele vasculhou o *seu* computador, Ellis. Preston sabe de tudo o que você vem fazendo. Então, eu retiro o que disse anteriormente. Não pergunte nada ao xerife Stamos. Você não vai precisar. Ele vai te procurar pra fazer algumas perguntas.

Ellis deu um passo para trás, com os dedos da mão direita deslizando sobre a bancada de granito ao se afastar. Nervoso, ele engoliu em seco, virou-se e caminhou lentamente em direção à porta da frente. Logo depois, Annabelle ouviu Ellis dar a partida no motor do carro e se afastar.

63

Bend, Oregon
Sexta-feira, 2 de agosto de 2024

SOB O SINISTRO BRILHO CARMESIM DO LABORATÓRIO FOTO-gráfico, Sloan e Nora não tiravam os olhos da foto de Ellis.

— O que Ellis estava fazendo na casa de Annabelle naquele dia? — Nora perguntou.

A pergunta veio num sussurro, e Sloan ficou com a impressão de que ela estava perguntando a si mesma.

— Vamos ver o que mais tem no rolo de filme — Sloan disse.

Nora olhou para ela e concordou com um gesto de cabeça. Ela se apressou para ajustar o filme no porta-negativos do ampliador e ver uma prévia dos negativos.

— Os próximos estão borrados — Nora disse.

— O que há neles?

Nora se esforçou para decifrar as imagens.

— Estão muito borrados pra identificar qualquer coisa.

Ela continuou a correr o filme pelo porta-negativos do ampliador.

— Aqui — ela disse, semicerrando os olhos para ver uma pequena imagem e tentando entendê-la. — São… Duas pessoas. Vamos ampliar esta foto aqui.

Elas repetiram o processo, expondo a imagem sobre o papel fotográfico no suporte e depois transferindo o papel em sequência para cada uma das três bandejas de produtos químicos: primeiro o revelador, depois o interruptor e, finalmente, o fixador. Nora acionou o cronômetro e, depois de o papel ficar na última bandeja de líquido por um minuto, ela o retirou com as pinças e o prendeu no varal de secagem. Na escuridão, Sloan semicerrou os olhos para tentar distinguir a imagem que estava surgindo lentamente.

— Aí vem.

Na foto, havia duas pessoas se encarando. A imagem delas foi se formando vagarosamente.

— É Annabelle — Sloan disse. — Mas… Como?

Nora chegou mais perto das fotos e esperou mais alguns segundos até que a imagem se estabilizasse.

— É... — ela começou a falar, mas parou, aguardando que a imagem se formasse completamente para ter certeza de que estava correta.

— Tilly — Nora finalmente disse. — É Tilly com Annabelle na cozinha.

Depois de mais alguns segundos, as cores apareceram e uma imagem nítida se formou. Sloan viu Annabelle e a jovem Tilly Margolis em frente à bancada da cozinha.

Sloan olhou para Nora.

— Todas as fotos que ampliamos até agora foram tiradas por Annabelle.

— E? — Nora perguntou, sem entender.

Sloan apontou para a foto.

— E nessa foto Annabelle está presente. Quem tirou a foto?

O PASSADO

CEDAR CREEK
TERÇA-FEIRA, 4 DE JULHO DE 1995
O DIA EM QUE...

Depois da partida de Ellis, Annabelle foi invadida por um senso de urgência. Ela correu até o hall de entrada, pegou uma mala grande e a carregou até o carro. Correu de volta para a casa, pegou mais duas malas menores e as transportou para fora. Uma delas ficou presa na calçada de paralelepípedos e tombou. Ela a deixou onde estava e continuou, jogando a mala solitária no porta-malas do BMW. Depois de mais um deslocamento, o hall de entrada ficou vazio, exceto por uma única mochila e a sua bolsa. Quando Annabelle estava voltando para dentro, ela ouviu um carro entrar no acesso da garagem. Ao se virar, ela viu o Cadillac branco de Tilly.

Em um gesto de desânimo, Annabelle baixou a cabeça. Ela e Preston deveriam ter ido embora da cidade no dia anterior. Agora, a saída deles seria conturbada e dramática. Ela nem se deu ao trabalho de esperar por Tilly, nem de fechar a porta da frente. Em vez disso, entrou na cozinha e começou a lavar uma das mamadeiras de Charlotte. A bebê estava começando a ficar agitada e precisava se alimentar.

— O que está acontecendo lá fora? — Tilly perguntou ao entrar na cozinha. — O carro de Preston está lotado, como se vocês estivessem indo embora pra sempre.

— Tilly, estou muito ocupada com Charlotte. Você pode voltar amanhã? Com a torneira aberta, Annabelle continuou a lavar a mamadeira.

— Onde está Preston?

— Ele está a caminho de casa vindo do evento de gala.

— Eu vou te ajudar com a bebê enquanto esperamos por ele.

Impaciente, Annabelle fechou os olhos. Ela só queria embarcar no carro com Preston e Charlotte e ir para o mais longe possível de Cedar Creek. Com poucas horas de sono, ela não tinha energia para lidar com a sogra.

Tilly se aproximou da pia e estendeu a mão para pegar a mamadeira que Annabelle estava lavando. A nora não permitiu.

— Não consigo lidar com isso agora, Tilly. Fiquei sem dormir a noite toda por causa de Charlotte e simplesmente não tenho energia pra discutir com você.

— Quem está discutindo?

Annabelle terminou de lavar a mamadeira e depois foi até o armário e pegou o leite em pó de Charlotte.

— Pra onde você está indo, Annabelle? Com todas as malas feitas e quase perto do anoitecer?

A complacência de Annabelle chegou ao limite. Ela deu meia-volta para encarar a sogra parada junto à pia.

— Nós estamos indo embora, Tilly.

Tilly deixou escapar uma risada arrogante.

— Quem está indo embora?

— Preston, eu e Charlotte. Estamos deixando esta casa, esta cidade e todo o lixo que está associado a ela.

— Mas que besteira. Se você quer ir embora, tudo bem. Na verdade, é uma boa ideia. Mas o meu filho? Você acha que vai levar o meu filho embora? Quem você pensa que é?

— A esposa dele! Eu sou a esposa dele, Tilly. Você se dá conta do que está dizendo? Você fala sobre o seu filho de trinta anos do mesmo jeito que eu falo sobre a minha filha recém-nascida. Preston é um homem adulto, e homens adultos tomam as próprias decisões. Eles não fazem o que a mamãe manda.

— E você acha que Preston quer ir embora de Cedar Creek?

Agora era a vez de Annabelle rir.

— Você acha que tem controle sobre tudo, mas está muito por fora. E quando descobrir, o seu mundinho perfeito com todo o seu dinheiro, com as casas-padrão onde obriga os seus filhos a morar, e com o seu estilo de vida de alta sociedade, tudo vai desmoronar. E o triste é que você nem sabe o que está prestes a acontecer.

Charlotte começou a se agitar. Com a tensão crescente na discussão entre Annabelle e Tilly, a recém-nascida abriu um berreiro e se contorceu no moisés.

64

Bend, Oregon
Sexta-feira, 2 de agosto de 2024

– NÃO FAÇO A MENOR IDEIA – NORA RESPONDEU À PERGUNTA de Sloan a respeito de quem estava usando a câmera nas fotos de Annabelle e Tilly.

— Quantos negativos ainda restam no rolo? — Sloan perguntou.

— Quatro — Nora respondeu, observando o ampliador.

— Vamos lá. Vamos ver o que há neles.

Uma energia frenética tomou conta do laboratório fotográfico. Sob o brilho vermelho da luz de segurança, Sloan e Nora sentiram que estavam à beira de resolver um mistério de décadas, mesmo que não conseguissem compreender o que estavam prestes a descobrir.

Agora, Nora trabalhava com maestria. Ela não era mais a professora que supervisionava o aprendizado de Sloan. Era uma profissional experiente, conduzindo o processo de ampliação das imagens como alguém que já fez isso milhares de vezes, dando ordens que Sloan seguia sem hesitação. Nora expôs o negativo sobre o papel fotográfico em incrementos de doze segundos para garantir a obtenção de uma imagem nítida. Em seguida, ela mergulhou o papel fotográfico em branco nos banhos de revelação. Desta vez, porém, enquanto Sloan esperava a imagem surgir na última bandeja, Nora já começou a trabalhar no próximo negativo. No momento em que ela mergulhava o papel fotográfico na bandeja com o revelador, a primeira imagem estava pronta para deixar a bandeja com o fixador.

Enquanto Nora preparava o próximo negativo, Sloan prendia a foto no varal de secagem e, em seguida, usava as pinças para transferir o segundo papel fotográfico para a bandeja com o interruptor. Os seus movimentos eram apressados, mas sob a orientação de Nora, cada etapa do processo era realizada corretamente. Finalmente, elas tinham quatro fotos penduradas no varal de secagem, cada uma em um estágio diferente de formação da imagem.

A primeira imagem, ainda gotejando o fixador, tinha surgido. Um pouco borrada, mostrava Tilly puxando o cabelo de Annabelle e a cabeça da nora sendo empurrada para baixo com força.

— Elas estão… — Sloan começou a falar e tirou a foto do varal de secagem. — Brigando!

Nora retirou a segunda foto do varal, e elas a encararam. A imagem foi se formando lentamente. Por fim, as cores apareceram, e elas viram Annabelle imobilizando Tilly contra a bancada da cozinha com os braços estendidos.

Nora pegou a terceira foto do varal de secagem. Chocadas, ela e Sloan respiravam com dificuldade. As imagens eram um portal para o passado, que as colocava no meio da batalha travada na casa de Annabelle Margolis quase trinta anos antes. Nora ficou assoprando a foto ainda em branco para acelerar o processo. Quando a imagem se tornou visível, ela deixou escapar um suspiro de surpresa.

— Meu Deus!

Sloan olhou para a foto na mão de Nora. Nela, viu Tilly Margolis segurando um cutelo de cortar carne.

O PASSADO

CEDAR CREEK, NEVADA
TERÇA-FEIRA, 4 DE JULHO DE 1995

O DIA EM QUE...

— Qual é o problema, Tilly? — Annabelle perguntou, com o rosto colado ao de sua sogra. Esse confronto estava em gestação há muito tempo. — Pela primeira vez na vida, você não tem nada a dizer?

— Eu tenho muito a dizer. E você vai ouvir. Você pode exercer um feitiço sobre o meu filho, mas não sobre mim. Eu conheço o jogo que você está fazendo. Você é uma desclassificada atrás de dinheiro fácil, e você armou bem a cilada. Reconheço o seu mérito nisso. Eu não acho que Preston seja um idiota, mas é um imbecil completo quando se trata de você. Eis a oferta. Reid e eu vamos pagar pra você sumir. Você será bem cuidada, assim como a sua filha.

— Minha filha? — Annabelle exclamou, dando uma risada. — Você quer dizer filha do seu filho também, não é? E sua neta?

— Não tenho ilusões sobre o que essa criança representa. Ela foi uma maneira de você sujeitar Preston a uma vida de servidão. E eu admito, você venceu. Reid e eu concederemos de bom grado a vitória a você e daremos o que você quiser. Você verá que o pacote que preparamos é mais do que justo.

Annabelle riu novamente.

— Você e Reid estão me oferecendo, tipo, um pacote de indenização pra eu desaparecer?

— *Tipo*, exatamente. Podemos anular o casamento, e vamos pagar uma pensão mensal até a menina completar dezoito anos. Você verá que a oferta é mais do que justa.

— Puta merda, Tilly! Você ainda está cultivando essa ideia maluca em sua mente pervertida? Eu não quero o seu dinheiro!

— Não, você quer o dinheiro de Preston. Mas o que você não entende é que Preston não tem dinheiro. Não do tipo que você está atrás. Se ele seguir adiante com essa bobagem, Reid e eu o advertimos de que ele será excomungado da família.

— Excomungado? Cedar Creek voltou à Idade Média?

— Engraçadinha — Tilly provocou. — Preston será excluído se ele insistir nesse absurdo com você.

Annabelle fez um gesto negativo com a cabeça.

— Da maneira como vocês os mantêm sob rédea curta, não é à toa que o seu próprio filho esteja roubando dinheiro do escritório.

Annabelle notou que o comentário entrou por um ouvido de Tilly e saiu pelo outro. Realmente, ela não tinha noção.

— Excluído significa que Preston não receberá mais dinheiro da família. Ele será demitido do escritório de advocacia. Ele não conseguirá trabalho em nenhum lugar no Condado de Harrison.

— Você promete? — Annabelle afirmou. — Por favor, Tilly, me prometa que tudo o que você acabou de dizer é verdade. Prometa-me que você deixará Preston ir embora desse fim de mundo e nunca mais olhar pra trás. Ele vai chegar logo. Você poderia dizer a ele o que acabou de me dizer?

Annabelle se aproximou mais um passo da sogra.

— Você acha que ameaças vazias como essas vão assustá-lo, mas na realidade elas o libertariam. Não foi minha ideia ir embora desse lugar. Foi de Preston. Ele mal pode esperar pra se livrar de você.

— Sua vagabunda! — Tilly gritou, assustando tanto Annabelle quanto Charlotte.

Charlotte começou a chorar para valer agora, chutando as perninhas e se debatendo no moisés. Enquanto a bebê se contorcia, um dos seus pés acertou o botão de disparo da câmera de Annabelle, que estava perto da borda do moisés. O calcanhar pressionou o botão, tirando uma foto no exato momento em que Tilly explodiu em um acesso de raiva e agarrou Annabelle pelo cabelo. As duas mulheres começaram a lutar, mas Annabelle não conseguiu soltar o seu cabelo. Enquanto isso, Tilly empurrava a cabeça de Annabelle para baixo e a torcia.

Annabelle investiu com a força de um touro, e ela e Tilly foram de encontro à bancada e aos armários da cozinha. O impacto foi chocante, fazendo Tilly soltar o cabelo de Annabelle. Então, a nora imobilizou a sogra contra a bancada até poder recuar com segurança. Quando Tilly se virou, a mão direita dela segurava um cutelo retirado do jogo de facas. Annabelle ficou tão abalada com a visão do cutelo que não teve chance de reagir. Tilly cravou a lâmina no meio do corpo da nora. Annabelle soltou um grito, mais de medo do que de dor. Estranhamente, não sentiu nada até Tilly retirar a lâmina da barriga. Então, Annabelle sentiu o fluxo quente de sangue escorrer sobre as suas mãos enquanto ela apertava a barriga.

Uma sensação de vertigem se apoderou de Annabelle, que só teve uma percepção periférica quando Tilly cravou o cutelo nela uma segunda vez. Um momento depois, Annabelle desabou no chão da cozinha. A casa teria mergulhado em um silêncio sinistro se não fosse pelos lamentos de Charlotte. Enquanto as perninhas da bebê se debatiam, o seu calcanhar voltou a disparar a câmera, tirando outra foto, desta vez de Tilly segurando o cutelo ensanguentado.

CEDAR CREEK, NEVADA
TERÇA-FEIRA, 4 DE JULHO DE 1995

O DIA EM QUE...

Ao estacionar o carro na entrada da garagem da sua casa, Preston viu o Cadillac da mãe.

— Saco!

Ele percebeu o porta-malas do BMW aberto e as malas amontoadas dentro. Ele tinha tido a esperança de escapar de Cedar Creek sem ter que confrontar a mãe. E que Deus o ajudasse se o pai estivesse junto. Preston desligou o motor e abriu a porta do carro. Assim que fez isso, ouviu Charlotte chorando no interior da casa. Porém, não era um simples choro; a filha estava gritando de uma maneira que Preston nunca havia ouvido antes. Ele saiu correndo, subiu os degraus da frente de dois em dois e irrompeu pela entrada principal. Preston saltou sobre uma mochila que estava no meio do hall de entrada e, ao chegar à porta da cozinha, viu Charlotte no moisés colocado sobre a mesa. A filha estava dando chutes e se contorcendo e gritando tanto que o seu rosto estava vermelho e brilhante.

Preston entrou na cozinha e a história se revelou. Annabelle estava deitada de costas, com uma perna dobrada para trás no joelho, os braços encolhidos ao lado do corpo, e uma poça de sangue vermelho-escuro a rodeando. Ao lado do corpo de Annabelle, estava a sua mãe. Na mão direita, ela segurava um cutelo sujo de sangue. Quando Preston olhou para ela, Tilly deixou cair o cutelo no chão, fazendo um barulho que momentaneamente superou os gritos de Charlotte.

— Ela me atacou, Preston — a mãe disse. — Você tem que acreditar em mim. Ela me atacou e eu me defendi.

Charlotte continuou a gritar dentro do moisés.

— O que você fez, mãe?

— Foi legítima defesa.

Em desespero, Preston levou as mãos à cabeça e agarrou o cabelo, olhando para a mulher caída, o sangue e a faca.

— Meu Deus, meu Deus, meu Deus.

— Ela me atacou, e eu me defendi — a mãe repetiu, dessa vez com raiva na voz.

Preston fez um gesto negativo com a cabeça e pegou o celular, retirando-o da tomada na parede.

— O que você está fazendo?

— Chamando uma ambulância.

— Não — Tilly disse. — Você não pode fazer isso.

Ignorando a mãe, ele começou a digitar os números. Tilly correu até Preston e arrancou o celular das suas mãos. O aparelho deslizou pelo chão.

— Você não pode. Ela já se foi. Acabou, filho, e é melhor assim.

Enfurecido, Preston empurrou a mãe para trás. Tilly tropeçou e caiu no chão ao lado do corpo de Annabelle, escapando por pouco da poça de sangue. Possuído pela fúria, Preston subiu em cima da mãe e colocou as mãos em volta do pescoço dela.

— O que você fez? — ele perguntou, rangendo os dentes e agarrando violentamente o pescoço da mãe. — Você matou Annabelle na frente da minha filha?

Preston viu o rosto da mãe ficar roxo. Tilly abriu a boca, mas nada saiu dela.

— Você odiava Annabelle. Ainda que eu a amasse, você a odiava. Vou matar você como você matou ela!

Preston deixou escapar as palavras em um grito alucinado. Então, ele ouviu um estalo ruidoso e sentiu o impacto de algo golpeando a parte posterior da sua cabeça. A pancada roubou a força dos seus braços, como se uma torneira tivesse sido aberta, drenando toda a energia do seu corpo. Embora ele tentasse continuar apertando o pescoço da mãe, as mãos e os braços não cooperavam mais. Depois de um instante, Preston desabou no chão e, pouco antes de seus olhos se fecharem, viu Ellis de pé sobre ele. Ele segurava um taco de beisebol nas mãos.

Charlotte gritou e Preston olhou para a filha. Os pés dela continuavam a se debater, com o calcanhar direito tocando na câmera pela última vez.

288

PARTE VI

PLANANDO

65

Bend, Oregon
Sexta-feira, 2 de agosto de 2024

SLOAN E NORA SE ENTREOLHARAM ENQUANTO NORA SEGURAVA a foto com a imagem de Tilly com um cutelo de carne na mão.

— Ela a matou — Nora disse. — Tilly matou Annabelle.

Assustada, Sloan engoliu em seco e voltou a olhar para a foto, tentando entender o que estava vendo, como essas fotos surgiram e quem as tirou.

— Ainda estou… — Sloan disse, balançando a cabeça. — Quem tirou essas fotos?

— E o que aconteceu com Preston? — Nora perguntou. — E com você. O que aconteceu com *você* naquele dia?

Lentamente, como se elas se dessem conta da resposta ao mesmo tempo e vinda do mesmo lugar, as duas olharam para o varal de secagem e para a última foto presa lá. Havia passado tempo suficiente para que a imagem estivesse formada nitidamente. Nora a retirou do prendedor. Boquiaberta, ela estendeu o braço até o interruptor na parede e acendeu a luz do teto. Em sua mão, a foto mostrava Ellis olhando sinistramente para a lente da câmera e segurando um taco de beisebol. Sloan fez a associação com a impressão da dra. Cutty a respeito da lesão na cabeça de Baker Jauncey, que ela acreditava ter sido causada por um taco de beisebol.

— Nora! — Ellis gritou de algum lugar fora do laboratório fotográfico. — Nora! — ele voltou a gritar, desta vez mais alto e mais perto.

Em pânico, Nora e Sloan se entreolharam. Elas tinham deixado a porta do porão aberta na cozinha. Ouviram passos ecoando escada abaixo. Logo depois, Ellis bateu na porta do laboratório.

— Nora, você está aí?

Nora colocou o dedo nos lábios para indicar que Sloan ficasse em silêncio. Porém, quando Sloan colocou a mão trêmula na mesa para se firmar, acabou empurrando uma das bandejas contendo o produto químico para a revelação. A bandeja caiu da mesa e se chocou contra o chão.

— Nora! — Ellis gritou. — Abra a porta!

A porta tremeu quando Ellis a golpeou do outro lado.

66

Cedar Creek, Nevada
Sexta-feira, 2 de agosto de 2024

ERIC DIRIGIA O CARRO A QUASE CENTO E CINQUENTA QUILÔ-METROS POR HORA PARA O NORTE, AFASTANDO-SE CADA VEZ mais do banco de Reno onde ele e Marvin Mann haviam descoberto a mensagem do seu pai em um post-it, agora fixado no painel do carro, dizendo: *Guy Menendez = Ellis Margolis.*

— Ligue pra ela de novo — Eric disse para Marvin Mann enquanto eles voltavam a toda velocidade para Cedar Creek.

— Está caindo direto na caixa postal — Marvin afirmou. — O telefone dela está desligado ou sem sinal. Até um velho como eu sabe disso.

— Continue tentando! — Eric pediu, sabendo que Sloan estava na Mansão Margolis com Ellis, ou seja, em grande perigo.

Marvin voltou a tentar.

— Caixa postal.

— Envie uma mensagem de texto. A mesma mensagem.

Marvin digitou no teclado do celular de Eric a mesma mensagem que o xerife tinha enviado várias vezes desde que eles saíram do banco.

> Ellis Margolis é Guy Menendez. Invente uma desculpa pra ir embora e me ligue!

— Pronto! Mensagem enviada!

Pensativo, Eric passou a mão pelo cabelo.

— Procure o número do Departamento de Polícia em Bend, no Oregon.

— Onde?

— Faça isso. Não perca tempo.

Marvin usou o celular de Eric para pesquisar.

— Consegui.

Marvin digitou o número e passou o celular para Eric.

— Departamento de Polícia de Bend — uma mulher disse do outro lado da linha.

— Olá. O meu nome é Eric Stamos. Sou o xerife do Condado de Harrison, em Nevada. Tenho uma situação de emergência e preciso falar com alguém aí. O seu chefe ou alguém responsável.

— Você precisa ligar para o 911.

— Não, a emergência é aí em Bend. Preciso falar com alguém responsável aí.

— E qual é mesmo o seu nome, senhor?

Para se acalmar, Eric respirou fundo.

— Aqui é o xerife Eric Stamos, do Condado de Harrison, em Nevada.

— Um momento, por favor.

Uma eternidade se passou antes que alguém retornasse à linha.

— Aqui é o delegado Mortenson. Com quem estou falando?

— Olá, delegado, aqui é Eric Stamos. Sou o xerife do Condado de Harrison, em Nevada, e preciso da sua ajuda.

— Claro, xerife. O que houve?

— Preciso que você envie alguns policiais para a Mansão Margolis.

— A vinícola?

— Sim, senhor. Há uma situação delicada se desenrolando lá. Se você conseguisse ir até lá e verificar o que está acontecendo, eu consideraria um favor pessoal.

— Qual é o problema na vinícola, xerife?

— É uma longa história, e não temos tempo pra eu te dar todos os detalhes. Uma amiga minha está lá, e acredito que ela esteja em perigo. Não consigo falar com ela pelo celular, e preciso que você vá verificar como ela está.

— Qual é o nome da sua amiga?

— Sloan Hastings.

— Sloan… A garota do noticiário?

— Sim, ela mesma.

Houve uma breve pausa.

— Esse número do qual você está ligando é o que eu devo usar pra entrar em contato com você, xerife?

— Sim, senhor.

— Vou lá pessoalmente e te dou notícias do que eu descobrir.

— Obrigado, delegado.

— Se você puder dar prioridade a isso, eu agradeço muito.

— Estou indo pra lá agora mesmo.

67

Bend, Oregon
Sexta-feira, 2 de agosto de 2024

— DROGA! — SLOAN SUSSURROU QUANDO A BANDEJA CAIU no chão.

— Nora! Sloan está com você? Abra a porta!

Ellis socou a porta e o batente tremeu. Nora e Sloan observaram de novo a foto de Ellis olhando sinistramente para a lente da câmera, com um taco de beisebol nas mãos. Elas ouviram passos pesados quando Ellis se afastou da porta do laboratório fotográfico e subiu a escada. Instantes depois, ele estava de volta. Elas ouviram um rangido.

— Chaves? — Sloan sussurrou. — São aquelas chaves?

— Não — Nora disse. — A porta não pode ser aberta com uma chave. Ela é fechada por dentro por essa tranca.

Ao ouvirem marteladas, elas entenderam. Ellis iria arrebentar a porta e entrar de um jeito ou de outro.

— Ele vai conseguir entrar, Nora!

— Venha comigo — Nora disse, correndo para o lado oposto do laboratório.

Sloan não havia notado a outra porta. Ela só tinha estado ali por muito pouco tempo antes de Nora ter apagado as luzes e deixado o espaço na escuridão. Em seguida, o laboratório fora iluminado pelo brilho da luz de segurança vermelha. Mas agora, com as luzes do teto acesas, ela viu. Era uma porta pesada de madeira, arredondada na parte superior, e com grossas tábuas de madeira criando um ornamento em forma de X na frente.

Nora girou a tranca e empurrou a porta. As dobradiças rangeram até cessar a abertura da porta. Nos intervalos do frenesi das marteladas, Ellis conseguiu ouvir a outra porta se abrir.

— Nora! Fique aí no laboratório. Aconteceu uma coisa. Não é seguro sair daí.

Sloan viu Nora hesitar. Ela sabia que a tia queria acreditar no marido. Ela segurou a mão de Nora e a puxou através do vão da porta e para a escuridão além.

— Onde nós estamos? — Sloan perguntou.

— Nas caves da vinícola.

— Caves?

— Onde guardam o vinho enquanto ele fermenta e envelhece.

As vozes delas ecoaram no túnel escuro e úmido. Elas se viraram e avançaram rapidamente pelo corredor até que a luz do laboratório perdeu a capacidade de iluminar. Depois de mais alguns passos, ficaram na total escuridão.

— Deixei o celular na casa de hóspedes — Sloan disse. — Você trouxe o seu?

— Não — Nora respondeu. — Ficou na cozinha.

Elas percorreram o espaço em ritmo acelerado, colocando as mãos nos barris de vinho que ladeavam o túnel como guia. Finalmente, saíram em um amplo átrio da sala de degustação. Nora tateou em busca de um interruptor e o ligou. Uma série de lâmpadas que se estendiam pelo teto em longas fileiras se acenderam.

O átrio circular tinha três túneis saindo dele, cada um ladeado por barris de carvalho de vinho em fermentação. No meio do hall, havia um balcão de mogno usado para degustações. As portas duplas maciças estavam fechadas, mas Sloan conseguia imaginá-las abertas, com a luz do sol entrando e os amantes de vinho preenchendo o espaço.

Sloan partiu apressadamente até as portas duplas que as levariam para fora das caves e as conduziriam aos vinhedos, mas um grito lancinante de Nora a deteve abruptamente. Ao se virar, ela viu Nora parada junto ao balcão. No chão, surgindo de trás do balcão, parecia ser uma poça de vinho tinto, como se algumas garrafas de vinho cabernet tivessem se quebrado. Sloan deu um passo hesitante rumo ao balcão de degustação, e depois outro e mais outro. Então, ela ficou ao lado de Nora e olhou atrás do balcão de mogno. No chão, estavam Tilly e Reid Margolis. Na testa de cada um deles havia um grande buraco. Uma poça de sangue ainda estava se espalhando pelo chão.

As imagens que elas haviam revelado no laboratório vieram à lembrança de Sloan: Tilly segurando um cutelo e Ellis segurando um taco de beisebol. Assim como as capas dos tabloides com Annabelle e Preston acalentando a filha recém-nascida e as fotos da cena do crime que ela tinha examinado com Eric. Os lampejos e os pensamentos vieram rápido demais para ela compreender. Enquanto os seus olhos reajustavam o foco para a carnificina diante dela, outra coisa chamou a sua atenção.

295

— Socorro.

Sloan olhou para Nora.

— Socorro.

A voz era fraca, e Sloan não conseguia localizar a origem. Ela sentiu Nora apertar a sua mão, tremendo, Sloan pensou que talvez Reid ainda estivesse vivo. Mas outro olhar de relance no ferimento na testa do homem confirmou que ele estava morto. Sloan já tinha visto um número suficiente de ferimentos por arma de fogo durante os seus atendimentos de emergência para saber que um buraco na testa era fatal.

— Por favor, me ajude.

As duas olharam para o túnel à direita. Os pedidos estavam vindo da escuridão adentro.

68

Bend, Oregon
Sexta-feira, 2 de agosto de 2024

ELLIS MARGOLIS NÃO SE SENTIA TÃO DESCONTROLADO DESDE
aquele fatídico verão de 1995, quando as coisas começaram a desandar.
Naquela época, foi Baker Jauncey quem desencadeou a sequência de acontecimentos. Com um pouco de sorte, e algumas decisões difíceis naquela
época, Ellis tinha conseguido atravessar aquela situação. A sua mãe havia
se tornado a sua cúmplice relutante após matar Annabelle numa briga
movida pela raiva. O relacionamento deles nunca mais foi o mesmo desde
aquele dia. Tilly odiava o filho por ele ter matado Preston, ainda que
tivesse feito isso para salvar a vida dela. Pelo menos, foi assim que a história se desenrolou.

A verdade era que, depois de Annabelle ter revelado a ele que Preston
sabia sobre a fraude no escritório de advocacia, Ellis não tinha escolha a não
ser matar os dois. Porém, quando ele voltou para a casa do irmão no Quatro de Julho, a mãe já tinha cuidado de Annabelle. E quando Ellis viu Preston asfixiando Tilly, ele percebeu que nunca teria uma oportunidade melhor
para resolver todos os seus problemas.

Na casa de Preston, aquele dia tinha unido Ellis e sua mãe de uma
maneira completamente nova. Eles nunca tinham sido tão próximos. Guardar os segredos mútuos os vinculava com mais força do que até mesmo o
amor incondicional. A existência deles dependia de que o outro permane-
cesse calado a respeito daquele dia, e durante vinte e nove anos ambos ficaram. Então, Sloan Hastings apareceu.

Ellis vinha avaliando as suas opções desde o dia em que Nora lhe disse
que a bebê Charlotte tinha aparecido na Carolina do Norte. Era um cenário
que ele jamais tinha levado em consideração. Ao longo das décadas, o seu
maior ponto fraco havia sido Margot Gray. Mas ele a tinha mantido satisfeita no decorrer dos anos. Apenas recentemente ela havia surtado por causa
da culpa, quando a história de Sloan Hastings surgiu e Margot juntou as
peças. Ellis conseguiu silenciá-la a tempo, mas Margot Gray era apenas um

dos vários problemas. A pressão estava aumentando, mas ele tinha encontrado uma solução que resolveria todos os seus problemas.

Naquele fatídico Quatro de Julho, Ellis tinha carregado os corpos de Preston e Annabelle para a sua caminhonete e limpado o sangue de Annabelle do chão da cozinha usando cloro de piscina diluído em água. Ainda assim, não foi o suficiente para impedir que os investigadores encontrassem vestígios de sangue no chão. Porém, os detetives jamais chegaram perto de descobrir o que aconteceu naquela casa, ou onde os corpos de Annabelle e Preston haviam sido escondidos. Em quatro de julho, tarde da noite, Ellis dirigiu até a vinícola para enterrar os corpos em um dos vinhedos. Tantos anos se passaram que ele não conseguia se lembrar do local exato.

Então, ele havia atravessado o país de carro com a pequena Charlotte e encontrado Margot Gray. Pagou-lhe muito bem para cuidar da bebê por alguns meses e depois se passar pela mãe dela durante o processo de adoção. Tudo tinha se desenrolado sem problemas, permitindo que Ellis evitasse a tarefa impossível de ter de matar a sobrinha recém-nascida. Em retrospecto, porém, matar a criança teria impedido a turbulência que ele estava enfrentando no momento atual. Ellis tinha pela frente mais decisões difíceis. Mas ele só conseguiria superar a atual tempestade se tomasse essas decisões. Ninguém suspeitaria que ele era o responsável pela carnificina na Mansão Margolis. Não quando o bode expiatório perfeito estava ali.

Ellis usou o martelo para bater no cabo da chave de fenda. Em um esforço final, ele cravou a ponta da chave de fenda na fechadura, arrebentando a porta. Ao abri-la, encontrou o laboratório fotográfico vazio. Porém, espalhadas sobre a mesa estavam fotos que o deixaram sem fôlego. Elas o levaram de volta para aquele dia na casa de Preston. Em uma foto, ele viu a mãe brigando com Annabelle. Em outra, a mão dela segurava um cutelo.

Ellis se perguntou como essas fotos foram tiradas e quem as tinha tirado. Na mesa, ao lado do ampliador, ele viu a antiga câmera Nikon FM10. Num piscar de olhos, ele se lembrou de tê-la encontrado no moisés de Charlotte. Após a limpeza, ele a tinha guardado no sótão.

Finalmente, Ellis viu a última foto. Era uma imagem de si próprio, olhando diretamente para a câmera, com o taco de beisebol que tinha usado para matar o irmão em suas mãos. A existência dessas fotos o deixou perplexo. Mas a perplexidade foi superada pela culpa, como se o fato de ver a si mesmo na cena tornasse tudo real. Ellis era um mestre em compartimentar as suas ações, mas a foto permitiu que as memórias daquele dia vazassem da parte da sua mente onde as tinha trancado. Ele se lembrou de entrar na casa de Preston com um taco de beisebol, pronto para usá-lo contra Annabelle. Ele se lembrou de ver Preston em cima da sua mãe, com as mãos em volta do pescoço dela. Ele se lembrou do baque surdo do taco atingindo a têmpora de Preston.

Atordoado, Ellis piscou várias vezes, esforçando-se para livrar a mente do domínio de memórias perturbadoras. Então, ele olhou para a extremidade oposta do laboratório e viu que a porta para as caves estava aberta. Ellis saiu em disparada.

— Nora!

69

Bend, Oregon
Sexta-feira, 2 de agosto de 2024

— SOCORRO — A VOZ DISSE NOVAMENTE.

— Está vindo do túnel — Nora disse.

Elas queriam sair das caves, forçar a abertura das portas e correr pelos vinhedos para salvar as suas vidas. Porém, os apelos baixinhos tinham atraído a atenção delas. Nora e Sloan caminharam lentamente em direção ao túnel escuro. Entraram na cave e, alguns passos adiante, pouco além da luz do átrio, encontraram um homem no chão.

— Por favor — o homem disse. — Me ajudem.

— Lester? — Nora disse, agachando-se. — O que você está fazendo aqui?

— Por favor, ele vai me matar.

Sloan se agachou ao lado de Nora e viu o rosto de Lester Strange, o faz-tudo da família Margolis. O seu pulso esquerdo estava algemado à prateleira de metal que apoiava os barris de vinho. O seu rosto estava bastante machucado.

— Ele vai me matar. Ele vai matar todo mundo e fazer parecer que fui eu. Por favor.

Lester apontou para o interior da cave.

— Há uma marreta logo ali. Eu a uso para reparar os barris. Por favor.

Sloan não hesitou. Ela ficou de pé e correu em direção à escuridão. Depois de um momento procurando, encontrou a marreta e a trouxe consigo.

— Fique alerta — ela disse para Nora.

Lester afastou o seu pulso algemado da prateleira de metal, tirando toda folga das algemas. Em um movimento rápido, Sloan desceu a marreta com força e despedaçou as algemas. Lester soltou a mão da prateleira, ficando com a algema destroçada pendurada no pulso.

— Nora!

A voz de Ellis ecoou do outro extremo da cave que levava ao laboratório fotográfico. Os três saíram correndo para a sala de degustação e, depois que conseguiram forçar a abertura das portas duplas, a intensa luz do sol da manhã os cegou por alguns instantes.

70

Bend, Oregon
Sexta-feira, 2 de agosto de 2024

OS TRÊS SAÍRAM CORRENDO PARA OS VINHEDOS. UM TIRO FOI disparado e ecoou pelas montanhas. Sloan se abaixou, mas continuou correndo, seguindo Lester enquanto ele passava entre as videiras. Com o coração aos pulos e ofegante, ela não percebeu que Nora não estava mais ao seu lado. Ela diminuiu a velocidade e olhou para trás, ao longo do caminho entre as fileiras de videiras. Lá, trinta metros atrás, Nora estava caída no chão. Sloan voltou correndo. Nora estava segurando a perna direita, com sangue vermelho-vivo cobrindo a mão e o chão, espalhando-se pela terra como melaço fluindo lentamente.

— Meu Deus — Sloan disse baixinho, agachando-se ao lado de Nora.

Recorrendo à sua formação médica, ela rapidamente avaliou a paciente e encontrou a origem do sangramento. Um ferimento por arma de fogo na parte posterior da perna direita, com um orifício de saída na parte anterior.

— Ainda bem — Sloan disse.

— O quê? — Nora gemeu com os dentes cerrados.

— A bala entrou e saiu.

— Isso é *bom*?

— Sim. Não ricocheteou dentro de você. Isso é mais favorável. E pela quantidade de sangue, não atingiu a sua artéria femoral.

— Nora!

Elas ouviram Ellis gritar a alguma distância.

Sloan olhou ao redor. Na frente dela, estavam os vinhedos até onde a sua vista alcançava. Atrás dela, a algumas centenas de metros de distância, estavam a casa de hóspedes e a casa principal. Na sua mesa de cabeceira, na casa de hóspedes, estava o seu celular.

— Você consegue andar? — Sloan perguntou a Nora.

Nora tentou ficar de pé, mas assim que apoiou o peso em sua perna, ela caiu e fez um gesto negativo com a cabeça.

— Tudo bem — Sloan disse, ao mesmo tempo que pensava numa solução.

Sloan se levantou e ficou na ponta dos pés, tentando localizar Ellis. Ela viu a cabeça dele balançando ainda a certa distância, embrenhando-se cada vez mais nas videiras. Ela agarrou a extremidade inferior da sua blusa e rasgou o tecido, arrancando uma tira da barra. Quando a soltou, era uma faixa estreita de seda com cerca de sessenta centímetros de comprimento. Sloan voltou a se agachar e passou o tecido em volta da perna de Nora, apertando-o perto da virilha.

— Ai! — Nora gemeu quando Sloan deu um nó, comprimindo a pele da tia.

— É um torniquete. Bem, é o máximo que consigo fazer no momento. Precisa estar bem apertado pra funcionar.

Sloan voltou a se levantar e tentou encontrar Ellis.

— Ele está se embrenhando cada vez mais nas videiras. O meu celular está na casa de hóspedes.

— Não me deixe aqui sozinha.

Sloan sorriu.

— De jeito nenhum — ela disse e se inclinou sobre Nora como se a tia fosse um peso de academia. — Isso vai doer — Sloan avisou. — Pode gemer e resmungar, mas não grita, está bem?

Nora assentiu.

Sloan agarrou a tia pelas axilas e a ergueu como se estivesse fazendo um levantamento de peso. Ela colocou Nora de pé, que saltitou apoiada na perna esquerda. Sloan se abaixou e posicionou o seu ombro junto ao quadril de Nora. Em seguida, ergueu a tia sobre ele. Em comparação com os pesos que ela estava acostumada a levantar, Nora era leve. Sloan começou a correr em um ritmo controlado, retornando para a casa principal.

— Se segure — Sloan disse.

71

Bend, Oregon
Sexta-feira, 2 de agosto de 2024

SLOAN ESTAVA OFEGANTE QUANDO ALCANÇOU O FIM DOS
vinhedos, com uma sensação de ardência no quadríceps pior que durante qualquer rotina de crossfit. Porém, ignorou a dor. Ela tinha um objetivo único: chegar a casa e pedir ajuda. Na beira dos vinhedos, ela fez uma pausa. A cobertura dada pelas videiras lhe dava uma sensação de proteção, e ela hesitava em sair delas. Ela olhou para a esquerda e para a direita. Enquanto isso, Nora continuava gemendo sobre o seu ombro. Entre o fim dos vinhedos e os fundos da casa de hóspedes, havia quase cem metros de descampado.

Sloan recomeçou a correr, com Nora balançando sobre o seu ombro. Na metade do descampado, outro disparo de arma ressoou e levou Sloan a se ajoelhar. Nora caiu do seu ombro e gritou de dor enquanto rolava pelo chão. Sloan se examinou, procurando um ferimento ou sangue em seu corpo. Ela não encontrou nenhum dos dois, tampouco estava sentindo dor. Outro tiro ecoou. Sloan rastejou até Nora, com os capins do descampado oferecendo uma cobertura parcial.

Deitada de bruços, Sloan olhou por cima dos capins e viu Ellis correndo pelo descampado na direção delas.

— Ele está vindo — Sloan disse. — Temos que sair daqui!

— Eu não consigo — Nora disse. — Vai você. Chegue a casa e peça ajuda.

— Não vou te deixar aqui.

— Ele não vai me matar. Eu sou a esposa dele.

Sloan se lembrou da imagem de Tilly e Reid Margolis, mortos na sala de degustação, e teve um pensamento diferente sobre isso. Ela não podia abandonar Nora e entendeu imediatamente que morreria para defendê-la ou mataria para protegê-la. Ela agarrou Nora pelos braços e a arrastou até a grande máquina que estava no meio do descampado. Era a máquina amarela parecida com um trator que ela tinha visto Lester usando mais cedo para fincar postes de cerca no chão. Não era uma grande proteção, mas era melhor do que ficar deitada na relva.

Ela arrastou Nora até a frente da máquina e espiou ao redor da borda. Assim que fez isso, outro disparo ressoou. Sloan se jogou de volta ao chão. Ellis estava perto, e mesmo que Sloan estivesse disposta a deixar Nora, correr até a casa significaria levar um tiro. Mas ficar ali deitada e esperar significaria o mesmo.

72

Bend, Oregon
Sexta-feira, 2 de agosto de 2024

ELLIS MARGOLIS CHEGOU CORRENDO ATÉ O FIM DOS VINHEDOS e viu Sloan Hastings carregando Nora sobre o ombro. Ele disparou outro tiro, fazendo as duas mulheres rolarem na relva do descampado. Ellis continuou a sua perseguição e viu Sloan se levantar de debaixo dos capins. Ele voltou a atirar. Correndo tão freneticamente como estava, havia pouca chance de acertar o seu alvo. Os tiros tinham a intenção de imobilizá-las e impedi-las de chegarem a casa. Ele as mataria quando as alcançasse.

Ellis estava desesperado para que esse dia acabasse. Ele queria pôr um ponto-final em tudo, ligar para a polícia e contar o que havia descoberto: que Lester Strange, o empregado leal da família, tinha provocado um banho de sangue, assassinando a família que o havia apoiado ao longo dos anos. Ellis sabia que a única explicação seria que, com a aparição de Sloan Hastings, Lester embarcou em uma onda de assassinatos para encobrir os seus rastros de décadas atrás. Ellis surgiria como o único sobrevivente e preencheria quaisquer lacunas que as autoridades tivessem dificuldade em entender.

A verdade, se Ellis conseguisse manter tudo sob controle, permaneceria oculta como havia ficado nas últimas três décadas. Ellis vinha desviando dinheiro da Margolis & Margolis há anos para pagar o seu vício em opioides. Nos últimos anos, a sua toxicodependência havia se misturado a um problema com jogos de azar. Ele tinha acreditado — quase trinta anos antes, naquele Quatro de Julho fatídico — que as mortes de Preston e Annabelle manteriam para sempre o seu segredo seguro. Mas agora Sloan Hastings prometia descobrir tudo, desenterrando os segredos que Ellis havia sepultado há tantos anos. O banho de sangue na Mansão Margolis foi a única maneira de manter tudo escondido. Nos próximos anos, ele encontraria um jeito de compartimentar até mesmo este dia terrível.

Ao se aproximar da grande máquina de fincar postes EVO1, Ellis parou de correr. As mulheres estavam ali em algum lugar, e ele não ia chegar muito perto para permitir que uma delas o atacasse. Ele tinha reparado no físico musculoso de Sloan e não daria chance ao acaso. Ele contornou a grande máquina amarela, aproximando-se pela frente. Ouviu um gemido e reconheceu a voz de Nora. Depois de mais um passo, encontrou as mulheres deitadas entre os capins, apoiadas contra a máquina. Um pano branco estava enrolado na perna de Nora.

— Por favor, Ellis — Nora disse. — Pare com essa loucura.

Ele olhou para ela com pena. Matar os pais tinha sido muito difícil. Matar a esposa seria ainda mais difícil.

— Você atirou neles, Ellis? Você atirou nos seus pais? Fale que não foi você.

— De onde vieram as fotos, Nora? No laboratório. De onde apareceram aquelas fotos?

— Da câmera de Annabelle. Aquela que eu dei a ela naquele verão.

— Mas quem tirou as fotos, Nora?

Nora nunca teve a chance de responder. Sloan se levantou de um salto e se lançou contra Ellis, acertando o próprio ombro no abdômen dele. O choque tirou o ar dos pulmões dele e a arma da sua mão.

73

Bend, Oregon
Sexta-feira, 2 de agosto de 2024

SLOAN ARREMESSOU O OMBRO PARA A FRENTE, ERGUENDO Ellis do chão e projetando as pernas para a frente, como se estivesse empurrando o pesado trenó de carga na academia. Em um esforço final, ela se lançou para o alto e jogou Ellis no chão, caindo sobre ele. Com Ellis deitado de costas, Sloan, montada em seu peito, enfiou o polegar da mão direita profundamente na órbita ocular do olho esquerdo dele. Ellis deixou escapar um gemido gutural enquanto um som de estalido repulsivo veio do seu olho. Sloan rolou para o lado para procurar a arma entre os capins altos.

Rapidamente, ela voltou para o lugar onde havia derrubado Ellis e ficou examinando a área. Enquanto isso, Ellis gemia. Sloan avistou primeiro a empunhadura preta e depois o metal prateado do cano. Ela estendeu a mão para pegar a arma, mas então sentiu uma mão agarrar o seu tornozelo. Ela gritou enquanto caía para a frente, com Ellis puxando a sua perna para trás. Sloan ainda tentou alcançar a arma, mas quando os seus dedos roçaram a empunhadura, Ellis a arrastou para trás através da relva alta. Ela chutou as pernas dele e procurou se arrastar para a frente. A arma estava quase ao alcance, mas o seu corpo se moveu na direção errada depois que Ellis se ergueu primeiro de joelhos e depois ficou de pé, ganhando tração a cada movimento.

Sloan conseguiu se virar e ficar deitada de costas, soltando o tornozelo da mão de Ellis. Ela puxou o joelho em direção ao peito e então se lançou para a frente, desferindo um chute potente na virilha de Ellis e o jogando no chão. Sloan se arrastou de volta até a arma e então ouviu sirenes ao longe. Ela encontrou a arma novamente, mas desta vez a segurou em suas mãos e se virou para Ellis. Porém, ele não estava mais encolhido pelo seu chute. Ellis estava de pé sobre ela, com o olho esquerdo inchado e afundado, com sangue escorrendo pelo rosto.

Encostada na grande máquina amarela, Sloan apontou a arma para Ellis. De imediato, ela entendeu, pelo olhar insano no único olho remanescente dele, que teria de atirar nele para não morrer. Sloan começou a pressionar o gatilho com o dedo indicador direito, mas antes de atirar ouviu um barulho como se fosse o estrondo de um escapamento de carro. Por um instante, ela acreditou que tivesse disparado a arma, mas não sentiu nenhum recuo. Porém, as suas costas começaram a vibrar quando a máquina de fincar postes começou a funcionar para valer. Sloan viu Ellis olhar para cima, na direção da grande máquina, assim que ela golpeou para baixo um poste metálico na direção da cabeça dele. A máquina ecoou o som metálico contínuo que a tinha acordado naquela manhã. Em seguida, não fez mais nenhum barulho. Sloan levou um momento para entender a física do que tinha acontecido. Ao olhar para Ellis Margolis de pé, rígido e ereto, ela se deu conta de que o poste de trinta metros tinha atravessado o corpo dele e havia se fincado no chão, matando-o instantaneamente e o prendido no lugar.

Sloan abaixou a arma e se virou lentamente. Ao olhar para cima, na direção da grande máquina, viu Lester Strange sentado no assento do operador, com as mãos nos controles.

74

Bend, Oregon
Quinta-feira, 15 de agosto de 2024

QUASE DUAS SEMANAS DEPOIS DA SUA EXPERIÊNCIA ANGUS-
tiante na Mansão Margolis, Sloan estava de volta ao Oregon. O FBI a tinha convocado. Nos últimos dez dias, desde que o agente John Michaels e a sua força-tarefa examinaram as fotos que Sloan e Nora ampliaram a partir do negativo descoberto na câmera de Annabelle Margolis, que contavam a história da noite em que ela e Preston desapareceram, o FBI vinha usando um radar de penetração no solo para investigar as terras ao redor da vinícola. No dia anterior, eles concentraram a atenção em três locais específicos onde o radar mostrou objetos estranhos no subsolo. Alguns especialistas foram chamados para confirmar que o solo tinha sido retirado e recolocado anos atrás. Saber que Ellis Margolis tinha acesso a equipamentos de escavação existentes na propriedade sugeriu que os corpos haviam sido enterrados profundamente. Alguns cães farejadores de cadáveres foram levados a cada um dos três locais e apresentaram uma resposta positiva em um deles. A escavação estava em andamento.

O agente Michaels encontrou Sloan nos portões da frente e a conduziu em um carrinho de golfe até o local da escavação, bem longe entre as videiras de cabernet. A área estava isolada por fitas amarelas de cena do crime. Algumas retroescavadeiras e pás carregadoras frontais rugiam à medida que os seus braços hidráulicos escavavam e retiravam grandes quantidades de terra, descarregando tudo em caminhões basculantes que apitavam ao dar ré para fora da área.

O agente Michaels estacionou o carrinho de golfe no local e Sloan desembarcou. Alguns agentes permaneciam de prontidão, enquanto outros observavam um grande monitor alimentado por um gerador a gás, que indicava aos operadores das máquinas de movimentação de terra a profundidade necessária para cavar.

— Pronto! Já chega! — um dos agentes gritou quando uma pá carregadora frontal ergueu sua última quantidade de terra do buraco profundo no chão.

O agente se aproximou de Michaels.

— Estamos a cerca de um metro de distância. Agora precisamos escavar manualmente.

Uma escada foi baixada no buraco, que tinha cerca de dois metros e meio de profundidade, e três agentes desceram. Quando chegaram ao fundo do buraco, outros agentes jogaram pás para baixo e a escavação continuou.

— Como você descobriu esse local específico? — Sloan perguntou ao agente Michaels, olhando para a vasta propriedade que se estendia por centenas de hectares.

— Uma equipe de centenas de agentes percorreu a propriedade com um radar em busca de qualquer coisa debaixo da terra. Obtivemos várias detecções, mas as reduzimos a algumas poucas. Então trouxemos os especialistas e o sonar. Eles conseguiram distinguir os objetos subterrâneos de interesse dos sem importância. Uma vez que tínhamos alguns locais que pareciam promissores, lançamos para baixo pilares hidráulicos até os objetos estranhos e depois os trouxemos de volta. Os cães farejadores de cadáveres cheiraram os pilares para nos dizer se estávamos no caminho certo. Os cães ficaram agitados neste local.

O agente Michaels fez uma pausa.

— Estamos bastante confiantes de que chegamos ao lugar certo.

Trinta minutos depois, um agente gritou.

— Encontrei algo aqui embaixo, senhor.

O antropólogo forense do FBI desceu pela escada e Sloan viu quando o homem se ajoelhou no buraco e começou a trabalhar com afinco. Finalmente, um agente que tinha concluído a escavação final subiu pela escada e se aproximou de Michaels.

— São ossos, senhor. O médico confirmou que são restos humanos.

O agente Michaels levantou os olhos, respirou fundo e colocou uma mão no ombro de Sloan.

— Levou quase trinta anos — ela disse. — Mas os encontramos.

— *Você* os encontrou — o agente Michaels afirmou, virando-se para Sloan.

75

Raleigh, Carolina do Norte
Sexta-feira, 6 de setembro de 2024

SLOAN ESTAVA SENTADA NA SALA DE ESTAR DA CASA DOS PAIS.
Duas cadeiras, que foram trazidas pela rede de televisão HAP News, estavam posicionadas perfeitamente no centro da sala, em frente a um retrato dela e dos pais. O retrato ficava pendurado sobre a lareira desde que Sloan tinha lembrança, mas, esta manhã, foi colocado na parede lateral da sala de estar. Os produtores perguntaram se poderiam mudar o retrato de lugar, para que ficasse em exibição ao fundo durante a entrevista, já que expressava à perfeição o tema e a sensação que estavam buscando: a bebê Charlotte retorna mais uma vez.

Três câmeras foram colocadas na sala. Uma posicionada diretamente na frente das duas cadeiras; as outras duas dispostas de cada lado. Refletores de estúdio estavam montados em tripés, e fundos brancos circundavam as cadeiras. Microfones pendiam de longas hastes telescópicas. Sloan havia decidido dar uma entrevista exclusiva para Avery Mason, apresentadora do programa *American Events*. A decisão veio depois de uma longa conversa com a dra. Cutty, que conhecia a sra. Mason e prometeu que ela seria imparcial tanto em suas perguntas quanto no inevitável viés que a história de Sloan estava gerando.

Sloan havia adiado a entrevista desde o mês anterior, mas a partir do momento em que a antropologia forense confirmou que os ossos encontrados enterrados na Mansão Margolis eram, de fato, de Preston e Annabelle Margolis, ela não podia mais esperar. Sloan precisava pôr tudo em pratos limpos e dar todos os detalhes que o público estava desesperado para saber.

O corpo de Margot Gray foi descoberto numa caçamba de lixo no extremo norte de Cedar Creek. Eric Stamos e o gabinete do xerife juntaram imagens de câmeras de segurança do Cedar Creek Inn que mostravam Ellis Margolis chegando ao hotel com uma grande mala e pegando o elevador para o terceiro andar. Alguns momentos depois, as imagens o mostravam saindo do prédio com a mesma mala. Juntamente com as imagens fornecidas por Ryder Hillier, ficou claro que Ellis Margolis tinha saído do quarto 303 transportando uma mala atrás de si. Suspeitava-se que o corpo de Margot Gray estivesse dentro.

Como Sloan tinha se recusado a falar com Ryder Hillier, a podcaster havia direcionado o seu foco para a história de Margot Gray e o papel da garçonete na saga da bebê Charlotte. Com as imagens que Ryder tinha registrado no Cedar Creek Inn, o podcast sobre Margot Gray acabou sendo um dos de maior audiência dela.

As fotos que Sloan e Nora ampliaram a partir do filme encontrado na câmera de Annabelle eram o único mistério que restava sobre o desaparecimento de Annabelle e Preston Margolis. Ninguém conseguia explicar como as fotos foram tiradas ou quem tinha usado a câmera na noite em que Annabelle e Preston foram mortos. Esse único mistério alimentou a comunidade de crimes reais e gerou dezenas de teorias da conspiração, sendo a pior delas a de que Nora Margolis tinha tirado as fotos naquela noite numa tentativa demente de documentar os assassinatos para a posteridade. Sloan pretendia desmentir esses rumores durante a entrevista com Avery Mason.

— Cinco minutos — o produtor gritou.

Sloan sorriu para os pais, que ofereceram acenos encorajadores.

Ela se sentou em uma das cadeiras trazidas pela produção, olhando rapidamente para o retrato que parecia tão fora de lugar pendurado na parede lateral da sala de estar. Avery Mason se sentou ao lado dela.

— Você está pronta? — Avery perguntou.

Sloan respirou fundo e assentiu.

— Estou.

Um produtor levantou a mão e iniciou a contagem regressiva.

— Três, dois, um.

O mundo sintonizou, e Sloan Hastings contou a sua história.

76

Raleigh, Carolina do Norte
Sexta-feira, 27 de junho de 2025

NO VERÃO SEGUINTE, SLOAN ESTAVA NA FRENTE DA GAIOLA NO
Instituto Médico Legal da Carolina do Norte. Ela percorreu com os olhos o
espaço sem assentos vazios. Uma plateia maior do que qualquer outra que
tinha visto nas apresentações de conclusão do primeiro ano de curso dos outros
colegas. Ela não ficou surpresa. A sua história tinha viralizado ao longo do
último ano, e o retorno da bebê Charlotte foi um acontecimento midiático tão
grande hoje quanto foi o seu desaparecimento trinta anos antes. Desta vez,
porém, Sloan forneceu as respostas que haviam escapado à mídia, à polícia e
aos fanáticos por crimes reais que perseguiram a história por três décadas.

Ela respirou fundo para se acalmar e olhou para a numerosa plateia que
aguardava a sua apresentação. A dra. Cutty estava na primeira fila e sua
ajuda tinha sido fundamental para aprimorar a apresentação de Sloan. Os
seus pais estavam sentados no fundo, e ao lado deles estava Eric Stamos, que
tinha vindo de Cedar Creek. Como uma das últimas a chegar, Sloan viu Nora
passar pela porta. Quase um ano depois de uma bala ter atravessado a sua
perna, e depois de três cirurgias, Nora andava com a ajuda de uma muleta,
mas conseguiu se sentar sem problemas. Ela acenou de maneira discreta para
Sloan e sorriu.

A sala ficou em silêncio e a iluminação abaixou. Sloan pressionou o
botão do controle remoto, a lousa digital acendeu e surgiu o título da sua
apresentação.

CONTRIBUIÇÃO PARA O PROGRESSO DA CIÊNCIA DA GENEALOGIA FORENSE

— O meu nome é doutora Sloan Hastings, e nas próximas quatro horas
vou detalhar como a genealogia forense me permitiu solucionar um caso não
resolvido de trinta anos: o desaparecimento dos meus pais biológicos, Preston e Annabelle Margolis.

77

Raleigh, Carolina do Norte
Sexta-feira, 27 de junho de 2025

DEPOIS DA SUA APRESENTAÇÃO, SLOAN CONVERSOU COM alguns médicos-assistentes, que ficaram impressionados com a sua pesquisa e com a história que ela tinha contado. Sloan apresentou os pais para a dra. Cutty, que prometeu cuidar bem da filha deles durante o seu último ano de especialização. Todd Hastings fez um último apelo para Sloan pensar na possibilidade de se dedicar à odontologia forense.

Quando o público se dispersou, Sloan encontrou Eric no fundo da gaiola.

— Você não precisava vir até aqui de tão longe — Sloan disse.

— Você está brincando? Eu não perderia isso por nada neste mundo. Aliás, você foi ótima. Todo mundo na sala, ou na gaiola, seja lá como este lugar é chamado, ficou preso a cada palavra sua.

— Obrigada. E de verdade, Eric, significa muito pra mim o fato de você ter vindo. Quanto tempo você vai ficar aqui?

— Volto pra Cedar Creek amanhã.

Sloan assentiu.

— Escute, Sloan... Obrigado por tudo que você fez por mim.

— Não fui só eu.

— Nada disso teria acontecido sem você. Eu ainda estaria à procura de respostas sobre o que aconteceu com o meu pai. Agora eu sei.

— Eu gostaria que pudéssemos ter encontrado essas respostas enquanto o seu avô ainda estava vivo.

— Eu também — Eric disse e sorriu.

Houve um longo período de silêncio.

— Amanhã, o meu voo sai bem cedo — Eric afirmou. — Mas queria saber se você aceitaria sair pra jantar comigo esta noite. Pra comemorar.

Sloan fez que sim com a cabeça.

— Eu adoraria. Espero você às sete no meu apartamento?

— Sim, perfeito.

— Você ainda se lembra de como chegar lá?

— Como eu poderia esquecer?

— Vou deixar o spray de pimenta guardado na gaveta da escrivaninha.

— Agradeço — Eric disse, sorrindo. — Até mais tarde.

Depois da partida de Eric, as únicas pessoas que ainda estavam na gaiola eram os seus pais. Sloan olhou ao redor, mas Nora tinha ido embora.

Sloan foi para casa sentindo um alívio imenso. Duas semanas de férias separavam ela do início do segundo ano da sua especialização. Ela estava pronta para se desvincular da pesquisa e se envolver com as atividades práticas do necrotério, sentindo que estava a um ano de realizar o seu sonho de se formar em patologia forense. Com o caso da bebê Charlotte em seu currículo, Sloan não teria problema de encontrar uma vaga em uma força-tarefa de homicídios.

Ela parou o carro no estacionamento do seu prédio, pegou a caixa que continha o resultado de um ano de pesquisa no banco de trás e se dirigiu até a escada. Ao chegar ao terceiro andar, Sloan encontrou uma coisa e uma pessoa à sua espera. A primeira era um pacote embrulhado em papel pardo apoiado contra a porta da frente. A segunda era o agente John Michaels, que estava encostado na parede de forma parecida a Eric Stamos um ano antes.

— Como foi a sua apresentação? — ele perguntou quando ela se aproximou.

— Acho que fui bem. Mas o melhor de tudo é que acabou.

— Um grande alívio, não é?

— O maior.

Sloan foi até a porta do apartamento.

— O que você está fazendo aqui? Alguma novidade?

— Não. Estou aqui pra fazer uma proposta a você.

Sloan apontou para o pacote apoiado contra a porta da frente.

— Isso é seu?

— Não. Já estava aí quando cheguei.

Sloan olhou para o pacote e depois para Michaels.

— Que tipo de oferta?

— Precisamos de novos talentos na unidade forense. Poderíamos contratar alguém como você quando você terminar o seu último ano de formação.

— O FBI?

— Sim, senhora.

— Eu estava pensando em uma unidade de homicídios.

— Você está pensando pequeno. Os rumores já estão começando a se espalhar. As pessoas estão falando. Tem muita gente querendo você. Uma unidade de homicídios não é o seu lugar. O FBI tem uma estrutura muito maior. A nossa força-tarefa é uma opção muito melhor para o seu conhecimento e as suas habilidades. Você trabalharia no laboratório do FBI de investigação forense, ajudando a resolver crimes e casos sem solução de todo o país.

Sloan enfiou a chave na porta da frente. A oferta significava tudo aquilo que ela havia esperado fazer.

— Posso pensar sobre isso?

— Claro. Você tem um ano pra decidir.

O agente Michaels lhe entregou um cartão de visita.

— Mantenha contato.

— Manterei — Sloan disse e sorriu.

— E boa sorte no necrotério.

— Obrigada.

Um momento depois, Sloan ficou observando por cima do corrimão do terceiro andar o agente Michaels ir embora. Em seguida, ela olhou para o pacote ainda encostado em sua porta. Era do tamanho de algo a ser pendurado em uma parede e não continha etiqueta de endereço ou carimbo postal para sugerir que fora entregue por um serviço de correio formal. Sloan olhou ao redor, como se alguém que tivesse deixado o pacote ainda estivesse no prédio. Ao não ver ninguém, ela abriu a porta, deixou a caixa contendo a sua pesquisa no chão da cozinha e pegou o pacote para levá-lo para dentro do apartamento. Ao fazer isso, Sloan notou uma caixa menor, que havia sido colocada atrás do pacote. Ela levou tudo para dentro.

Na cozinha, ela usou uma tesoura para cortar o barbante entrecruzado no pacote menor, abriu a tampa de papelão e abriu a caixa. Em seu interior, estava a câmera Nikon FM10 de Annabelle e um novo rolo de filme. Sloan sorriu enquanto virava a câmera nas mãos.

Após deixar a câmera na mesa, ela estendeu a mão para pegar o pacote maior e foi retirando lentamente o papel-pardo que o embrulhava. Era uma foto emoldurada. Assim que removeu completamente o papel, Sloan virou o quadro e ficou admirando a foto. Era uma imagem ampliada do gavião-galinha, registrada por Annabelle quando o pássaro alçou voo do lado de fora da sua casa: a foto que Sloan e Nora tinham revelado na Mansão

Margolis. Iluminado pelo sol vespertino, o gavião estava majestoso, com as asas totalmente estendidas.

Um envelope branco estava preso com fita adesiva na extremidade inferior da foto emoldurada. Sloan colocou o quadro na mesa e abriu o envelope, puxando um cartão. Ela leu a mensagem e sorriu.

Você vai alcançar grandes alturas.
Nora

Agradecimentos

Como de costume, o meu muito obrigado a todos da Kensington Publishing, que continuam a acreditar em mim e a apoiar os meus livros com tanto entusiasmo. Ainda bem que, anos atrás, o meu primeiro original circulou por Nova York e de algum modo chegou à mesa de John Scognamiglio. Desde então, tem sido uma jornada muito boa, e que espero que perdure por muitos anos.

Para Amy e Mary, sempre as minhas primeiras leitoras.

Para a minha agente, Marlene Stringer, que me disse tantas vezes que "só precisa de um livro". Que venham muitos mais desses nos próximos anos.

Para Claire Ammon, por responder às minhas perguntas sobre genealogia, sites de ancestralidade on-line, DNA e medicina legal. Tenho certeza de que não consegui acertar tudo no âmbito da genealogia forense, mas Claire me ajudou a chegar perto. Quaisquer erros são todos de minha responsabilidade.

Para Carrianne Hornok, por me ajudar com tudo referente à fotografia analógica.

Para Kelly Witt, por compartilhar o seu entusiasmo por crossfit, de modo que Sloan Hastings pudesse ser tão arrojada. Eu teria incluído todas as suas sugestões acerca de crossfit, Kelly, mas teria resultado em um livro de seiscentas páginas, então precisei fazer escolhas!

Para os blogueiros, influenciadores e leitores que leram os meus livros, escreveram resenhas e os divulgaram por meio do boca a boca, sou eternamente grato.

PÓS-ESCRITO:
Ainda que você possa examinar um mapa e queira ver onde Cedar Creek *está* localizada, você não encontrará a cidade. Cedar Creek, em Nevada, não existe. Tampouco o Condado de Harrison. Assim como em meu primeiro romance, *A garota do lago*, eu inventei Cedar Creek para atender às minhas necessidades.

CONHEÇA OS OUTROS LIVROS DO AUTOR

ESTA OBRA FOI IMPRESSA
EM JUNHO DE 2025